四季之花

高楼 ◎ 著

西安出版社

图书在版编目（CIP）数据

四季之花 / 高楼著. -- 西安：西安出版社，2024.3

ISBN 978-7-5541-6626-0

Ⅰ.①四… Ⅱ.①高… Ⅲ.①长篇小说－中国－当代 Ⅳ.① I247.5

中国国家版本馆 CIP 数据核字（2024）第 032324 号

四季之花
SiJiZhiHua

作　　者：	高楼
出版发行：	西安出版社
社　　址：	西安市曲江新区雁南五路 1868 号影视演艺大厦 11 层
电　　话：	（029）85253740
邮政编码：	710061
印　　刷：	三河市华东印刷有限公司
开　　本：	880mm×1230mm　32 开
印　　张：	8
字　　数：	230 千字
版　　次：	2024 年 3 月第 1 版
印　　次：	2024 年 3 月第 1 次印刷
书　　号：	ISBN 978-7-5541-6626-0
定　　价：	69.00 元

△ 本书如有缺页、误装，请寄回另换

写在前面

常言道,笑一笑十年少。如果你看过这些文字后没笑,我不相信,因为我自己看了都会笑,真的。

自序

城里的孩子和乡下的孩子相比,乡下的孩子可真是差远了。乡下的孩子吃的不好,穿的也不好,玩的可就更不用说了。不过,这些都是前几年的事喽,如今呐,那可真是大大的不同了。我以为,有些方面甚至还超过了城里的孩子。城里孩子们的生活,我不太熟悉。但是乡下孩子们的生活,我却是颇为熟悉的——我以为。因此,我写了这本小书,这里面写的是真挚的情感,真诚的生活。

我觉得我的这些文字,只是如我所崇拜的一位前辈说的那样,在街上摆一个杂货摊,摊子上面所有的无非是几颗铁钉、几双筷子、几根针、几条线,等等的小东西。我希望,但也相信,总有读者能从这里取得他(她)自己所需要的东西。倘若,最亲爱的读者们,能从中取得很多快乐与欢笑,那我就很欣慰了。

莱辛曾说过,标题不是菜单,透露的内容越少越好。我这本小书就简单地取名为《四季之花》吧。愿敬爱的读者们啊——不论是小读者、大读者,都来好好看看。我想它一定会给你们带来许多乐趣与益处的。你们不信吗?不信就仔细读读,看看到底如何,看我说的到底是真还是假。

好了,就此打住,以上的文字就姑且称之为自序吧。

目录

自序

第一章　欢笑的春天 ··· 001

　卷一　柳家湾 ··· 001

　卷二　调皮捣蛋鬼 ··· 002

　卷三　战争与和平 ··· 002

　　　篇一　柳条帽 ··· 002

　　　篇二　战斗打响了 ··· 005

　　　篇三　战争过后是和平 ·· 008

　卷四　世上走得最慢的是时间，走得最快的也是时间 ····· 008

　　　篇一　流嘣嘣与圆三好 ·· 008

　　　篇二　老圈十二洞 ··· 009

　　　篇三　洋槐花 ··· 017

　　　篇四　端午节 ··· 019

　卷五　春夜喜雨 ··· 021

　　　篇一　大人们的感慨 ·· 021

　　　篇二　孩子们"杀羊吃" ······································ 021

　　　篇三　春雨礼赞 ·· 024

　卷六　天热，有天热的好处 ·· 025

　　　篇一　雨过天才晴 ··· 025

　　　篇二　来五窝 ··· 025

　　　篇三　来喜家的打麦场上 ····································· 028

　　　篇四　《岳飞传》 ··· 038

　　　篇五　别了春天 ·· 039

第二章　快乐的夏天 ··· 041

　卷一　豆腐 ··· 041

　卷二　斗鸡 ··· 042

　卷三　大把戏 ·· 043

　卷四　小津津 ·· 048

- 1 -

篇一	人在旅途	048
篇二	喜从天降	049
篇三	英雄好汉谱	049
篇四	有问有答	050

卷五 割草 052

卷六 黄鳝与大黑鱼 057
　　篇一 孩子们又逮又捉 057
　　篇二 大人们又评又说 059

卷七 笑声盈温泉 061
　　篇一 两个天地 061
　　篇二 水上乐园 062

卷八 柳家湾的"苏州园林"与"杭州西湖" 074
　　篇一 羊叫也可以说成是羊笑 074
　　篇二 花喜窝 076

卷九 看电影 079

卷一〇 大胜利与小失败 083
　　篇一 大战马蜂窝 083

卷一一 三首小歌曲一个小行者 093
　　篇一 小红孩、小燕子、小黄盆 093
　　篇二 悟空的小同胞 094

卷一二 天上有星星的时候 098
　　篇一 看电视 098
　　篇二 大伙儿欢天喜地 100
　　篇三 偷西瓜 101

卷一三 节龟不会唱歌，人会唱歌 104
　　篇一 打破砂锅问到底 104
　　篇二 争先恐后抢唱歌 105

卷一四 夕阳无限好，孩子乐陶陶 106
　　篇一 打八步 106
　　篇二 来跪子 107
　　篇三 咂甜秫秸 108

卷一五 龙虎斗 109

卷一六 离别 112
　　篇一 依依不舍 112
　　篇二 思 113

第三章 丰硕的秋天 115
卷一 初秋之景 115

卷二	开学	116
卷三	跑葫头	116
	篇一　少林武当大决战	116
	篇二　胜利之后怎么办	118
	篇三　武当派齐声咒骂尖白脸	119
卷四	教师节	120
卷五	捉打豺狼官	121
	篇一　来龙去脉	121
	篇二　有苦有甜	122
卷六	天凉也得渐渐地凉	125
	篇一　玩也要商量	125
	篇二　克橛	126
卷七	天凉好个秋	130
	篇一　打卡片	130
	篇二　瞎子摸鱼	133
	篇三　一铜锤	135
	篇四　克房	138
	篇五　众孩儿欢闹苹果园	142
卷八	国庆节	146
	篇一　提前准备，各抒己见	146
	篇二　孩子们检阅"三军仪仗队"	147
	篇三　大闹新媳妇	148
卷九	中秋节	150
	篇一　小孩子胡说八道	150
	篇二　大人们忆苦思甜	151
	篇三　童话、神话	153
卷一〇	小孩有时也能干大人活	154
	篇一　沤麻	154
	篇二　逮鱼	155
卷一一	雁南飞	157

第四章　希望的冬天 — 159

卷一	小纵子的傻主意	159
卷二	玩耍	160
	篇一　挤麻油	160
	篇二　跳过绳后就拔河	162
	篇三　军旗、象棋、扑克	164
卷三	毽子	166

篇一	踢毽子	166
篇二	掺毽子	170

卷四　大雪　172
　　篇一　快要下雪了吧　172
　　篇二　大人们与雪　173
　　篇三　孩子们与雪　174

卷五　冷也不怕冷　183
　　篇一　雪停了　183
　　篇二　怕冷的不算好汉　185
　　篇三　跑冻子　186
　　篇四　踩雪水　188
　　篇五　打冰溜子、吃冰溜子　190

卷六　闹翻江　191
　　篇一　多事　191
　　篇二　拉鼓腔　193
　　篇三　明知山有虎，偏向虎山行　194

卷七　新年到了　198
　　篇一　迎春　198
　　篇二　小年　199
　　篇三　老捯　203
　　篇四　大年三十　206

卷八　从表面上看是对的，从本质上看是错的　211
　　篇一　风车子　211
　　篇二　玩会　213
　　篇三　放风筝猜谜语　221

卷九　自然循环　225
　　篇一　撂刷把子　225
　　篇二　听大鼓　227
　　篇三　赶老球　231

卷一〇　浮想联翩　236

第五章　美好的明天　239

第一章　欢笑的春天

常言道："一天之计在于晨，一年之计在于春。"阳春三月，正值万物复苏之时，百花盛开之际。所有的一切都充满着勃勃的生机。

在乡下，空气异常新鲜，每当那清凉如泉水般的空气被吸入体内后，顿时你就会觉得五脏六腑像是被柔软的手儿，轻轻地洗着，按摩着，有一种说不出的舒服与惬意。柔和的阳光，轻轻地，轻轻地普照着生机勃勃的大地；和煦的春风吹开了五彩缤纷绚丽多姿的鲜花，艳丽的花儿引来了各种各样欢唱的鸟儿；而柳树的枝芽儿呢，就像一个个活蹦乱跳的小松鼠儿，偷偷摸摸，探头探脑地溜到枝条上玩耍着，没来得及走，好像就被早藏在暗处的孙悟空用定身法定住，哈哈，它们马上就不欢蹦乱跳了，这样，便使枝条披上了一层嫩黄色的毛茸茸的绿装。

卷一　柳家湾

在各种各样，大小粗细长短不一的茂密的树木的掩映下，柳家湾显得端庄而优雅。

柳家湾这个庄名的来历，据湾子里的老人们讲，特别是那个年纪最大的，人送外号老古牛的老人，告诉孩子们说："咱这庄的人都特别的喜爱柳树，房前屋后，任哪栽的都是柳树，这儿的路呢，都弯弯曲曲的，很少有直路，又加上咱这庄的人，大多数还都姓柳，所以就给它取名叫柳家湾。"

此庄不大不小，一共一百六七十户人家。房子盖得很整齐，大多数都是砖墙瓦顶，三间堂屋，回门朝南。也有瓦房，三间偏屋，回门往东或朝西的。往往偏屋前面，再加上一个小门楼子，或者大过底，这样便组成了一个院子。当然喽，也有几家是土墙草顶的草房子。他们也不是没钱盖不起，可能是不大喜欢瓦房的缘故。因为砖墙瓦顶冬冷夏热，而土墙草顶则是冬暖夏凉。也可能是等钱多了，好盖楼房。柳家湾这会儿，也有两三家盖起了小二楼。

有的房屋前面还有用棍棒、麻秆、皮子等物搭的简易棚子，或者土墙草苫的小屋子——留喂牲口用的。

总体来看，分前后两大排，当中以汪（水泊）隔开。汪以北叫汪北，汪以南叫汪南或者叫南湖。南湖南边是小纵子家的正南，又是一个大汪。过了汪，汪东南角有一个方圆一里把路的小树林子。小树林子的东南西三面，便是广阔的田野。树林中的小草嫩嫩的，绿绿的，毛茸茸的散发着醉人的清香。那清香不由分说就从鼻孔中拱入，直抵心房里，让人有种说不出的快乐与高兴。没到那儿去过的人，偶尔要是闻到了，那我保证，他一定会惊奇地跳起来的，真的，不信的话来这里瞧一下就知道了。

卷二　调皮捣蛋鬼

柳家湾几乎每家都有几个调皮捣蛋鬼——孩子们，机灵得像猴子，正儿八经歪三斜四的点子，往往大人还都想不出来，他们却早已想出来了，并且装在肚子里不说，挤眉弄眼地看着你，非得等看到你急得满头大汗的时候，他们才古灵精怪地说出来，真使你舍不得揍他们。

卷三　战争与和平

篇一　柳条帽

如今且说这天，孩子们吃过早饭。各人家里也都没有什么大活，家里大人叫他们上胡里（田野里）镢把草来家。孩子们正巴求不得，哪有不愿去的理。立刻呼兄唤弟，喊朋叫友。不到一会儿工夫，便聚在一起，共有十多个。在柳家湾"兵马大元帅"——铁蛋的率领下，向湾西走去。

此刻，春回大地，万象更新，艳阳高照，春光明媚，三三两两的小燕子，叽叽喳喳地欢叫着，在空中飞来飞去。美妙的春风宛若一个七八岁的欢蹦跳跃，活泼可爱的小姑娘；又好像一个十七八岁的充满着青春魅力的美丽少女，用她那温柔的玉手轻轻地抚摸着孩子们那一张张喜气洋洋的笑脸。天不怎么冷，也不怎么热。这么好的天气供孩子们玩耍，真是孩子们的福气。

这时，孩子们有说有笑地蹦跳到通往西大沟的小斜沙土路上。小路弯弯曲曲、坑坑洼洼的。

路南是麦地，也有不少种的是菜籽。那绿得有点儿发黑的菜籽叶，长得又嫩又肥。特别是那又肥又厚的叶子上面的小露水珠儿，亮丽透明，像星星，似宝石。倘若你用手那么轻轻地动一动叶子，那露水珠儿便整个儿滚动着，滚动着。在阳光的照耀下，更是美极了！最美妙的是，你若蹲下来，伸出舌尖，似沾似不沾地轻轻一碰那露水珠儿，顿时你就会有两种极舒服的感觉，凉！香！啊，真美呀！简直和神话传说中的仙水无异。

路北是个喇叭形的汪，汪里的水清得简直不能再清了。特别是那汪边刚冒芽不久的芦苇，上面尖尖的有一点绿色，下面呢，则是白色居多，淡紫色居少的混合色，嫩得仿佛是刚出生不久的大白胖娃娃。路北旁随着路的走势，蜿蜒着一排粗壮的柳树和清秀挺拔的白杨树。

此刻的小土路上，有一队"军马"正在无组织无纪律地前进着。他们的武器装备真是五花八门。有的挎着竹篮子，有的挎着柳条篮子，有的挎着拉条篮子，有的背着粪箕子，有的拿着长虫皮口子，有的扔刀，有的撂铲，有的把手中的刀或铲乱转着……你这样，他那样。呀！没法说。他们嘻嘻哈哈，叽叽喳喳，不住地说笑着，没有正形地走着。

铁蛋背着粪箕子，走在最前头。他一边走着，一边把手中的刀乱转个不停，一边眼睛还四下里乱看着。走着走着，一抬头，两眼又瞅到柳树枝条上那早已粘满了的很多细小的嫩黄色的嫩叶芽儿来。这时，他忽然想起了在电影上看过的，八路军为了躲避小日本的飞机的轰炸，而在头上戴的柳条编的草帽子来。他转过身来，好像总司令般对他手下的士兵讲话，说："哎！你们看过电影上八路军戴着柳条帽子和日本鬼子打仗吗？""看过看过！嘿嘿，谁没看过？"大伙听了一起乱叫道。铁蛋笑道："那这会儿我命令你们，立即上树掰树枝子，来编帽子戴。"他的话刚完，就见从孩群当中噌地蹿出一个人来，此人十三四岁年纪，一米四五的个头，身体结结实实，又小巧玲珑。他长得很好看：小平头，乌黑的头发；圆圆的脸膛，白得发亮；细眉毛，眼睫毛又密又长；两个眼睛不大不小，离小巧的鼻子等长，正好；大约占到整个眼睛三分之二的眼白儿，白得刺眼，衬托得当中的眼珠儿乌溜溜的黑。特别令人惊奇的是，他能让眼珠儿打圈转——想什么时候转就什么时候转；想怎么转就怎么转——顺时针转，行！逆时转，行！想转几圈就转几圈，挥洒自如。炯炯有神的目光透露出机灵，顽皮，快乐。嘴巴也一样的小巧精致，嘴里的两排小米牙，错落有致，白得发光。小下巴颏儿稍微有一点儿尖。皮肤白白的，身子滑溜溜的。整天乐呵呵的，不知烦恼是什么，更不知忧愁为何物。人送外号尖白脸，美名小纵子。

"嘿嘿，爬树掰树枝子，咱可是秃子码帽——第一名！哈哈，看俺的！"说罢，你看他把刀和篮子一撂，跳到树跟，搂树就上，连蹿带跳地跟猴子上树没什么两样。眨眼工夫，就到了树上。半分钟不到，树枝子雨点般落下来了。

同时，其他伙伴们也毫不示弱，都纷纷迅速上了树。

不大一会儿，树下已有了好多好多嫩嫩的柳枝条。铁蛋见状，在下面连连叫道："够了够了，快下来，快下来！"虎头虎脑的铁蛋长得胖胖的，而且还黑，力气在伙伴当中是最大的。最特殊的是：他嘴里左右两边各长着一个小虎牙。因此，人送外号黑胖鬼，他这个首领是大伙自愿选出来的，孩子们都乐意服从他。不过有时也照不听他的，纷纷各行其是。

大伙从树上跳下来后，又忙编起了帽子来。编这玩意儿，最熟练的可就要数另外两员大将了。只听得小群叫道："哎！这事儿，包给咱，给神弹子俩都管了！嘿嘿。"他口中说着，手里早编起来了。

只见小常拿起一根稍粗点的枝条，绕成一个圆圈，然后又拿起几根细枝条来，围着圆圈飞速地盘起来……结果连一分钟也没要，两人几乎同时完成。而其他的伙伴还正在编着。

小常把编好的帽子顺手一甩，正好卡在小毛蛋头上。他大笑着，又接着编起来。小毛蛋早乐得哈哈大笑起来，他扶了扶帽子指着小常道："神弹子，哈哈，你的，什么的干活？八格呀噜的，死啦死啦的有！哈哈，你的，良心，良心大大的坏了的有！哈哈……"大伙听了，早大笑起来了。小常呢，边编着边笑道："鬼点子，嘿嘿，小小的太君，我的，大大的良民的干活。我的，是你的小叔的有！"大伙听了笑得更厉害了。连树上的小鸟儿，都被他们的欢笑声给吓得叽叽喳喳乱叫着，飞跑了……

时间不长，十几个柳条帽就编好了。孩子们戴上柳条帽，手挎篮子；或者背着粪箕子；或者拿着长虫皮口子。一个个都神气活现的，耀武扬威般，又接着向西前进。

篇二 战斗打响了

明媚春光里的田野，显得分外妩媚，宛如一位正处于豆蔻年华时期的美丽的姑娘样，那么好看，那么迷人。映入眼帘的，是一片绿油油的麦苗，处处都生机勃勃，春意盎然。

柳家湾西边靠近柏油路的地方，有两条大沟。一条东西走向，一条南北走向。南北大沟长，东西大沟短。这两条大沟，组成一个 T 字形。过了南北大沟，便是宽广平坦的南北走向的柏油马路。两条大沟汇合处的东边大沟，又深又陡。沟的两旁，有许多大小不一的树木，灌木丛及杂草。灌木丛不仅非常杂乱，还极其稠密。沟南沟北除了树之外，皆是废地，有许许多多的堁头子。嘿嘿，这儿正是一个玩打仗的好地点。

孩子们来到这儿，正想要上麦地里割草。"嘿嘿，"只听得一向爱出鬼点子的小毛蛋笑道，"哎！兄弟们，咱们来打仗，怎么样？"话音未落，小团就叫道："不行，不行！你这个小鬼点子，熊家伙，这会连一根草也没割，怎能玩这个？不行不行。""嘿嘿，"小毛蛋取笑道，"你这个小蠢猪，熊刷把子，你懂个屁！你怕割不满篮子吗？我会帮你。"说着，他转过脸来对着大伙又说："哎！大伙愿不愿干？"大伙齐声道："愿意！愿意！来来来！"铁蛋笑道："对！来来来，少数服从多数。

哈哈……这样,咱们先玩后割,反正天又不冷也不热,麦地里又有一大些草。一会儿就割满了。"经他一怂恿,大伙都一致同意了。这时小毛蛋又道:"哎!这样,我提议黑胖鬼铁蛋当裁判。呵,我看有几个人,一二三……十四个人,咱们是十四个人,除了黑胖鬼,七人一组,正好!"大伙听了一起乱嚷道:"对对,来分头,来分头……"

一会儿,头分好了,组长也选出来了。北边一组的组长是小纵子,南边一组的组长是连收。紧接着大伙来到各自的阵地,立即忙起来了——忙进行着准备工作:修"工事",做"伪装",运"子弹"等——忙得不可开交!

不一会儿,双方布置好阵地,设置好兵力。只见双方组长都头戴柳条帽,大模大样地走出隐蔽地,来到沟旁,把卡着腰,神气活现的,骄横而又不可一世地站在各自阵地的边缘,双眼互相瞪着……

这时,铁蛋站在大沟底的中立区,高声大叫道:"哈!两边听着,谁冲上谁这边谁为赢。哎不行!还得大多数人冲上去才为赢。"此时,铁蛋把举起的右手猛地用力往下劈去同时大喊道:"战斗正式开始!"话音未落,两边各有"子弹"飞向对方的组长。只见早有准备的小纵子,往旁边的灌木丛一钻,轻巧地躲了过去。而连收呢,一见那么多的"子弹",直奔自己而来——吓坏了——忙猫着腰,头缩着往回跑。没跑几步,不提防,被一块小树根绊着了,啪一下趴倒了。他回头一看,又有几颗"子弹"正往自己这边飞来,吓得他忙一个就地十八滚,连滚带爬地才躲了过去。

刹那间,"子弹"像密集的雨一样,在双方的阵地上飞起来了……

过了一段时间,不分胜负。又过了一段时间,未见高低。再过一段时间,仍不分输赢。这,孩子哪愿意善罢甘休,非要见个高低上下不可。因此,战斗越来越激烈,不知不觉已到了白热化阶段。

这会儿,南边一组的人送外号大肥猪的小胖,爬到组长身边道:"报告组长!咱们的'子弹'不多了。""笨蛋!再去运。"连收一边扔出一颗"手榴弹",一边大叫道:"快去,我们掩护你!"小胖听了,忙爬起来,啪地一个立正姿势。"嗨咻!"说笑着,转过身,猫着腰,忙走了。

这时，战斗正在激烈地进行着……

北面的组长小纵子，在扔出几颗"手榴弹"之后，正趴在那儿想点子，耳朵里忽然隐隐约约听到"再去运"。他忙对身边的小常说："快！神弹子，注意南面可能有运'子弹'的；要有，就对准揍！"小常连连笑道："夜斯夜斯！"他手里攥着块坷头子，面前又放着几块。两眼睁得大大的，仔细观察着，搜索着……

南面的小胖，此刻腰弓着，头缩着，用小褂兜着"子弹"，凭借着密密的灌木丛的掩护，从"子弹仓库"里蹑手蹑脚而又动作迅速地往阵地上运"子弹"。

此时，战斗依然在激烈地进行着……

运了好几趟，都没事儿。没料想对方有专人专门在盯着他。这次，小胖又多兜了好几块坷头子，正高高兴兴往回走。忽然，一发"子弹"仿佛长了眼睛似的直奔小胖而来。小胖正弯着腰，只顾往前钻，上哪看见。只听得啪的一声，正揍在头上。春天的坷头子并不怎么硬；要是冬天，那头上非得有窟窿不可。再看这时的小胖，"哎哟！"一声尖叫，"子弹"也不要了，两手捂着头，高声大哭起来："啊！"他这一哭，不要紧。两边的"军队"可就都乱套了——赶忙停止战斗，纷纷跑过来看——看看伤势怎么样，重不重……

大伙儿来到跟前一看，伤得并不怎么重，只是从小胖的头后部，突地冒出一个疙瘩来，并且还越来越大。"啊！"小胖坐在地上仍旧大哭不止。大伙纷纷乱嚷着："谁揍的，谁揍的？怎么使这么大劲？""嗯，不碍事不碍事，一会就好了。""我看看我看看，哎呀——哼！都怨熊鬼点子，非得要来打仗，要……"

铁蛋看了看小胖的伤后宣布："仗不敢再打了！一会儿，要是揍破了头，那到家就等着挨揍吧。哎这会大伙给小胖割满草，特殊照顾一下。""噢！"大伙答应一声，呼隆一下，直奔麦地。

麦地里的草可多啦！有面条儿菜，有香荠子菜，有莎荠子等。不一会儿，一人一把子，就把小胖的篮子塞得满满的了。这里面，就数小常的草把子最大，草最多，草最好。

篇三 战争过后是和平

之后，大伙又各人填各人的篮子、口子、粪箕子。

填满了，这时的小胖也不哭了，只是还嘟着脸。小纵子见状笑道："哎！一垛头换了一篮子草，亏还没吃，倒捡了个大便宜。下次打仗，要是搜到我就好了。""哈哈……"大伙听了，禁不住一起大笑起来。小胖也忍不住了，扑哧一声也笑了，"嘿嘿……"还没笑出第三声，忙又嘟起脸来。

大伙说笑着，挎着篮子，拿着刀或铲，背起口子或粪箕子，兴高采烈，心满意足地踏上了回家的路。此时，春风拂面，阳光和煦，美丽可爱的鸟儿唱着歌，在前面为孩子们欢快地引着路。

卷四 世上走得最慢的是时间，走得最快的也是时间

篇一 流嘣嘣与圆三好

时间过得真快，不知不觉天气渐渐地暖和起来了。

四月里的一个晚上，皎洁的月光下，连收家门口，人声鼎沸，热闹非凡。孩子们手拉着手围成一圈，一腿翘在对面或斜对面的伙伴们相连着的手上，跳动着，拍着手，欢笑着唱："流嘣嘣，搭戏台，谁来谁来招谁来。流嘣嘣，搭戏台……"时间不长，一腿站立着支撑不住，于是乎，纷纷倒在地上，叫着笑着，乱成一团。起来后，孩子们欢笑着又接着来。"流嘣嘣，搭戏台，谁来……"

正玩着，连收突然手一甩叫道："哎哎，对了对了，不来'流嘣嘣，搭戏台'，咱们来圆三好，可行？""行行！"大伙听了一起乱嚷着，"对对，来圆三好，圆三好！""来圆三好，哈哈……"

大伙都同意了。于是，孩子们手拉着手，围成一个圆。一边转动着，一边齐声唱起来："圆——圆——圆三好！不许讲话，不许动！"唱毕，手一松，立正站好。孩子们这会儿一个个都像木雕泥塑的人似的，站在

那里一动也不敢动,一声也不敢哼。为什么这样呢?因为谁要是动了,哼了,那谁就得倒霉。倒什么霉呢?啊,别急别急。

时间一长,高低有个小孩支撑不住了。这个小孩不是别人,就是上回头上长疙瘩的大人物——小胖。他怎么又动了呢?原来,也不知怎的,小胖总觉得胳肢窝里,好像有一个小虫儿在爬似的,怪痒痒了。他憋了老大会儿了,还想再憋下去,可实在憋不住了——扑哧一声,嘿嘿,笑出声来。这一笑不大要紧,你看,把大伙忙得——欢笑着围上来,逮着小胖,边用手揍,边拖着长音齐声唱道:"大地主,年初一,半夜三更来偷鸡,问你偷鸡可偷鸡?哈哈——"唱完,大伙儿又欢笑着紧接着问:"大肥猪,可偷了?熊家伙!快说,可偷鸡了?"小胖忙乖巧地连连说:"不偷了不偷了!"假如他要说还偷,那他就还得挨揍。大伙见状,忙又手拉手,接着玩起来。"圆——圆——圆三好。不许讲话不许动……"

柔和的春风吹来,孩子们觉得格外凉爽,亲切。大伙正玩得起劲,忽然人称尖耳子的跃进叫道:"哎!听,家里人喊吃饭了。"小亚子支着耳朵听了会,"嗯!真的,真的喊吃饭了。哎,走走,回家吃饭吧!咱们吃过饭再来玩。大伙听着,吃过饭谁要不来,哼哼!我报告如来,非搓他个赖皮!哈哈——"小亚子说完,大笑着忙转身跑走了。"哈哈——"孩子们听了,也都一个个笑着回家吃饭去了。

天更凉快了,风吹得树叶哗哗直响。月亮姑娘,星星妹妹忽闪着明亮的眼睛,在羡慕地望着这些可爱的孩子们。

篇二 老圈十二洞

饭后,俊俏的月亮渐渐地升起来了。明亮而柔和的月光静静地泻在连收家门口,屋顶上,树梢上,大地上。啊!好一个美丽的乡村之夜。点点繁星,调皮地眨着眼睛,观看着,欢迎着陆续到来的孩子们。

来到了老地点,铁蛋还真的查了一下,结果如何?不但不少,还添了好几个,共有二十来个人。还有好几个大人呢——有的蹲着,有的站着,有的靠在墙上——看热闹呢!

于是,孩子们照饭前一样,又玩起圆三好来。

才刚来一排,连收就厌烦了:"不来了,不来了,圆三好一点也不好玩,不好玩不好玩!"小常也忙附和:"对对!就是,圆三好就是不好玩!""嘿嘿,"小毛蛋见状忙笑道:"那个那个,咱们来玩老圈十二洞怎么样?""哎,对对!"小毛蛋的话音还未落,大伙就一起大笑道:"来玩老圈十二洞!""哈哈,老圈十二洞有多美啦!"

第一节 规定

弹指一挥间,说笑声中,孩子们就玩起了老圈十二洞来了。

只见孩子们伸开手臂,互相拉着手,围成一个大大的圆圈。圈内有三个小"老鼠",跃进、小群、连收。圈外有五只"猫",小纵子、小毛蛋、铁蛋、小亮、小常。无论是当老鼠的还是当猫的,都是自愿的。

什么叫老圈十二洞呢?自始至终都是这个圈子,所以叫老圈。十二洞呢,就是老鼠们必须钻够十二个洞才算赢。钻不够或者钻的时候被逮到,那都得受到非常严厉的惩罚。若钻够了,那就惩罚"猫"。所谓洞,就是指孩子们相连的手臂底下。"老鼠"从手臂底下钻出去后,再从原洞的左边或右边再钻进来,且不被"猫"抓住。如此啊,才为钻了一个洞。"老鼠"在圈内的时间不能过长,否则视为故意拖延时间,要受到更严厉的惩罚。什么样严厉的惩罚呢?哎,别急别急,心急喝不了热稀饭嘛,一口馍也吃不成个胖子。啊,亲爱的小读者,你说对不对?俗话说得好——车到山前必有路;到什么山唱什么歌;到什么时候说什么时候的话。啊,到时候保证告诉你。

总之,关于这些规定或规则,会玩老圈十二洞的孩子们是早就知道了。

第二节 钻洞

老圈十二洞正式开始了,快看快看!"老鼠"们在圈内表演起来:三人排成一队,跃进带头,连收押后,小群居中。只听得跃进大叫道:"哎!咱们'贴饼'了噢?""贴饼"就是"老鼠们"在手拉手的孩子们脸边拍手。大伙早等不及了,忙齐叫道:"贴吧,贴吧,快点贴吧!

三个小老鼠,哈哈——"三个小"老鼠"欢笑着。打圈挨排"贴起饼"来……贴完后,三个小"老鼠"回到中央,使劲往上一蹦,大嘴一张,竟然一口把"挂在梁头上的肉"给偷吃了——嘴里还不停地乱呱唧,"嗯嗯,好吃好吃好吃,啧啧……"偷吃过后,就得逃跑哟。于是,钻洞开始了。

圈外的五只"猫",见"老鼠"们把他们的肉给偷吃了,都气得呜呀呀直叫:"啊呀呀!"有的蹿过来,有的跳过去,有的躲在孩子们身后,有的贴在孩子们身后……五只"猫"眼睛一动不动,聚精会神地注视着圈内的小"老鼠"——防止他们从洞中逃跑。一个个都非常急切地想逮住他们来报仇。而三个小"老鼠"呢,为了能够尽快逃跑掉,在圈内横跑起来——胡跑一通,乱跑一气,寻找机会钻洞。他们一会儿跑到东边,一会儿跑到西边,一会儿蹿到南边,一会儿又窜到北边……五只"猫"在圈外,随着"老鼠"身影的移动而移动——毫不放松,紧紧盯住,几乎达到了滴水不漏的地步。三个小"老鼠"可急死了,仿佛热锅上的蚂蚁,团团乱转。一会儿蹿到这,一会儿跑到那……

围成圈子的孩子们见状,早就大笑起来了,与此同时,还都一起乱叫着,乱嚷着呢。"哎!快钻呀,熊'老鼠',快钻呀,快钻呀!""哈哈——怎么弄的?从这边,哎这边这边!那边那边,那边不碍事。""快点,快点,笨蛋!真是。一钻不就完了吗?嗯,真是笨蛋!""哎!这了这了,笨蛋!一拱就完了。""哎哟,快点快点,哎呀!嗯,对!还是得飞毛腿。""哈哈,快快快!熊尖耳子,我这跟着。咳!这么慢,真是笨蛋!""呵呵,快点,快点,大肚子,我这跟着不碍事。唉!熊大肚子,胆子真小。一拱不就行啦,唉!真是……""我这了,我这了!快点钻呀……"

孩子们欢笑着,乱嚷个不停。咕咦了大半天,三个小"老鼠"也没钻几个洞。小群腿快,身子又灵活,才钻了五个。连收、跃进才钻了两个,还都是连滚加爬的。

孩子们的精彩表演,惹得围观的大人们,都禁不住哈哈大笑起来。

铁蛋这时大叫道:"哎!三个熊'老鼠',快点快点,一个个都是大笨蛋!都这么长时间了,才钻那几个洞。十二个洞,什么时候才能钻了?还能等你钻到太阳出来吗?""哼!"跃进不服气地大叫道,"黑胖鬼，不好钻。不信，俺俩换换？""哈哈，换换？"小亮大笑道，"换什么换！跃进你走吧，这是你自个儿愿意搁里面的，又不是俺叫你搁的。"连收坐在地上叫道："歇歇，歇歇，唉！乖乖，都淌汗了。哎，我说你们不能松点吗？"小常笑道："松点？想得倒美！坐飞机吹喇叭——你想得怪高！哼哼。"小纵子虚情假意道："行行，松点就松点，嘿嘿，看你们也怪可怜。哎，让咱们哥几个再商量一下吧。"说完，他对小常使了个眼色，又道："鬼点子，一把火，黑胖鬼，来，来来，咱们来商量一下。"五只"猫"聚在一起，叽叽咕咕地商量起来。

小纵子一个一个的，把嘴对着"猫"的耳朵轻轻地说："哎，这样，咱们假装松，让他们钻几个，引他们出来。等他们一出来，咱不管三七二十一，先逮住再讲。""嗯嗯，"小毛蛋赞同道，"嗯！对对，哎！咱们得看住飞毛腿，可不能让他跑了。"铁蛋，小亮二人道："对对，嗯！"小常把大拇指一竖，晃了又晃道："高，高，高！尖白脸，鬼点子，你俩的点子，高高高，实在是高！""哈哈——"五只"猫"会意地高声笑了起来。这下跃进的耳朵再尖也听不到了，也不知道他们笑的什么，为什么笑。

与此同时，三个小"老鼠"也聚在一起，商量着咕咕叽叽……

其他的孩子们不管这些，仍在大声笑嚷着："快点，快点！你们这些熊家伙，歇够了没有？商量好了没有？快点！"

这会儿小纵子笑着站了起来道："哎，嘿嘿，三个小'老鼠'歇够了吧。来！"跃进大叫道："来！来就来，哼！还怕你？"于是老圈十二洞又开始了。

三个小"老鼠"这下仿佛都变了样，灵巧得多了，战术也变了，也不像先前那样胡跑一气，各自为战了——三人互相配合得默契起来了。

连收、跃进二人没过多长时间，一个钻了六个，一个钻了八个。小群更厉害，再钻一个就满了。这时的形势对"猫"来说极为不利。此刻，气氛更加激烈紧张。

连收这会弯着腰，撅着腚，手拽着毛眼子的衣襟，两眼咕溜溜乱看着，乱转着，试了几下，都没敢钻。这下他跑到小凡身边，见没什么危险，看可以钻了。只见他头一偏，直往下一个洞钻去。说时迟那时快，躲在一边的小纵子，一个急纵身，一手拽住连收的后背，猛一用力，一下子就把他拉了过来。"哈哈——"小纵子大笑道，"小小的毛妖，哈哈，小毛妖，大肚子，这下我看你还往哪里逃走？啊哈哈……"

不说连收被擒，再说跃进——耳朵尖不讲，而且差把火的事更能干得出来。这时，他的腚撅在外面，腰弓着，眼四下望着……试了好几次，身子还在圈内。这会，跃进蹿到小东那边。腚仍然撅在外边，他觉得没什么险情，手一松，头一偏就钻。可能是吃多了撑的，也可能是故意的，也可能是巧了，反正是一个屁接着一个屁，接二连三地放着。乖——真难闻！跃进趁此千载难逢之良机，全身早出去了，头正要往下一个洞拱。哪料想小毛蛋早盯着他了。这时的小毛蛋也顾不得臭了，蹿上去拽住，连拉带拽地就往后拖。小毛蛋边拽边连连吐唾沫子，"呸呸呸——这么臭的！乖，真难闻！哈哈，你这个放屁虫，不愿意也不行。还往哪里走？你给我过来吧！"孩子们早已笑得三歪四斜的，连话也说不出来了。

现在，只剩下一个小"老鼠"——小群。他已是孤掌难鸣了——一个小"老鼠"再有本事，也抵不过五只敏锐的"猫"吧。此刻只听得铁蛋叫道："哎，飞毛腿，不要再让咱们逮了。嘿嘿，就你一个还让咱们逮？赶紧投降算了！"小群却急忙连连叫道，"我不投降——就差一个就满了。说不定我能闯过去嘞！""哈哈……"大伙听了都一起大笑起来了。小纵子讥笑道："行！大伙让他闯。人飞毛腿多厉害。你这么多人，也不如人飞毛腿。"铁蛋气呼呼地叫道："好好，熊飞毛腿，哼！看你怎么闯过去。"小群既不还言，也不听他的，于是又钻起来。

五只"猫"紧紧盯着，把小群盯得死死的。过了一会儿，果然不出所料，小群终究没有闯过去，被铁蛋和小常俩人逮到了。大伙儿一见，立刻松开手，蹦跳着，欢笑着，高叫着，呼喊着："噢！哈哈……"

这时，碧空如洗，皓月当空，繁星点点，春风拂面，空气清新得沁人心脾。在乳白色月光的照耀下，天地间越发显得静谧与美丽。除了欢笑的孩子们，世间万物都在月光那温柔而广阔的怀抱里睡熟了，睡熟了……

第三节 惩罚

大伙一见逮着了小群,立刻大笑着,欢呼起来了。之所以会这样高兴,是因为下面紧接着举行的便是对"老鼠们"的严厉惩罚。

孩子们欢笑着,叫嚷着,摆开了阵势——两人自愿结合,面对面站着,伸开两手接在一起。凡是来的人都这样排,这样便组成了一个长方形的大洞。

阵势摆好了,怎么实施呢?"老鼠们"得从这个长"洞"里钻过去,而且还得钻三次才行。也就是孩子们所说的三"关"。哪三"关"?第一"关",美其名曰:刮风——就是用嘴向洞里吹。不过,有相当一部分孩子太大方了,时间观念又太强,往往提前加点"油"——唾沫子。这一"关",相对来说还算比较好过些。只要钻洞者用衣服蒙着头,或者两手臂捂着头,腿灵活点,用力跑得快快的,功夫不大就可以过去。下面两"关"可不太好过,尤其是第三"关"。第二"关",美其名曰:下雨——就是往洞里面吐唾沫子。这一"关"还不算太难过,最难过的便是最后一"关"。第三"关"美其名曰:下泷子——下冰雹——下拳头。就是钻洞时,孩子们可以用拳头往他们身上砸。啊,亲爱的读者,这一"关"可最难过啊。唉,真是太难过了!

此刻,孩子们说笑着,摆好了阵势。"嘿嘿,"来喜笑道,"哎,尖白脸,咱们可得使劲吹啊?""嘻嘻,"小纵子笑道,"小大人,那还用说?人家都累半天了,咱们得让人家凉呼凉呼,好好歇歇,喝得饱饱的才行。""哈哈,"小毛蛋笑道,"咳!尖白脸,光喝饱还不行,还得让他们喝得晕晕乎乎的。""哎!"小团紧接着叫道,"愣头青,我嘴里的唾沫子都聚了半天啦。"小凡笑着大叫道:"哎喂!三个小臭'老鼠',快点快点,再不快点,咱可不留情了!""哎!三个熊'老鼠',"小丁大叫道,"快点,这么慢!人都急死了。"小黑喊道:"哎!三个笨蛋,快点快点!你不知道,我的手早就痒痒了。"孩子们你一言,我一语,说个不停,嚷个不休。

三个"老鼠"呢,这时也聚在一起,商量着——怎样才能顺利通过这三关。连收低着无精打采的脑袋,嘟哝道:"唉!乖乖——这下可不好过了。哎!别忙别忙,忙什么的?咱们还没准备好,再挨会儿。唉——"跃进挠了挠头叫道:"怕什么?兵来将挡,水来土掩。嘿,大肚子,我对你说,咱们三个一块儿进去。飞毛腿带头,你押后,我搁中间。钻时要快,一闪下就没了,就跟打闪一样。"

那边的孩子们各人对各人的伙伴说:"哎,咱们得使劲啊,可不能留情。"准备"惩罚"他人的孩子们的脸上,笑得绽开了花。

一切都准备好了,惩罚开始了。孩子们欢笑着一起乱叫道:"快点快点,不要客气。"三个小"老鼠"没有好法子可想,只有钻了。

三个小"老鼠"来到洞跟:小群带头,跃进跟上,连收押后,就都顾头顾不了腚地钻进"洞"里了。你看"刮风"的孩子们欢笑着,低着头,鼓着腮帮子,张大嘴,使劲地吹呢!不时还带点"雨水"。"嘿嘿——哈哈——嘻嘻……"欢笑的孩子们可真卖力,一点不偷懒。

笑声未停,第一"关"过去了,接着,比较难的第二"关"也过了,最难过的第三"关",马上就要开始了。"哈哈……"孩子们欢笑着,大叫着,乱嚷着不停。"哎!咱们得使劲砸啊?""哈哈!那还用说,非得把他们砸趴下不可。"孩子们边尽情地说笑着。三个小"老鼠"呢,更是又伸胳膊又踢腿。他们还都不时用力拍着手,啪啪啪!又不时用脚使劲跺跺地,嗵嗵嗵!啊——吸一口气,把"功夫"都运到背上——准备挨打。

"老鼠"这边,小群仍然是第一个钻"洞"。你看孩子们欢笑着,两手不停地只顾下拳头。只见那拳头上下翻飞,就像密集的雨点样往下打……

跃进讪笑着,没有什么好办法,只好又来到"洞"跟。他腰弯着,低下头来,两眼乱瞅着……这会他还想再试,冷不防后面的连收用膝盖一抵道:"快进去吧!"跃进被他一抵,跟跟跄跄的,不由自主地就被拱进去了。连收说完,紧接着一弯腰也钻了进去。

欢乐的孩子们笑着,使劲地砸……砸过的(按理,砸过的是不能再跑过去砸的。)调皮的孩子——小胖、小丁、小团、小凡等好几个,又跑到前面接着砸……快到东头时，铁蛋、来喜、小东等几个一伸腿，把"老鼠"们绊倒，又砸了一会……啊！终于到头了，可三个"老鼠"还没爬起来。铁蛋、小亚子、小东、来喜等几个一伸手把小丁、小凡、小胖、小团、毛眼子等人往"老鼠们"身上推去……没人去推小纵子、小毛蛋二人，可他俩也装着站不住的样子；嘴里却高声尖叫着："哎哎！怎么弄的？你推我干啥？你别推我。我怎么站不住了？呵呵……"顺势压在三个"老鼠"身上。这下可就更热闹了，也更好看了。欢笑声，叫喊声，哎哟声交织在一起，就像一锅烧开的水沸腾着……又如捅了个马蜂窝样，嗡嗡乱叫着……

最后，三个小"老鼠"终于熬过去了。"哎吆哎吆……"跃进三人，一副龇牙咧嘴的样子，让人哭笑不得！小纵子见状嘲笑道："哎，嘻嘻，放屁虫，我看你练得可以嘛，怎么嘴咧成那样啊，哈哈——"大伙听了，笑得更欢啦。

这时候，天上的繁星，欢笑着眨着眼直往下看。柔和的月光，伸出她那数不清的纤纤玉手，轻轻抚摩着孩子们的那一张张笑脸。呱呱——蛙声浩荡。除了那一片美妙的蛙声之外，四周静悄悄的。

第四节　有开头就得有结尾

玩了大半夜，孩子们也都乏了，正想班师回家。来喜忽然叫道："哎哟！光玩了，忘了一件大事。""什么大事？"大伙听了一起问道。来喜笑道："嘻嘻，我听大人说，过两天就到端午节了。""端午节？"小亚子满脸疑惑的神色，问道，"端午节是什么节？""嘿嘿，"来喜得意地笑着道，"愣头青，这你还不知道？端午节就是咱这儿的午当乎。啊，听说端午节是纪念一个屈什么的诗人。哎！到时候咱们还得好好玩一下。"小亚子听罢，不服气地嘟哝道："哼！你说午当乎不就行了吗？还非得说什么端午节。哼！真是光腚勒裤带——多那一道子。"大伙听了，顿时一起大笑起来了。

这时，铁蛋打了一个长长的哈欠，紧接着又伸了一个长长的懒腰。"啊——困了！回家睡觉吧？"这个举动可不太要紧，马上孩子们好像鸡生瘟的样，一个个又伸懒腰，又打哈欠，一起道："啊，怪困了！回家睡觉吧，天不早了。"说着，一个个摇摇晃晃地回家睡觉去了。

此刻，夜已完全寂静下来了。偶尔，从远处传来一两声清脆的狗叫声——汪汪……

篇三　洋槐花

柳家湾虽然以柳树多而闻名，但也有不少其他的树。比如白杨树、洋槐树、泡桐树、炼枣子树、桑树等也都不少。

春风把桃树、杏树、苹果树、梨树的花给吹开了。你看呀，那粉红色的桃花，淡红色的杏花，雪白的苹果花，洁白的梨花，金黄色的油菜花等，你不让我，我不让你，竞相开放着。各种各样的艳丽的花儿，交相辉映，把春天的柳家湾装扮得异常的美丽，幽雅。

洋槐树、泡桐树的花儿开得要迟一些。随着时间的推移，神奇的春风把它们也给吹开了，喇叭形的，紫白色的泡桐树花，大人小孩都不大喜欢。大人小孩最喜欢的是那洁白的洋槐花。你看那洋槐树上，鲜嫩的绿叶丛中，洋槐花洁白如雪，缀满了枝头。花团锦簇的，甚是好看。在阳光的照耀下，亮闪闪的；在春风的吹拂下，颔首欢笑着；在绿叶的衬托下，更是分外的妖娆！真是洋槐花嫩白丰盈，教人如何不心疼。

如今，且说这天上午，和煦的春风，吹绿了万物。温暖的阳光，极其温柔地照耀着大地。可爱的鸟儿，不住地欢唱着悦耳的动听的曲儿。孩子们玩了一会儿园三好后，正想要来打卡片。小纵子忽然大叫道："打什么卡片！走，跟我走，吃好东西去！"说完，他转身就跑，像发了疯的野马一样，直奔向东南边的小树林子。大伙儿一听吃好东西，忙欢笑着撵去。毛眼子边跑边叫："哎！尖白脸，吃什么好东西？""嘿嘿，天机不可泄露，到地方就都知道啦！"小纵子一边回答，一边不停地跑着。

孩子们一口气跑到小树林之后，还不知道好东西在哪。"哎哟！哎哟！"连收累得气喘吁吁地叫道："熊奸白脸，来这儿吃什么好东西，好东西搁哪儿？哎哟，累死了！""笨蛋笨蛋！"小纵子笑着往树上一指道，"那不是好东西吗？上去够洋槐花吃。"说完，他跳到树跟前，搂树就往上爬。"噢!嘿嘿。"连收笑道,"笨蛋笨蛋,我真是笨蛋!""对对,上树够洋槐花吃呀。"大伙一起欢笑着,忙来到树跟前,都往上爬去。

不一会儿,孩子们全都蹿到树上去了。二话没说,开始大吃起来。

洁白的花儿,鲜绿的枝叶丛里孩子们吃个不停。欢笑着,说个不停。

骑在树杈上的毛眼子,抓一把雪白的洋槐花,往嘴里就按。"嗯嗯……"还没嚼完,他就叫道,"呀——真香!又香又甜,真好吃啊!"他又飞速地嚼起来。

连收呢,没法说话啦,怎么了?啊,原来他两边的腮帮子鼓多高,嘴里塞得满满的,只顾着吃,连话也不想说了。

小群把嘴里的洋槐花咽下去,忙连连叫道:"呀——这么甜的,真香真香……"

小胖边够洋槐花边笑道:"哎!这洋槐花比桑葚子还好吃。桑葚子光甜不香。这洋槐花,又香又甜!"刚说完,小胖就把够来的洋槐花,飞速地按到嘴里,津津有味地大嚼起来。小毛蛋大叫道,"大肥猪,你才知道,咱和尖白脸俩都来这儿吃过好几回了,哈哈……"

一时间,笑声充盈着小树林。小树林里盛不下了,那笑声便淌出来,流向四面八方……

过了一会儿,大伙才吃好。刚要下来,小毛蛋大叫道:"哎对了!弄点下来馏着吃。""嘿嘿。"小东道,"那还用说?"小常笑道:"馏了也好吃——俺妈最肯吃馏熟的洋槐花了。"说笑间,大伙每人都够下来一些。下来后,孩子们抱着洋槐花,一溜烟似的往家跑去。

小纵子抱着洋槐花,蹦蹦跳跳来到家。他妈正忙着要做饭。她一见洋槐花,顿时眉开眼笑道:"哎!呵呵,小纵子,快拿来快拿来!我找你半天了——就想叫你去够点洋槐花来馏吃的。""噢!嘿嘿,"小纵子笑道,"俺妈,怎么馏吃?""呵呵,"他妈笑道,"今儿个俺在大秫面里搁点盐,放点菜籽油,和洋槐花掺在一块儿馏吃。"

吃饭时,小纵子觉得那一笼布洋槐花真香啊!肚子都撑得好盛不下了,可他还想吃……

篇四 端午节

由于昨晚上又玩了到大半夜，第二天早上，孩子们赖在床上，一点点也不想起。广播快结束时，要不是大人一遍又一遍地喊，要不是还得去上学，他们大概能睡到晌午。

这天早晨，柳家湾到处飘散着浓浓的香味。村子里家家户户都在屋檐下插着艾草，他们煮了鸡蛋，包了粽子，还都煮了米饭。

吃饭时，米饭里还得搁糖。孩子们的饭量也不算小，可吃了一碗就吃不下了。往常，他们只有馍，今天，他们的眼睛都盯在粽子上，鸡蛋上了。大多数是一人两个鸡蛋，吃一个留一个玩。当然喽，也有多的。大人们要是不吃了，那鸡蛋自然就是他们的喽。

吃完饭，没什么事，孩子们自然又要聚在一块儿玩耍。

连收家门口，有几只雪白的、乌黑的、灰色的小羊羔。蹿上蹿下，乱蹦着，欢跳着，自由自在地玩耍着……

跃进家门口的墙根，一头白色的老母猪，哼哼个不停，长伸着腿，在睡大懒觉。十来个小白猪，在旁欢活蹦乱跳着，欢叫着跑来跑去……有两个小猪竟然都跑到老母猪身上了……

这时的天气，还不怎么大热，柳树及其他树木的枝叶，经过几个月的生长发育，已经蛮丰腴了，有一种成熟的美。

连收、跃进二人家门口，聚着好几个小孩，叽叽喳喳地乱叫个不停。小亚子边剥着鸡蛋边说："哎！小大人，你说这端午节是怎么来的？"小来喜嘴里正嚼着鸡蛋，一见小亚子问他。他一脸得意的神色，带着神气，有点讥笑，又有点卖弄似的说道："嗯，嘿嘿，你就是擀面杖吹火——一窍不通。你记着啊！这端午节，是纪念一个有名的诗人的。哎！听老师说，几百年前，有一个大诗人，叫屈屈屈，屈什么？嗯——"来喜挠挠头，停了会，想了想。"哎呀！"小东叫道，"快讲快讲，卖什么关子？小大人快讲，屈什么？"话音刚落，来喜忽然一拍大腿叫道："哎，对了！屈原屈原，啊！他可是一个大人物。人们为了纪念他，就在这天，家家都插艾，家家都包粽子，还有划龙舟活动。""嗯嗯，"不多叫道，

"我——怎么不——知道。"来喜忙道:"哼!你不知道的事还多着呢。嘿嘿,你去问你们老师,就知道了。"

过了会儿,小纵子叫道:"哎,神弹子你吃鸡蛋可使门牙?"小常呢,却装作没听见,转过脸去不理他。而小纵子见了,不但不自觉,反而还一边拍着手,一边跳着大笑道:"豁牙子!哈哈……"大伙听了,又都一起大笑起来了。"哼!"小常气呼呼大叫道,"哼!熊尖白脸,我就知道你坏蛋,哼!尖白脸你能,总有一天,你的牙都得掉了,哼!熊家伙。"小纵子朝他做了个鬼脸,嘻嘻笑道:"嗯,嘿嘿,神弹子,我不能包个金牙吗?""哎!别胡扯了。"小群叫道。

"哎,春天里下雨可是难得。"毛眼子不知为什么,突然说了这么句话。小丁在旁摇头晃脑地捏着大人腔,一本正经地笑着说:"哎!春雨贵如油嘛!嘿嘿,好吃鬼,这你不懂?""啊,"小亚子见状,忙挺认真地叫道,"胡扯,吹牛蛋。俺就不信!要不然,我给你雨,你给我油。香油、豆油、菜籽油都行!你可愿意换?""哈哈……"大伙儿一见小亚子那个认真的样子,顿时一起大笑起来了。"哈哈,"铁蛋大笑道,"人那是说春天里下雨很稀少,很珍贵,把它比作油,你还……哈哈……"小亚子早明白过来了,忙笑道:"噢!嘿嘿,俺不懂,你懂?黑胖鬼,你吃过?"

铁蛋忙跳过来,想要揍小亚子。小亚子早欢笑着跑了。铁蛋边撵边叫道:"愣头青,可敢站住?我猜你也不敢。有本事别跑!""哈哈。"孩子们欢笑着,忙跑去撵他俩。"哎!"来喜这时大叫道,"两个熊家伙,别跑!别忘了,今晚在老扁蛋家门口来玩老圈十二洞。""哎,对对对!"小丁也紧接着叫起来,"晚黑来玩老圈十二洞噢!啊谁不来谁就是大坏蛋。"

卷五　春夜喜雨

篇一　大人们的感慨

好容易才到了晚上，可天公不作美。有点儿犯阴象，还有点儿燥热。没有风，树叶儿无精打采的，仿佛学生做了错事挨老师批评似的，站在那儿。

晚饭后，小丁家门口，一大窝小孩在玩老圈十二洞。大人们把一切都收拾好之后，也出来乘凉看热闹。大人们有的坐着，有的站着，有的蹲着，有的倚着墙，有的靠着树……一边看着孩子们玩耍，一边拉呱儿。

孩子们那无忧无虑的快乐劲儿，感染了大人们。铁蛋娘的眼光里露出了非常羡慕的神色，只听得她说道："哎，这时候的小孩多有福气，多自在啊！唉——俺那时候可从没这样玩过。""谁说不是呢？"小纵子奶接着道，"他三婶，你说得一点也不假。这会的日子还有什么说处？有多好啊！那真是两个哑巴一头睡——没有话说，哈哈……"大人们听了都一起大笑起来。小凡爷笑道："大米白面，没有菜还不想吃。哼！以前的大地主也没有吃这么好。""嗯！"毛眼子奶道，"嗯嗯，不假不假。唉！还不是托毛主席，共产党的福。要不是他们，俺们哪有今天呢！你想，可是？""嗯嗯，他三奶，"八十多岁的小丁老太接着道，"她三奶，你看俺那时候过的是什么日子呀！——吃上顿没下顿，还有什么吃吗？唉！俺做梦也没承想，都快死了的人了——土都到脖子跟的人了，还能过上这样的好日子。啧啧！真没想到。看看，小孩子玩得多欢！"

篇二　孩子们"杀羊吃"

这时，孩子们玩得正欢！他们已不来老圈十二洞了，而是后一个拽住前一个的小褂底部，排成一个纵队，正在玩"杀羊吃"。"羊头"是连收，小毛蛋是农民伯伯。"羊头"后面的小"羊羔子们"——孩子们欢笑着，正看着气得乱跳的小毛蛋。小毛蛋板着脸，一本正经地大叫道："熊大肚子，我今儿个可被你给气死了。哼！今天，我非得把你家的羊羔子，都逮来杀吃不可！哼哼！""嘻嘻，"连收忙赔笑道，"哎哎，小鬼点子。嘿嘿，你真不讲理，怎么逮俺'羊'杀吃。俺'羊'怎么得罪你的？""你才孬蛋呢！"小毛蛋气得浑身乱颤，用手连连指着连收身后的小"羊羔子"大叫道，"怎么得罪我的？嗯。你'羊'吃俺麦！还怎么得罪我的。哼！麦都给我吃完了。还说我不讲理，还说我孬蛋。你才不讲理，你才是真的孬蛋。哼！今天我非得逮你家'羊'杀吃不可。""嘿嘿，"连收又忙赔笑道，"噢噢，那个那个，俺赔你不行吗？""赔？"小毛蛋气得一蹦多高，上蹿下跳地大叫道，"赔？哼！赔管啥用？不行不行！就得逮你家'羊'杀吃，我才能消气！"说完，他跳过来就逮。连收上哪愿意，忙伸开手臂拦着，一边仍然笑嘻嘻地说道："哎哎！不行不行……"小毛蛋往左，连收也往左，小毛蛋往右，连收也往右。连收身后的小"羊羔子们"嘻嘻哈哈乱叫着，忽左忽右地乱跑着……

　　过了一会儿，小毛蛋费了九牛二虎之力，才逮了两三个。到底是鬼点子，也不愧是鬼点子。小毛蛋急了，急中生智。他心话："不行！这得什么时候才能逮完？得想点子——智取才行。嘿嘿，有了有了。"小毛蛋停下来叫道："哎哎，别忙别忙。嘿嘿，大肚子，歇歇，歇歇。来，坐下喝水。大肚子，你说怎么赔吧？"小毛蛋说完，蹲下来，装成喝水的样子。连收也累了，正想歇歇，一听小毛蛋话中有话——有商量的门路。于是，蹲下来。他后面的小"羊羔子们"早累了——都忙蹲下来歇歇。小毛蛋"端起一杯水"，一仰头，一饮而尽。嘴巴里还砸道："啧啧，怪好喝的。"说着又"扚一扚菜"，放到嘴里嚼着。他嘴里说些鬼话，心里却正在捕捉战机。而连收和他的"小羊羔子们"却逐渐地丧失了警惕性——歇了会，还想歇，歇了会，还不想站起来。

　　连收蹲在地上，"也喝起水来。""啧啧！鬼点子，你说怎——"还没说完，小毛蛋突然噌地一纵身，蹿过来就逮。这下好了，小毛蛋出其不意，攻其不备。"哎哎！哎哎！哈哈，哎哎！"没有提防的"羊头""羊羔子们"，这下可就乱了套了，一起纷纷乱叫着，欢笑着，慌作一堆，乱成一团。乱成一团了，都还想跑。可上哪跑得了？小毛蛋趁此大好时机，噌地蹿过去，伸开手臂，一下子就搋倒了五六个。紧接着，小毛蛋又趁热打铁。没要多长时间，就把连收身后的小"羊羔子们"全抓完了。"羊头"连收见大势已去，急忙撒腿就跑，落荒而逃。他想逃之夭夭，一跑了之。可小毛蛋上哪愿意，只听得——"哈哈，大肚子，哪里逃走！"小毛蛋哈哈大笑，哪肯放过，紧跟就追。

俩人追了好几圈，到底连收稍逊一筹，没敌过小毛蛋，被抓回来了。

小毛蛋笑着把"羊头""羊羔子们"圈在一起，命他们蹲成圆形——"烧锅煮着吃"。吃不完呢，卖！

开始烧锅了：这时，只见小毛蛋不知从哪儿拿来一根烧火棍，对着"羊头""羊羔子们"的头，啪啪……"用力"地给每人一棍后，啪！又使劲一砸地——这代表着把它们全打"死"了。可"羊头""羊羔子们"仍然低声吃吃笑个不停。"嘿嘿……"小毛蛋也不管他们，手里拿着烧火棍，在"羊"空子之间，一伸一出地来回动个不休；同时嘴里还念念有词："咕咚，咕咚，咕咚……"

过了会，小毛蛋叫道："开了！哎，我瞧瞧，可熟了？"说完，来到跟前，装作撕一片，放到嘴里尝尝的样子。"啧，呸！乖乖，还有点生，还得再煮会儿。"说完，小毛蛋手中的烧火棍，在羊空子之间又一伸一出地运动起来，口里仍旧念念有词："咕咚，咕咚，咕咚……"蹲在那儿的"羊头""羊羔子们"都没觉着，时不时低声笑着。

又过一时，只听得小毛蛋叫道："咕咚，咕咚，咕咚！呀——行了！这下该熟了吧？嗯，再尝尝。"说完，他又装作撕下一片尝尝的样子，"嗯嗯，啧啧，熟了，熟了！好吃好吃，真好吃啊！喷香香！"小毛蛋一边说着，一边狼吞虎咽地"吃"着。

要不了多久，小毛蛋就"吃"饱了。"哎！这么多，我一个人上哪吃了？嗯，哎，对了！背去卖。""羊头""羊羔子们"蹲在那儿自始至终地笑着。"嘿嘿，呵呵，咯咯，嘻嘻……"小毛蛋可不管这些，早已把他们当成"死羊"了。此时，他背起一个来，边走边吆喝道："哎——羊肉！谁买羊肉吃？刚杀的，卖羊肉喽——买羊肉吃，才杀的，新鲜的哪！哎，贱卖了贱卖了，快来买呀！卖——羊——肉！""哈哈——"围观的大人们见了，早禁不住一起大笑起来。

小毛蛋还没卖到一半，就不能卖了。怎么啦？天下起毛毛细雨来了。孩子们可不怕这雨，所以都不想回家。大人们可不愿意，喝神动鬼般把孩子们赶回去了。

风儿吹来了，树叶哗哗直响——欢笑着，仿佛在迎接着春雨的到来。唰唰……柔和的春雨也欢笑着，唱着美妙的歌儿，不停地飘飘洒洒着……千丝万缕的春雨，宛若一片洁白的轻纱，笼罩着柳家湾。如一曲轻音乐般的春雨，可爱而又神奇的春雨，使柳家湾变成了一个云雾缥缈的神仙世界。

篇三　春雨礼赞

哦！春雨，是你洗刷着世间万物身上的尘土污垢。世间万物因你而变得更加妩媚，美丽。难道不是吗？

啊！春雨，是你滋润着万物，因你的滋润，才能发育生长，开花结果。难道不是吗？

啊！春雨，人不也同样需要你冲刷掉心灵上的尘土污垢吗？是的，只有这样才能成为一个真的人，善的人，美的人。难道不是吗？

啊！春雨，你是世间美的创造者。你只求奉献，不求索取。只给人们带来益处，而无一点害处。这种品质，是多么的难能可贵啊！

啊！春雨，古往今来，不知有多少人在描绘你，歌唱你，赞美你！"好雨知时节，当春乃发生。随风潜入夜，润物细无声。"这是人们唱给你的最好的赞歌。

啊！春雨，你是人间最可爱的小精灵。我向你顶礼膜拜。更要高声赞美你……

卷六　天热，有天热的好处

篇一　雨过天才晴

如牛毛，似花针的春雨，淅淅沥沥地下了两三天。这时候你也许会烦，你也许会恼。啊，亲爱的读者，可别烦，也别恼。烦恼的时候，你就出去，到野外的小路上去走走，散散心。被雨润过的小路，一定是凉爽，酥软，而又温柔。什么都可以想，什么也都可以不想。清新鲜润的绿油油的麦苗，路旁新绿可爱的小草，会使你的眼睛含着笑，悦目而又舒服；会使你的大脑与胸怀，心旷神怡而又飘飘然，如登仙界。远处的山儿，近处的树。上面的鸟儿，下面的路。所有的一切，都会让你觉得心花怒放，赏心悦目。

在春雨中行走，总是别有风味的，涌起一番美妙的滋味在心头。孩子们呢，也喜欢春雨，自然也就闲不住了。牛毛细雨中的孩子们，嬉笑着，欢闹着，跑来跑去。跑够了，他们就用五颜六色的纸叠成小船，放在水里漂着玩。噗噗噗……鼓起腮帮子吹着玩……他们总是那么快乐。

午饭后，天放晴了，洁净的天空，一碧万顷。欢乐的鸟儿，唱着歌儿，在明媚的天空中飞来飞去。太阳呢，一点儿也不害羞，一出来就站在高高的地方，给大地带来无限美好的光和热。

经过了几天春风春雨的冲刷，柳家湾显得更加美丽了。

篇二　来五窝

一天上午，天热起来了，空中不时传来布谷鸟动听悦耳的鸣叫声"咕咕，咕咕……"

此刻，孩子们正在小团家门口的树荫下玩圆三好。

玩着，玩着，小纵子忽然叫道："哎呀！天怪热了！不玩了，不玩了。"小毛蛋也紧接着叫道："哎对对！不玩了，不玩了。走！上东边树底下来五窝？""对，"来喜笑道，"对！天，怪热了！走，来五窝。"说完，就往东边树底下来。大伙儿跟着，小团边走边叫道："哎，没有子可使什么来呀？""哎对，使什么来呢？"大伙儿说着，边走边想着。哦！原来紫红色的桑葚早被这些小馋鬼们吃完了。

走着走着，小凡一抬眼，忽然看见东南角一棵歪脖子的炼枣树上，有许许多多绿色圆圆的炼枣子。他忙大叫道："哎有了有了！咱们使炼枣子来有多好？""对呀！哈哈。"大伙齐笑道，"真是笨蛋！那炼枣子怎么忘了？使炼枣子来有多好！"

小纵子嘴说对，早跑到跟前，一纵身，蹿上了树。不费吹灰之力，转眼间炼枣子雨点般落下来。"嘿嘿，可够了？"树上的小纵子笑着问。"够了！"不多在树底下昂着脸大声嚷道，小纵子听了，忙跳下树，和大伙一起收拾炼枣子，挖窝窝。

一切收拾完毕，准备好之后，孩子们两人一组，可就来起五窝来。

亲爱的读者，看到这里，你也许会问："什么叫五窝啊，怎么来五窝啊？"所谓的五窝，顾名思义，就是每人五个窝。十个窝横排列或纵排列都行，不过必须得对称。每个窝必须放五个子，既不能多也不能少。要想看得直观一些，如下图所示：

○ ○ ○ ○ ○
○ ○ ○ ○ ○

五窝图

来时，从自己的五个窝中任意一个窝抓起，把子全抓完，依次挨排顺着搁，一窝搁一个子。对方的窝里也得搁。到手里的子搁完时，看后边可是空窝。要是空窝，那你就能排到空窝后边紧挨着的那一窝。紧挨着的那一窝里要是没子，那你就排了个空。这时你就得让对方搌。要是有子，那窝里的子就全是你的，不管多少。并且如果有子那一窝后边又是空窝，那你就能连排。只讲是这种情况的，就能连排。手里的子搁完了，后边不是空窝，那你就得抓起来接着搌，直到能排为止。

最后，谁子多谁为赢。除填够自己的五窝外，还余子的，无论余多少，都得放到对方窝里。只是，对方的窝窝就是你的了。再来时，自己能搁子，对方不能搁,也不敢搁。搁了,那子就是人家的了。直到把对方的窝窝全占去,才为大胜利。这一局,才算彻底结束。

以上这些,就是来五窝的玩法。对于这些玩法,柳家湾的孩子们那是了如指掌,游刃有余。

亲爱的读者,你大约不知道这些玩法。虽然我竭力想把它介绍得简洁明了些,但是,我想你可能会和《示儿》的作者发出同样的感叹,或者有同样的体会:"纸上得来终觉浅。"你要想和柳家湾的孩子们一样——熟练地来五窝,那就不要忘了下面一句"绝知此事须躬行"。再说了,这个也挺好玩的。亲爱的读者,你不妨也试一试,玩一下如何。

这会,亲爱的读者,麻烦你和我一起回到树荫下。干什么?看一看孩子们的战况如何。这里咱不看别人的,单看小亚子、小凡这对高手的战况如何……

不知怎么的,结果,不大会玩的小亚子却战胜了颇精通的小凡。咳!你说奇怪不奇怪。

小亚子鬼得不得了,连连大笑着。"哈哈……玩这个小小的五窝,咱是这个的。"他连连晃着大拇指,不住地笑着说。晃过大拇指后,他又指着小凡道:"怎么样?怎么样!哈哈,大老黑,咱先头来说,还不信!嘿嘿,这会怎么样?信了吧!咱用的是绝招。""嘿嘿,愣头青,你鬼得什么?"小凡叫道,"你鬼得什么!愣头青,这局我有意让你的!你可敢再来?"小亚子也不理小凡,就跟没听见似的,高兴得手舞足蹈,小屁股还左一歪右一拐地扭起来。边扭着边情不自禁地唱起来了:"阿里,阿里爸爸,阿里爸爸是个快乐的青年!哦哦——芝麻开门,芝麻开门……"大伙见了都一起大笑起来,也都加入了这个行列,胡乱扭起来,跟着小亚子高兴得胡唱一气。

孩子们边唱着,边笑着,回家吃饭了。

篇三 来喜家的打麦场上

第一节 有闲有忙

麦子熟了,柳家湾那是人欢马叫,牛嚎驴鸣,机子响——一派丰收的繁忙景象。

过不了几天,田野里金黄色的小麦,都割得差不多了。

学校放了麦假,可是到田里去割麦的孩子们不多。他们去还不够碍事的,大人们都这样说,还不够惹人生气的。他们顶多也只能带几瓶水给大人们解解渴。割麦吧,这阵子大多数都用收割机割;就是不用机子割,孩子们也不能割。因为他们还没割两棵,就都又嫌热。一个劲儿叫嚷着:"这么热的,这么热的,这么热的!"大人们见了,还怪心疼。麦地里孩子们割麦的那个情景,你见了,会觉得又心疼,又好笑。因此,大部分时间,孩子们都是在家里玩,或者到场上去看场。

午收大忙时节,大人们都忙得很,哪有闲心去管他们,也没空去管他们。孩子们在这几天里,可开心了!颇痛快地玩了几天。

麦割好运到场上,一有好天就得打——只要不下雨就得打。那个忙呀!真是春争日,夏争时呀。

五月末的这一天,天可真热!人们坐下来不动,身上也能淌汗。如此热的天气,还得在火辣辣的太阳下从事繁重的体力劳动。此中甘苦,只有尝过的人才能知道其中的滋味。"谁知盘中餐,粒粒皆辛苦"呀!

大人们忙得吃饭都是风卷残云,狼吞虎咽。饭后,抹抹嘴,立刻干活去了。有的去拉麦,有的去割麦,有的铡麦,有的放场……

第二节 放场打场

想死了

来喜家的场在汪南,场后就是汪。场东有一排清秀又挺拔的白杨柳,场东北角有个简易的茅草庵,里面放着杈把、扫帚、扬场掀等农具。这场没什么遮挡,得风又得阳,地势好得没法说,是一个打场的好地方。

天还没怎么亮,来喜家大人就到场上铡起麦来。麦铡完了,家里人也喊吃饭了。来到家,三下两下,迅速吃好饭后。来喜娘在家涮锅,喂猪,收拾收拾;其他人,则到场上放场。

孩子们好像都没有事,其实,就是有事他们也得找借口,偷偷溜出来,到来喜家场上玩。因为上面说过,来喜家的场,地势太好了。场东南角百把米远,就是柳家湾的风景名胜——方圆一里路远的小树林子。场后,则是另一处风景名胜——汪。所以,孩子们都愿意往来喜家场上跑。

孩子们到场上,没有老实的,不是摸这个,就是拿那个,要不然就在场上胡跑一气,互相追赶着,打闹着……

此刻,头戴旧草帽的来喜爷,光着紫铜色的上身,下身只穿了个大裤头,手里拿着一根白杨树枝条子,牵着大白马吆喝着,正在打场。马拉着石磙子,吱叽吱叽……有节奏地响着,乍听起来,还怪好听的。

来喜爷见孩子们在场上,摸这个,拽那个,横跑一气,没有一点老实气,忙把手中的枝条子朝他们连连扬着道:"去去去!上边玩,碰到不是玩的,去去,等傍晚起场时再来玩。"不知怎么的,孩子们这下真听话了。也许是热了吧,也许是玩腻了吧,都欢笑着往边沿来。

小纵子见石磙子后面的砰石上边,地方还怪大,平活活的。马拉着走,哧哧哧,吱叽吱叽……"还怪好玩的,"他心话,"这上面怪得劲儿,上去坐坐,保证好玩。"想到这,他趁来喜爷不注意,猫着腰,偷偷地迅速往跟前跑。到跟了,刚抬脚要上。冷不防,来喜爷一转脸看见了,顿时扬起了手中的条子,大骂道:"想死了!腿能给你轧断!快给我走开!"小纵子吓得一吐舌头,赶紧往边沿跑去了。"哈哈……"大伙见了,顿时一起大笑起来。

打闹才欢笑

场边的沙土堆前,孩子们早玩起来了。孩子们抓起沙土,你往我身上撒,我往你身上扬。有的在沙土堆里打着滚儿,有的把沙土抟成堆,跳起来,用脚使劲一踩……哎呀!真的是尘土飞扬,直弄得尘埃不见打麦场。刹那间,孩子们可就好看了。一个个,脸抹得跟泥蛋样,浑身上上下下皆是土。

"嘿嘿,"这时只听得小凡笑着叫道,"哎!好吃鬼,看我驾云给你看。"说完,他两脚突着地,往前跑去。顿时,尘土如云,把小凡包在里面。毛眼子二话不说,哈哈大笑着,同样随后追去。其他人也毫不示弱,一个接一个跟上。

一会儿,转了回来。"哈哈,"毛眼子大笑着说,"大老黑,怎么样?我驾云可比你快!嘿嘿,你还照闲?正倒的鲁班门前耍大斧!啊哈哈——"小常看不惯毛眼子那个猖狂样:"哼!好吃鬼,你可有猴子驾云快?孙大圣一个筋斗十万八千里!你——嘿嘿。"小常的笑声未停,连收忙笑道:"嘿嘿,猴子再快,他也逃不出我如来佛的手掌心。可对?"连收说着,伸开右手,对着小常把五指张开又拢起,拢起又张开。得意的连收,还把头晃过来,晃过去。小常哑口无言。

此刻,小纵子叫道:"哎哎,都别笑了,我来讲个瓜给你们听,你们可肯听?"大伙儿最喜欢听了,忙一起叫道:"肯听肯听,讲讲讲。""嘿嘿,"小纵子笑着笑着,忽然一本正经地叫道,"哎!尖耳子,你脚上哪来的鼻子?"跃进感到很奇怪,忙低头看:"没有呀,哪来的鼻子?尖白脸。"小纵子忙大叫道:"两眼看蹄子!哈哈——"大伙听了,早一起大笑起来了。"哼!"跃进叫道,"熊尖白脸,咱大人不见小人怪,宰相肚里能撑船。我让你这一次,尖白脸,你讲吧。""嘿嘿,"小纵子笑道,"我讲了啊,我讲了啊——我真讲了啊?从前有个人,放屁给你闻!哈哈……"大伙一听挨了骂,一起叫着,纷纷上前要揍小纵子。"呵,熊尖白脸,你胆子不小,皮痒痒了。哼!"小纵子忙躲到一棵白杨树后,装成一副可怜巴巴的样子央求道:"嘿嘿,哎,哥们儿,饶了我吧,下次不敢了,饶了我吧。""好好,快讲快讲,熊家伙。"大伙齐叫着,也就不往跟前去了。小纵子一见大伙上不前了,忙又挠着头,装成思考的样子。"哎,让我想想,让我想想再讲。嗯——嗯——嗯!哎,来了来了。南京到北京,讲话给鳖听!啊?"大伙儿一听又挨了骂,气得纷纷往上蹿。一起叫道:"呵?好你个小尖白脸,胆子不小,哼!

这下非得搓你个赖皮,不搓……"说着,围过来,举手就想要打。忽然,天空中一片轰响声传来。大伙忙抬头看,"呀……"只见西北角天空中有五六架飞机,并排着,往东南飞来。每架飞机后面,各有一条白杠。"哎哟,这么厉害的!""这么好看的!""我的乖乖嘞!都是战斗机!"

大伙忍不住地赞叹着,昂着脸正看得出神。小亚子突然高声大叫道:"飞机拉杠了,屁股往上了!"大伙忙低下头来,不看了。心里都想上去揍小亚子,可一揍他,就等于承认自己被他骂了……正犹豫着,小纵子这时却伸出手来,对小亚子说:"哎,愣头青!你看。"他指着大拇指和小拇指接道:"你看我这两个手指头,你要哪一个?"小亚子莫名其妙,丈二和尚摸不着头脑,不知他什么意思,也不知道他葫芦里卖什么药。小亚子心里总以为大拇指好!因此他就说:"呵,要哪一个?尖白脸,我要——大拇指!""好啊。"小纵子听完,笑着,用右手食指,指着左手的大小拇指——从小拇指开始,到大拇指结束——一个字一个手指,如此循环往复。同时,口中念念有词道:"小竹竿,满天飞,我喝酒,你喝尿。哈哈……"说到最后一个字,他手指正好指着小亚子所要的大拇指。大伙见了,早高兴得一起大笑了起来。

小亚子见吃了亏,也不说话,上去就想要揍小纵子。大伙忙一起叫道:"活该活该!""你可敢揍他?谁让你先戏耍咱们的?"来喜的话音还未落,铁蛋又紧接着叫道:"对对!"铁蛋手指着小亚子又道:"小纵子身上要是少一根汗毛,我让你愣头青还一根大针!"小亚子一见大伙儿一起向着小纵子,他忙笑着掩饰道:"嘿嘿,现眼了,我可不敢揍他,吓唬他玩的。""哈哈,"铁蛋笑道,"谅你也不敢!"大伙见了,又都一起大笑起来了。

猜完谜语才回家

过了会,小团忽然道:"哎不多,你捂脸,我舍命给你猜。"小毛蛋忙止住不多道,"不多,他想骗你。"说到这儿,他转过脸来对小团道:"熊刷把子,我知道你,嘿嘿,他要一捂脸,你就会说——'破命破命,两把捂腚'可对?"小团一见被他说破,哪肯承认,忙掩盖道:

"哪了哪了，你胡扯什么？熊鬼点子，俺真的破命给他猜。嘿嘿，小鬼点子，你也不看看，可是你家麦穰垛子——蹲倒就扯？""噢——真的？"小毛蛋拉着长音笑着道："真的？是真的！那好那好，刷把子，你破吧，我来猜，有本事，你破是喽！"小毛蛋脸昂着，手背在身后，一副满不在乎，傲慢至极的神态。不等小团说话，他接着又说起来："哎，刷把子，有本事你就破吧，我来猜！呵，本大人来猜！"小团一见小毛蛋那副神情，气得他手指着小毛蛋，连连叫个不停，"你你你，哼！小鬼点子，我看你有多能。听清了，我可破了啊？""快快！"小毛蛋一个劲地叫，"快快！嘿嘿，本大人都等不及了。"大伙儿有的玩其他的，大多数都在观战。笑嘻嘻的一个一个，围在一起看热闹。

此时，小团二话不说，非常流利地破起来了。"一点铁，一点铜，一点木子，一点绳？""哈哈，这个呀？我说什么！"小毛蛋听了，大笑着回答道，"秤！"小团紧跟着问："说秤就秤，一头软来，一头硬？"小毛蛋迅速地答："鞭！"问："说鞭就鞭，两头一般宽？"答："门！"问："说门就门，门口有个把门神？"答："狗！"问："说狗就狗，光能站来不能走？"答："树！"问："说树就树，捅腰凹肚？"答："船！"问："说船就船，两边还一起往中间蛮？"答："鼓！"

说到这儿，小团停下来不说了——没词儿了。"哈哈，"小毛蛋见状，忙笑道，"快说快说，刷把子，再说呀！怎不说了，再说再说，这下怎么样？"小团笑道："哈哈，不怎么样！鬼点子，我看你小，让你的。"小毛蛋道："现世了！还让我的？"他还没说完，一旁的小丁大叫起来："哎！你两个小毛妖，能够了吧！还……"他也没讲完，连收连连叫嚷道："别说了！老扁蛋。刚才大伙光顾看这两个小毛妖在一块斗法。这会，天都晌午了，我肚子早就咕咕叫了。走！回家吃饭。"说完，他掉头就往家跑，边跑边大叫道："赶么杖打花姑，哪个鳖狗往后出？！"这句话一说出来，可不大要紧，你看把他身后的孩子们忙的——屁滚尿流的，鬼追狼撵的，乱叫着，大笑着，一起使劲奔命地往前跑。"哈哈，快跑！"

这时，铁蛋在前面转过脸来。一边笑着，一边跑着，一边不停地招着手，一边还不停地扯着老憨腔喊道："嘿嘿，跟我来哎，卖小孩哎——

跟我走哦，卖小狗哦！哈哈……"小纵子气得边跑边叫道："黑胖鬼，黑铁蛋，你个小秃驴！这，可是你跟我学的。"大伙听了，一起欢笑着，脚步不停地往家跑。

跃进边扭着边唱："回家喽，家走喽，家里和面烙饼喽——烙几张？烙两张！吃一张，留一张。留该的？哈哈——"

太阳挂在正南，天更热了，汪里的鹅鹅鹅，正曲项向天歌，白毛浮绿水，红掌拨清波。而各种颜色的鸭子，则呱呱呱地叫着。忽然，腿一拔，膀子一扇，头往下一钻，一个猛子扎下去。不久，才钻出水面来。立起来，扑扇了几下翅膀后，又一个猛子扎了下去……它们快乐地欢叫着，自由自在地戏耍着……

第三节 起场扬场

下午，天不大热了，偶尔还有风吹来。来喜家这时也起场了。孩子们不知什么时候到的，仿佛是从地底下冒出来似的。大伙一见要起场，忙欢叫着，大笑着，一起去抢杈子，争得不可开交。六七把杈子，几乎全让小孩抢去了。没抢到的，又忙去抢扫帚，抢木锨，抢……来喜家大人，都笑着一起劝："别忙别忙，别忙。"可，大伙根本不听。来喜爷笑着说："小凡，杈子给我，你不会和麦穰子（一种农活，晒麦子的时候，用工具抖动麦子，把麦粒抖下去，把麦草留下，放在一边）。来，给我，把手松开。"小凡把杈子攥住住的，忙笑着分辩道："行行行，我会我会。俺叔，我会和麦穰子……"

过老会，麦穰子才和三分之一。小纵子和了几下麦穰子，忽然把杈子一撂，大笑着叫道："哈哈，来！来翻跟子玩。"话音未落，他就朝和子好了的麦穰堆子，一跟头翻了过去。"哎，对，翻跟子玩！哈哈……"大伙见了，大笑着，忙把手中的工具一撂，纷纷翻起跟子来。

刹那间，场上的孩子们，翻跟子，撂螃蟹，打滚儿，摔骨子……欢闹起来了。这会，场上就像一锅烧开的水一样，沸腾起来了。欢叫声，大笑声，响彻云霄。

小群见小亚子翻跟子还没爬起来，忙掐一把麦穰子，往小亚子身上盖去。一下子把小亚子盖住了。欢笑着的小群,忙向另一个麦穰堆子,一跟头翻了过去。正是盖人如盖自己,还没等他爬起来,小常这家伙,又把他给盖住了……

孩子们,你抓麦穰子撒我,我抓麦穰子撒你。奔跑着,追撵着……欢笑声,叫喊声不绝于耳。呀!闹得沸反盈天。

胡乱地大疯了一气,孩子们可就变了样。一个个扑头扑脸都是汗,头上身上都是麦穰子。可孩子们根本不管它,照样继续玩个不停。

不一会儿,麦穰子都挑走了。搂过了之后,马上又往中间聚。你看孩子们,拿着木锨,来回奔跑着,往一块聚。孩子们欢笑着,干得到有多欢哦……不多久,场当央便聚成了一个大大的堆子。

太阳偏西了,风儿也渐渐地殷勤起来了。上面说过的,这场的地势太好了,得风又得太阳。就是没有多大的风,也能扬得出去。

略歇了歇,来喜家爷几个开始扬场了,来喜娘落场。孩子们呢,则欢笑着,都跑到木锨前边——淋麦"雨"。饱满的麦粒儿,从空中落下来,打在身上,他们不但不觉得疼,反而觉得又麻又疼的,还怪舒服,挺有趣的。因此,一个一个都不想离开。

第四节 晚霞,真美啊

又过了一会儿,来喜爷不想让他们在那儿淋麦雨了,因为孩子们再搁那,就会在麦粒堆上留下凹窝窝。这样,不好落场。可是,又不好说他们,怎么办呢?正巧,这时晚霞出来了。

来喜爷扬着扬着,一逮眼,看见了西边的晚霞。他忽然用木锨往西一指道:"哎!快看快看,西天小花狗来了。"大伙忙转脸往西一看,顿时一起欢笑着叫道:"哎,真的!"说着,忙一哄而去场西边,看起美丽而又神奇的晚霞来。

西边的天空中,一条白脑门踏着碎步的小狗,红红的舌子伸得好长,不紧不慢,不慌不忙地向我们走来了。走着走着,不一会儿就变了。

随着孩子们的叫声和笑声,西天边上的晚霞,变幻成各种各样美丽的图案来。

"哈哈，哎！快看快看！"小东大叫道，"大老虎来了！大老虎来了！"大伙一看，果然不假，真像一只奔腾下山的兽中王。"哈哈，真的真的！"还没笑完，小丁指着南边大叫道："哎！别笑了，看——那儿一个大仙洞！"大伙忙把老虎放下，往南一看，呀！果真一个美丽奇妙的大仙洞。"哈哈，真是一个大仙洞。"小纵子笑道："嘿嘿，乖！这仙洞怎么就跟孙大圣的花果山水帘洞似的？还有石床石桌石椅。要是让咱大伙搁那里住就好了。""哈哈，对对。"大伙儿一起笑道。"对！真跟花果山水帘洞样。嗯，咱大伙要真住在那儿，可真自在！""哎——"小亮大叫着，忙用手向北边一指道："哎！大伙快看，一个老道！"大伙忙停住笑看去，只见一个须发皆白，手持拂尘，腰背宝剑的老道，正由北往南飞。小团道："乖乖！这个老道不好看，这么矮。"刚说完，小丁一个劲直叫："哎哎！刷把子，快看快看，那儿来了个白龙闪电驹！"大伙看去：只见那匹马，四蹄腾空，引颈长鸣，尾巴飘扬着，显得非常威武雄壮。"哎哟哟！"小毛蛋叫道："我的个乖乖，这马真厉害！跟岳雷的马样。要是给咱哥几个骑两下就好了！"小凡说道："嗯！包许就是岳雷的马。你看，那上面还跟挂着个八宝拖龙枪样……"

啊，这会西天边的天空真好看，真美啊！各式各样的云彩有长的，有短的；有大的，有小的；有厚的，有薄的；有规则的，有无规则的等，样样兼备。各种各样的彩云，有粉红色的，有深蓝色的，有金黄色的，有紫色的；有青色的，有……赤橙黄绿青蓝紫，色色俱全。

云彩儿一会儿变成小花狗；一会儿变成兽中王；一会儿是老道；一会儿是仙洞；一会儿又变成白龙闪电驹；一会儿呈现出万马奔腾的场面；一会儿呈现出百鸟朝凤的景观；一会儿双龙戏水；一会儿龙凤呈祥；一会儿又换成了二龙抢珠；一会儿显现的是：刀与剑，血与火，硝烟弥漫的战争场面；一会儿呈现的是：鸽散步，鱼慢游，莺歌燕舞的和平景象……与海市蜃楼一样的神奇美妙，是一个五彩缤纷，绚丽多姿的神话世界！

孩子们这下可鬼死喽！说笑个不停。一会儿指着这个，说笑着。一会儿指着那个，笑说着。一会儿站着看，一会儿坐着观，一会儿又趴下来瞧……

这会儿呢？大伙的眼睛都看累了，正躺在地上歇着，"嘿嘿，"小毛蛋笑道，"今天怪好玩，天上怎会有这些？"小纵子突然尖叫道："哎哟，大伙快起来看！猴子来啦。""啊？哪了哪了？"大伙忙一骨碌爬起来，一起乱叫着，"哪了？啊！真的，真是猴子来了！"

只见西天边，香云袅袅，由各种颜色巧妙组成的一朵美丽的五彩祥云上面，金鸡独立般立着咱们的齐天大圣。威风凛凛的孙悟空，左手搭凉篷，右手执如意金箍棒，正笑呵呵地往大伙这边看呢。他的后边，紧接着走来了师徒四人。唐僧骑在马上，双手合十，闭着眼，仿佛在念阿弥陀佛。沙僧挑着行李在左，右边的八戒扛着九齿钉耙，挺着个大肚子，迈着八字步，慢慢腾腾地往前晃着。嘴上呢，好像正在乱呱唧。孩子们看了，高兴得活蹦乱跳的。"嘻嘻，你看那唐僧——一定在念阿弥陀佛！""嘿嘿！你看沙和尚的月牙宝铲还闪亮光呢！"大笑个不停的孩子们，后来竟然情不自禁地唱起来："你挑着担，我牵着马。迎来日出，送走晚霞……"

唱着唱着，大伙似乎忽然见行者手一摆，师徒五人慢慢地消失在西天边……

第五节 小纵子的梦及其他

晚霞消失了，几颗星星出现在空中，像小孩刚睡醒的眼睛似的，眨呀眨呀的。黄昏的风吹来，凉爽了许多。

孩子们躺在地上，休息着，他们都觉得非常舒服。小纵子眼闭着，在有一搭没一搭地说着鬼话。其他伙伴们闭着眼，也不搭理。

过了会，小纵子忽然一本正经，郑重其事地说："哎哎！我昨晚做了个梦。我讲给你们听听？""嗯！"孩子们有的闭着眼，有的睁着眼，有的眼睁开一下，马上又闭上了。有的眯缝着眼，介于似睁似不睁之间，都懒洋洋地一起哼着道，"嗯嗯——讲吧！"小纵子见大伙愿听，顿时有了精神。他一会儿睁着眼，一会儿闭着眼，兴致勃勃地讲了起来："啊，昨晚我梦见咱这一伙人去赶集。在半路上毁了！一下子遇到了日本鬼子。

咱们一个也没有跑掉,都被鬼子抓去了。到晚上,鬼子把咱们关在一个小破庙里。他们打算,明天把咱们全杀了。睡觉时,鬼子把咱们都围在屋里,四圈睡满了大鬼子。鬼子累了,一会儿都睡得跟死猪样。咱们呢,却怎么也睡不着——得想点子啊!可怎么逃啊?屋里那么多鬼子,门口还有站岗的。大伙儿都在想点子……一会儿就大半夜了,外面乌黑黑。这时,小毛蛋拉了拉我的破小褂,嘴对着我的耳朵小声说:'我想出了个点子——哎,这样,咱们先从西边那个窗户里爬出去。白天里,我看见院墙跟有个歪脖子柳树。咱们先上树,从树上再到墙头上。然后,用小褂接成绳,拴在树上,顺着绳,背靠墙突下去。一到外边,就好办了。'我一想,也对,赶紧和大伙说,大伙都说行。我说那好,等会儿再行动——咱们怕鬼子睡得不大死。又过一会,行了,大伙行动起来了。正巧,窗跟前,没有鬼子睡。时间不长,就走了一大半。这时,小亚子突然拽拽我的破小褂,对着我的耳朵轻轻说:'我尿攒急了,怎么办?'我说:'再攒会儿,到外边再尿。'大伙小心翼翼地从窗户里爬出去了——小亚子是最后一个出来的。来到树跟,一个一个,又蹑手蹑脚上了树,从树上再到墙头上。忙又用破小褂接成绳,拴在一个粗树杈上。一个一个顺着再下到地上。末了,小东下来时,不知怎么的,一个树枝子,咯吧一声断了,'什么?'一个站岗的鬼子,迷迷糊糊地说道。我赶忙学花喜叫,'嘎,嘎,嘎嘎!扑——'这才把站岗的兵蒙了过去。庙后边不远,就是不大宽的小庙河。大伙来到外边,轻手轻脚走了一段路后,这才撒开蹦子,拼命跑起来。来到河边,马上浮水过去。河两岸,都是稠密的苇子。借着苇子的掩护,咱们歇了会。'嘿嘿,'这时,小亚子笑着说,'哎,你们出来时,我尿怎么也攒不住了,只好尿了。正好有一大些些,都淌到那个日本鬼子小队长身底。他睡得跟死猪样,一点也没觉着。一到天亮就好看啦!''哈哈……'大伙听了,都大笑起来了。铁蛋忙道:'不好不好,得赶紧派人去报告,让大部队来收拾他们。'来喜也道:'对对,得赶紧派人去找大部队来。那小队长会觉着身底下湿了,就不好办了。'大伙也齐声道:'对对。'可派谁去呢?大伙商量了会后,决定派胆大鬼小东和飞毛腿小群俩人去。其他人在这等着。时间不长,他俩就把大部队带来了。来到小庙前,连长派两个八路把站岗的干掉后,立即冲进去:'缴枪不杀,缴枪不杀!'日本鬼子还不知怎么回事,糊里糊涂地就做了俘虏。小亚子用手使劲一推那个戴眼镜,留一撮小胡子的日本小队长道:'哎!你的,衣服,大大的湿了的有!哈哈……'大伙全都大笑起来了。这时我一下子醒了。啊!原来是个梦。"

"哈哈。"小纵子刚说完,铁蛋就大笑道:"尖白脸,你这个梦做得怪好!有意思!""哈哈,"跃进大笑道,"哎!咱们要搁那阵子,有多得劲!也能揍日本鬼子。"小亮还没等小凡笑完,就大叫道:"熊大老黑,你要搁那时候,哼!不是吓破了胆,就是早见阎王老爷了,还……"小丁还没等他说完,就尖叫道:"你没学过《小英雄雨来》吗?你没学过《王二小》吗?雨来,王二小也都是小孩。还有小铁锤夺鬼子大白马。小铁锤还不如你大。还有《小兵张嘎》,不都和鬼子们打仗吗?""嘿嘿,"小纵子笑着道,"对对,小丁说得对!还有那《鸡毛信》你也学过!""哎哎,"连收这会不住地叫着,"别喘了别喘了!回家吃饭去吧,我的肚子早咕咕乱叫了。"大伙见天真的不早了,乱嚷着忙爬起来,慢慢地往家走去。

这时,西天边只有一抹紫黄色的霞光。天已暗下来了,晚风吹来小麦那醉人的清香。

篇四 《岳飞传》

孩子们慢慢地往家走着,尽情享受着那温馨迷人的风儿。

正走着走着,小胖忽然大叫道:"哎哟哟!哥哥兄弟们,可了不得了!"大伙不知怎么地忙一起问:"大肥猪,怎么了?"小胖边撒腿就跑,边大叫道:"笨蛋笨蛋,今天广播里有《岳飞传》呀!赶紧跑走听!"大伙儿这才想起来,忙一起乱叫着:"快快快!快快快……"

当孩子们气喘吁吁地跑到大喇叭跟时,只听见"突然,远处马挂銮铃——不铃铃铃,哗哒哗哒哗哒!眨眼之间,来到跟前。来人正是金锤大将——余化雷。这才有一段,八大锤大闹朱仙镇!长篇评书……"这几句,就没了。

"唉！"小团垂头丧气地说，"乖乖！听这一点就没了？""唉！"小东叹着气，"明个再怎么也得听。"小胖道："嗯嗯，明个才热闹呢！"铁蛋笑道："快回家！什么热闹不热闹？嘿嘿，大肥猪，俺看——就怕还不如尖白脸小纵子的梦热闹呢！""哈哈……"大伙听了，一起欢笑着往家走去了。

天空，瓦蓝瓦蓝的。一轮明月，点点繁星，交相辉映。

篇五　别了春天

人的一生当中有四个时期，童年、青年、中年、老年。那么我想问个小小的问题，就是人的一生中，无忧无虑，最最美好的时期是在什么时候？你一定会说："那是童年！"对喽，不然人们怎么会常说，童年童年，金色的童年呢。我想告诉你：人的童年就像春天。

春天是美丽的，是可爱的，是充满欢笑的。可是，现在，如此富有诗情画意的春天却要走了。春天的脚步渐渐地走远了，夏天的脚步渐渐地来到了。

第二章 快乐的夏天

小麦收上来之后，人们连歇都没来得及歇，立即忙着抢夏茬子——拉粪、攉粪、撒化肥、磷肥、复合肥、耕地、播种等。忙得不可开交！柳家湾又是一派热火朝天的繁忙景象。

天更热了！火热阳光下的柳家湾，人来人往，川流不息。

田野里，人欢马叫牛嚎驴鸣机子响。有的拉粪，有的攉粪，有的撒化肥，有的撒磷肥，有的耕地，有的点玉米，有的撒黄麻，有的栽棉花，有的点豆子，有的栽白玉，有的……

而我们久违了的孩子们呢，自然也不能置身事外，也忙得很。不过他们只是忙着玩。当然喽，偶尔也得去干些活——特别是那些力所能及的活。

麦假过后，开学了，孩子们到学校还没上几天学，便放暑假了。

卷一 豆腐

一天早晨，火红的太阳，懒洋洋地，不紧不慢地从东方地平线上爬起来。树上的麻雀，在枝头上欢快地蹦跳着，叽叽喳喳地乱叫个不停。过了一夜，牛饿了，它站在槽边，不时昂头叫着："哞！"

这时，跃进家门口，聚着好几个小孩。他们都才起来，显得无精打采，忽然，从柳家湾东头，传来一个尖细的太监样的声音——"豆腐！豆腐，豆——腐啦！"长长的叫卖声传得很远很远。

"哈哈，"跃进听了笑道，"胆大鬼，哈哈，你听，卖豆腐的秃子又来了。"小东呢，只是哼哼着，不大想搭理跃进，却转过脸来对毛眼子说道："哎，好吃鬼，好吃鬼，你听我说得怎么样？"说完，不等毛眼子回答，他便扯着尖细的嗓子叫起来："豆腐！豆腐，豆——腐啦！

哈哈！""哈哈……"刚起来的孩子们，正喂牲口的大人们听了，都一起大笑起来了。

跃进见小东先头来不大想搭理他，可是他不但不生气，反而还故意找着。"哈哈，哎，胆大鬼，你怎么的，俺俩可好？"小东不知怎么的，竟然气呼呼地大叫道："可好！"跃进今儿个也不知怎么的，不但不恼，反而还笑呵呵地说道："噢！好好！俺俩好。我去抓盐，你含着就跑！"大伙听了，一起大笑起来了。

卷二　斗鸡

此时，小毛蛋在东边，好像在找什么，他弯着腰叫道："公鸡头母鸡头，各人找到各人留。哎，大伙快来找啊！我刚才撂了五毛钱。来来来，快来找啊！"说着，低下头，弯着腰又找起来，嘴里还不住地念叨着："公鸡头母鸡头，各人找到各人留。公鸡头……"小亮大叫道，"哼！我知道你是鬼点子最多的一个大坏蛋，想哄……""哎哎！"小亮的声音被来喜的叫声打断了，"哎——大伙快看，鸡斗仗了！"大伙一看，可不是？果然不假！只见一只大白花公鸡和一只大红花公鸡，扑扑扑……一来一往，斗得正欢呢。

孩子们欢笑着，忙跑过来观战。小亚子正往跟前跑，小纵子笑道："嘿嘿，鸡斗斗鸡斗斗，南边来个你大舅。""来个你大舅！熊尖白脸，你讲谁的？"小亚子停下来，气势汹汹地问道。"我讲你的吗？熊愣头青！"其实，小纵子就是讲他的，可他就是不承认。不但不承认，反而还猪八戒倒打一耙狡辩着道："我又不是讲你的，你心惊什么的？你管我讲谁的。哼！谁心惊就讲谁的！"小亚子自知理亏，忙下了个台阶道："不讲我就行，嘿嘿……""哈哈，你两个鬼嚎什么的？"铁蛋大笑道："快来看快来看，这两只鸡斗得真厉害！"

此刻，两只公鸡斗得更厉害啦。头伸得长长的，脖子上的毛，炸着，一抖一抖的。尖又硬的乳白色的嘴，紧紧闭着。一跳起来，嘴便张开。眼睛睁得跟黄豆粒样。目光恶狠，凶猛，一蹦多高地恶战着。一会儿跳过来,斗着;一会儿跳过去,斗着。一会儿对视着,僵持着,观察着,寻找机会……

后来,两只公鸡都光荣地挂彩啦——白公鸡脖子根的毛,被红公鸡啄掉了好几根,但白公鸡依然不退步,恶战着……红公鸡的鸡冠子上都出血啦,可它跟没觉着似的,蹿过来,蹿过去,越战越勇,蹿上蹿下……

"哈哈,"跃进笑道,"厉害,厉害!这两只公鸡打死仗!"小东道:"嗯嗯,白公鸡不打了!""哪了哪了?"小常叫道,"哪了!不一定不一定。"小纵子笑道:"还哪了,嘿嘿,红公鸡厉害。哎哟!怎么样?你看,白公鸡跑了吧!俺说红公鸡厉害呢。"

天还是怪热,不过关系不大,孩子们照常能从生活中找到乐趣。

卷三 大把戏

正所谓有话即长,无话即短,话休烦絮。如今,且说这一天下午三四点的光景,孩子们正在有风的凉快地方玩。

"呵呵,"小纵子笑道,"哎,我说小大人,你不说放暑假了,津津就来了吗?怎么这会还不来?"小大人来喜笑道:"噢!快了快了。嘿嘿,尖白脸,俺姨妈昨天打电话来,说是过两天就来了。"跃进带着满脸疑惑的神色,头歪着问:"津津?津津!哪个津津?""哈哈,"铁蛋笑着道,"放屁虫,你忘了?就是上年来过一次,在这刚过一天就走了的上海的小津津。""噢——"大伙一下子都想起来了。

突然,喤喤喤……一阵锣鼓声传来。虽然都听到了锣声,大伙却不知怎么回事。你望着我,我望着你。大眼瞪小眼,正愣着。"快快快!"这时,小黑从后面跑过来连连招着手,气喘吁吁地叫嚷着,"快快快!哥们,跑步前进!后场玩大把戏了。快点快点!"大伙一听,高兴极了,一起笑嚷着,挥手欢叫着,一窝蜂样跟上去了。

大伙还没到后场,就望见后场有许多人围成一个圆圈。圈当央,一个人提着锣,正在使劲地不停地敲着。还有许多人说笑着,从四面八方正往这儿来。孩子们这下才确信,还真是玩大把戏的。

孩子们跑到跟前,不由分说,纷纷从人空子里,钻到里面,看起来。

这会儿,太阳也不知跑哪睡觉去了。天,自然不太热了。此刻,大把戏也正式开始了。

只见场中出现了六个小伙子,个头差不多高,一色的打扮——上身是无袖的白对襟小褂,下身是松软的黑裤子。喳喳喳,咚咚咚……随着嘹亮的锣鼓声,小伙子们一字排开,翻起跟头来。锣鼓声缓,翻得就慢;锣鼓声急,翻得就快。不管是快还是慢,都让人眼花缭乱。先正翻过去,后倒翻过来。接着一只手沾地,一只手不沾地翻跟头。最后一个个又翻起无地跟头来。六个小伙子本事不小,翻得又快又整齐。

孩子们,大人们看了,一起大笑着,大叫着,不时鼓掌。咚咚咚,喳喳喳,啪啪啪!锣鼓声震天般的直响。掌声如汹涌的钱塘江潮水般,猛烈地撞击着江岸——哗!赞叹声如雷鸣,大笑声似急雨。各种响声不断,汇合交织在一起,直往上涌,往上涌……直冲云霄。

接着,表演的是单掌开砖:只见一个三十多岁的年轻人,来到场中,抱拳施礼后,在圈内来来回回地打了一套拳脚。之后,来到早准备好了的砖子跟前。蹲好马步,右手举起。嘴里不停地叫着:"嘘,嘘,嘘……"突然,"哈!"一声大叫。右掌猛地一用力,就往砖子上劈去。啪!只见摞在一起的十来块砖子,一个个全部从中央断为两截。

咚咚咚,喳喳喳!此时锣鼓声暴风骤雨般响起来。啪啪啪,掌声雷动!孩子们,大人们,欢笑着,大叫着:"好啊!好啊,好啊!"接下来又变换了一个方式。只见那好汉,在场内不慌不忙地又打了一套拳脚。之后,但见他左手拿起一块砖,右手一挥,砖子立即断为两截。又拿起一块砖子,手一挥,又变为两半了。再拿起一块,一挥手,又变成两截了……呀!他简直跟砍泥块般,轻松自如,不费吹灰之力。

锣鼓声又急促地响起来,咚咚咚,喳喳喳!掌声如鞭炮般又炸响了。接下来又变换了一个方式:那条好汉在场内又打了一套拳脚后,一个马步,立在场中。另外一个人把手一摆,锣鼓声停下来。这人拿起一块砖,向现场的观众扬了扬。又拿起一块,和原先的那块,当当,碰了两下。之后,把左手的砖丢下,右手的砖又向现场扬了一会。"各位父老乡亲,老少爷们,看清着啰!"说到此,他转过脸来,虚对着那个站马步的人,实对着观众大声说道:"俺看是你的头硬,还是俺的砖头硬!"说毕,他来到跟前,双手举起砖子,对着蹲成马步的那个人的头,猛地砸去……"啊?俺娘呢!""哎哟,我的天啊!""啊?"大人,小孩都一起惊叫起来。有胆小的,都忙把眼睛闭上了。也有的忙转过脸去,吓得连看都不敢看。只听得咔嚓一声,砖子断为两半。而那人的头却安然无恙。喳喳喳,咚咚咚,啪啪啪!锣鼓声,掌声早如急风暴雨般响起来了。同时,赞叹声四起。

随后表演的是:舞枪、弄棒、耍刀、练剑、甩鞭、单打、双打、混打,等等。

三人混打之后,一阵更急促的锣鼓声,引出了一员大将。一个约莫十一二岁的模样,留着锅铲头的小毛孩子来了,只见他从幕后一溜跟子打了过来,那动作可真麻利,速度可真快,看得人眼花缭乱的。打到场中,不打了。但见他眼睛不住地乱眨着。一会儿龇着牙,一会儿咧着嘴,一会儿伸伸舌头。同时,手脚也没闲着。一招一式,有板有眼,非常老练地耍起猴拳来……

孩子们,大人们见了,大笑起来,不停地鼓掌,夸赞声不断。耍过猴拳后,那小英雄一溜跟子,又翻回去了。快到幕边时,那小孩儿差点儿把一个老头儿给碰倒了。"哈哈……"大人小孩见了,笑得更厉害啦!正大笑不止呢,只见那个老头儿,手拿着酒葫芦,喝醉酒样,东倒西歪地过来了。大人见了笑道:"笨蛋!这老头儿练的是醉拳。""噢!"孩子们听了,恍然大悟。

果然不假,那老头儿练的还真是醉拳。虽然他南歪一下子,北倒一下子,踉踉跄跄的,眼见要倒了,可就是不倒。不但不倒,还不时耍着拳脚,喝着老酒呢。如此精彩的表演,引得人们开怀大笑。尤其是孩子们,那个高兴劲,乐得简直没法说。

接下来的节目,都很精彩。特别是最后三个节目,不仅小孩子们佩服,连大人们也佩服得五体投地。

这会表演的节目,名叫"手捏碗渣子"。咚咚喳喳的锣鼓声中,一个四五十岁的中年人,来到场中。把早准备好的大半个碗,当着观众的面,打成碎碗渣子。潇洒自如地来了套太极拳后,他拿着碗渣子,打圈向观众晾着……走了一圈后,他回到当中,把碎碗渣子,夹在右手的大拇指与食指之间。夹好后,他一个马步,蹲站在那儿。左手掌张开,来回不停地运着气;同时嘴里不住地嘘嘘着,呼着气,吐出气。忽然,啪的一声,他脚猛地一跺地,右手紧跟着猛地一用力。身子,头不住地轻轻摆动着,两眼一会儿闭上,一会儿又睁多大,一会儿咬紧牙关,一会儿松开。脚猛一跺地的同时,大喊一声:"啊——哈——嗨!"只见白色的粉末,从大拇指与食指之间,簌簌地不停地往下落着。那条好汉,把碗渣子捏得粉碎,就跟面粉样。这一幕,早已惊呆了现场的人们。

接着,表演的节目叫"光上身睡瓶渣子"。只见之前表演单手开砖、挥手砍砖、头碰断砖头的那条好汉,光着上身出来了。他二话不说,威风凛凛地在场上练了一堂拳脚后,在锣鼓声中,在人们惊异而担心的目光中,慢慢地躺在了场中早准备好的那一块铺满了瓶渣子的木板上。这位好汉躺在上面过了好一阵子还不起来,观众吃不住了,大人小孩都齐声叫道:"哎,起来起来!起来呀!快起来呀!"又过了一阵子,那位好汉才双掌撑着地,慢慢悠悠地立起来,看其后背,竟然毫发未损。咚咚咚,喧喧喧,啪啪啪……锣鼓声,掌声又急风暴雨般地响起来了。孩子们、大人们赞叹不已。

傍晚了,鸟雀们叽叽喳喳,欢叫个不停,仿佛是在为他们擂鼓助威似的,又好像是来凑热闹的。

人们都以为这是一个压场节目,正想往回走,谁知这时,一个四十来岁的红脸大汉来到场中央,抱拳向四周施礼道:"啊,各位父老乡亲,各位老少爷们!有道是在家靠父母,出门靠朋友。今天初次来到宝地,贵地的老少爷们很赏脸,很是给俺们捧场,俺们非常感谢!哎,俺给各位老少爷们施礼啦!"说着,他不住地向四周抱拳施礼。施礼毕,他又接着道,"哎,俺现在再给各位老少爷们儿表演个节目,表演得不好,还望各位老少爷们儿多多指教,多多包涵。这个节目,俺山东人叫它'肚子托千斤'。好,在下献丑了!"他刚说完,咚咚喧喧的锣鼓声便响起来了。

　　此刻，只见那壮汉把白小褂一脱，露出了古铜色的皮肤来。小褂脱下来后，往后边一扔，在场上来来回回打了几套拳脚。接下来，他把腰中宽大的红腰带解开，又搬起来。搬了又搬，搬了又搬……如此三番好几次，直到搬好为止。然后，紧接着又走了几趟拳脚。回到场中后，他又深吸几口气，练着……

　　这时，好几个小伙子，非常吃力地推过来一个又大又厚的大磨盘来。这会，那壮汉已慢慢地躺在地上等着了。锣鼓声这时候也停了。孩子们，大人们都仔细看着，小声议论着。"哎哟，磨盘这么大！""哎哟，我的个乖乖，真大啊！""哎哟，真大呀！还要放肚子上呢！""哎哟，哎哟——天！""天哪！不要……""天老爷勒，这磨盘少说也有八九百斤。"

　　此刻，那五六个小伙子，费了好大的劲，才把磨盘推到跟前。又费了九牛二虎之力，才把磨盘小心翼翼地，轻轻地放在那壮汉的肚子上。咚咚咚！喤喤喤！啪啪啪！锣鼓声，掌声又疾风骤雨般响起来了。人们不住地拍手，赞叹不已。

　　过了会，人们以为这个节目该完了。没想到那五六个小伙子，又从观众当中，找了七八个肚大腰圆、虎背熊腰的彪形大汉来，让他们站到磨盘上。那七八个人，一个也不敢上去，经再三解释后，才勉强同意了。可刚上去还没有两秒，那七八个大汉，一个不剩，全都吓下来了，然后说什么也不敢再上去了。咚咚咚！鼓声如急雨般骤然响起来了。

　　再看地上那条好汉，两手猛一用力，把大磨盘掀起。磨盘触地后，那好汉双手使劲一捅，身子借机扭过一边，双脚趁机猛力再一蹬，啪！一声响，磨盘摔在地上。那条好汉，一个鲤鱼打挺，站了起来不停地向四周拱手。

　　人们看得目瞪口呆。过了一会儿，才反应过来。孩子们大笑着，大叫着，蹦跳着，使劲鼓掌。

　　大人们也不示弱，不停赞叹着。无比精彩的大把戏，在人们热烈的掌声中，热情的赞美声中结束了。

回来的路上,特别是那些可爱的孩子们,讲得嘴上唾沫星子乱飞,一个个眉飞色舞着。

卷四　小津津

篇一　人在旅途

一天上午,瓦蓝瓦蓝的天空下,一列火车咔嚓咔嚓地飞速行驶着。

车厢内的旅客们,有的正在闭目养神,有的在看报刊,有的在吃饭,有的正在玩手机,有的看电脑……

临窗而坐的一个小男孩,正望着窗外美丽的景色。他约莫十二三岁,白白胖胖,长得虎头虎脑的。

也许是看够了吧,这时,小男孩回过身来,坐好。接着,把手支在小桌上,捧着饱满的下巴颏儿,向对面坐着的一个四十来岁,留短发的中年女士说道:"哎哟,妈,怎么还没到呀!还得多长时间?姨妈家怎么这么远?真急死人了。"他妈妈笑着说:"啊,快了快了,津津,下了火车,再坐半个小时的汽车就到了。到了姨妈家,别忘了看书学习啊。"

呜——一声嘹亮的长长的汽笛声响起来。车速随之慢了下来,缓缓行驶着。不一会儿,火车进站了,停靠在二号站台。车厢外的牌子上写着"上海——北京"字样。津津和他妈妈,带着行李,随着嘈杂的人流,出了站。

不多久,一辆大巴车载着母子俩,在宽阔的柏油马路上奔驰着。津津隔着玻璃,看着窗外纷纷往后退的树木、房屋,还有田野。"哎!妈,"津津忽然转过脸来问道,"妈,姨妈家的村子叫什么名字?""啊,我不是给你说过了吗?叫柳家湾!"他妈妈用重音,强调最后三个字。"嘿嘿,"小津津笑道,"你没告诉我呀!"接着,他仿佛若有所思,和她妈一样用重音,缓缓地,一字一句地说着:"柳——家——湾,柳——家——湾!妈,这名字还挺好听的!""嗯嗯……"他妈妈一见津津那可爱的样子,情不自禁地笑了……

篇二　喜从天降

好晌午时,小津津来到了柳家湾。可来喜和他的伙伴们,这时正在来喜家门前的树荫下,来五窝呢。正来着,来着,跃进从东边跑过来,边跑边笑着大叫道:"哎!哈哈,别来了别来了!来喜,快走,你家小津津来啦!""啊?"大伙一听,忙爬起来,望着跃进纷纷叫道,"啊?津津来啦?津津真的来了吗?快走快走,去看津津啊!""哎!跃进,你别哄我?真是津津来啦?你不是哄人的吧?""哼,熊家伙,我哄你该的?我亲眼看见的——津津和他妈妈俩一块来的。真的!我要哄你鬼点子,我让你打两下子。"

孩子们笑嚷个不停,一窝蜂似的飞跑过去……

篇三　英雄好汉谱

下午,来喜就把津津带来,和大伙一起玩了。跃进家前面的树荫下,欢乐的笑声,此起彼伏,孩子们都觉得非常高兴。

"哈哈,"铁蛋笑着道,"哎,津津你怎不早点来?昨天那个大把戏,真好看!""真的真的,到有多好看哦!啧啧,一个老头打醉拳,一个小孩耍猴拳。"大伙一起笑着,争着说,抢着讲。"对对,太好看了!""哎,津津你要是早来两天,也看上了!"

铁蛋这时又笑道:"哎对了!来,津津,咱来给你介绍几位好汉。"说完,指着小纵子笑道:"这一位是小纵子,人送外号尖白脸!"小纵子双手一抱拳笑道:"啊哈哈,过奖了过奖了!尖白脸就是我,我就是尖白脸,尖白脸正是本大人!"

此刻,铁蛋又指着小毛蛋笑道:"呵,这一个是小毛蛋,人送外号鬼点子!"小毛蛋笑着一拱手道:"没错没错,一点没错。本帅正是鬼点子!哈哈——"

铁蛋继续指着,逐一介绍起来:"这一个是胆大鬼小东;这个是大肚子连收,这一个是愣头青小亚子;这一个是神弹子小常;这一个是飞毛腿小群;这一个是大老黑小凡;这一个是老扁蛋小丁;这一个是刷把子小团；这——哈哈——这一个是外国人卷毛兽小黑。""胡说！"小黑连连叫着，"你才是外国人呢！"大伙见了，一起大笑不止。

铁蛋手指着，笑着一个一个继续介绍。"呵，这一个是尖耳子兼放屁虫跃进；这一个是一把火兼胆小鬼小亮。人都一个外号，就他俩两个。"

铁蛋仍大笑着继续介绍："这一个是大肥猪小胖，这一个，津津你认得。"铁蛋指着来喜道："你的小姨哥，号称小大人。"铁蛋指着不多道："呵，这一个，嘿嘿，不是别人，是咱柳家湾大名鼎鼎的——结巴子——不多！哈哈——"不多红着脸道："你你你，胡说！""哈哈——"大伙这会儿笑得更厉害了。

"哈哈，哎，"小纵子这时指着铁蛋，大笑着尖叫道，"津津，这儿还有一个小坐圈，人都叫他黑胖鬼，真名叫铁蛋！""哈哈——"大伙笑得一身汗，可还是大笑不止。这时小毛蛋大叫道："呵，谁来咱柳家湾，都得有外号。"说着，他指着津津又道："哎，津津，我也得给你取个外号。你是新来的，脸又怪白，尖白脸吗？咱这有了。就叫你新白脸吧！大伙看怎么样？"

大伙笑着，正要回答。忽然，这时从东边巷口子里跑过来一个小孩。他都快跑到大伙跟前了，嘴里还不停地说："嗯嗯，好吃好吃。"小纵子上前一把抓住道："吃什么呢？"小纵子用鼻子使劲嗅着，"哼哼，这么香的！"那小孩忙头一伸，眼乱眨着，再往后一昂头，把剩在嘴里的东西，全部咽了下去。之后，连连说："没什么没什么，什么也没有！""好了，好了！"小纵子指着他笑道，"你这个熊家伙，好了，好了！毛眼子，你这个小好吃鬼！好东西也留点给你哥我吃。"大伙听了，笑得可就更厉害了，个个东倒西歪地，乐不可支。

孩子们的欢笑声响彻云霄，瓦蓝瓦蓝的天空中，白牡丹似的云朵也跟着笑开了花。小孩之间的友谊啊，就是这么神奇，无须任何客套的话语。

篇四　有问有答

没过几天，津津就和大伙混熟了。孩子们都叫他新白脸，只有来喜叫他津津。

这天午饭后,孩子们正在一块儿玩着。小亚子忽然一本正经地说道:"哎,我说小新白脸。哎不对不对,小津津,你搁上海可得劲,可有俺这好玩?""咳!哪有这好玩儿。"津津回答道,"不自由,一点也不得劲。在上海一出门就是楼呀、车呀、人呀,唉,早晨见不到日出,傍晚看不到日落。再说了,在上海我天天都有好多好多的作业。哪有时间玩?没时间玩!就是有时间,也没这么多人,也没这么大,这么多,这么好的地方。一考试,可忙啦!我最怕考试了。考不好,就坏了。不挨打,也得挨训。我们那60分不算及格,最少得80分。"小津津一口气说了那么多,之后,又接着说道:"哎那个,你们班有几个小眼镜?""什么小眼镜?"小胖带着一脸惊奇的神色问道,"俺班没有什么小眼镜。""哈哈,"津津笑道,"小眼镜就是戴眼镜的人。""噢——"小胖明白了忙道,"你说的是四只眼。我还真说对了,没有没有,那俺班真的一个也没有。"小亚子道:"哎!那你班一定有小眼镜了?""对,我们班有十几个呢!""啊——"大伙的嘴,一下子都成"O"形了。小亚子满脸诧异的神色。"啊,怎么这么多?"小黑叫道:"新白脸,嘿嘿,你可看到过洋鬼子?""啊——洋鬼子?"这下轮到津津满脸带着疑惑的神色,嘴呈"O"形的了。"啊,洋鬼子,什么洋鬼子?""哈哈,"来喜笑道:"洋鬼子就是外国人。""噢,哈哈,"明白过来的小津津笑道,"你说的就是老外呀!哈哈,看见过,看见过,还很多呢!有大鼻子的,蓝眼睛的,红头发的,白头发的,黄头发的,还有脸乌黑黑的,等等。哎呀,太多了!"

津津的话音还未落,小纵子就指着小黑笑道:"哎,卷毛兽,你自个儿就是个小洋鬼子,还问?"大伙儿一听,早一起大笑起来了。小丁笑着,头伸多长问道:"哎,新白脸,你搁上海可是想怎么玩就怎么玩,想什么时候玩就什么时候玩?""咳!别提了。"津津斩钉截铁地回答,"哪有那么自由?""咳咳,你那真不自在!"小纵子连连尖叫道,"你看俺这!牛皮不是吹的,火车不是推的,俺这多自在。你明儿个一放假,就来咱这玩。对了,带你上西汪钓鱼去。""走走,钓鱼去!"大伙一起叫着,忙回家拿来鱼竿,扛在肩上,说说笑笑着,往西汪去了……

风儿吹来，还挺凉爽的。蔚蓝色的天空中，朵朵白云，在自由自在地玩耍着，嬉闹着。

卷五　割草

柳家湾的仲夏更迷人。鸟儿们在唱着各种各样美妙的歌儿，蝉也在唱，蝉的歌声太优美动听了。这一阵刚停，那一阵紧接着又起。此起彼伏的，能让你欣赏个够。

四周映入眼帘的，到处都是绿油油的，充满了无限的生机和希望。粗壮俏丽的玉米毫不示弱，蹿起来了。茁壮艳丽的棉花，也长高了。枝丫上开满了嫩白色的，紫红色的花。棉花的枝杈，怪多了不讲，还四处伸展着。绿绿的大豆的叶子，底一层上一层，上一层底一层，重重叠叠的。叶子多且厚的白玉秧，拖得盖满了地，让人几乎看不见下面的土。

风儿吹来，树上的叶儿前俯后仰着，欢笑着，刷刷直响，给人带来丝丝凉意……如此这些，不由得想欢呼一声："啊！大自然，真美啊！"

柳家湾的仲夏是如此迷人。

早晨，天亮之后，到处乱哄哄的。灰白色的天空中，还有几颗星星，嬉笑着，死皮赖脸地不肯走。可是，太阳公公哪愿意，一跳出来，就把它们都赶得无影无踪。

这时，湾子里忽然传来一个女人的声音："小东，小东！小亮，小亮！快起来，快点快点！天都大亮了，还睡！起来去割草吧。今天，牛连一点草儿也没有了。""嗯嗯，噢！"小东小亮俩人闭着眼答应着，忙懒洋洋地爬起来，手还不停地揉着眼，打个哈欠，伸个懒腰后，才找衣服穿。这会儿，太阳都升得快一竿子高了。

小东家起来，柳家湾一下子就热闹了。好像这成了规律似的——只要他家小孩儿一起来，邻居们都不约而同地叫醒自己的孩子。

这时，鸡鸣声，狗叫声，牛嚎声，人们的叫喊声，羊咩声，鸟儿的叽叽喳喳声，响成一片，融合在一起，形成了柳家湾特有的、和谐的起床曲。

你找我，我找你……要不了多久，小东家门口就聚了十好几个小孩。孩子们的穿着，下身全是裤头子，上身则各式各样。有的穿小褂，有的穿汗衫，有的穿背心，有的穿空气——什么都没穿。他们带来的工具，五花八门。有的挎篮子，有的拿长虫皮口子，有的背粪箕子，有的拿铲，有的带刀。此时的小东家门口，乱糟糟的，就像个集贸市场。

孩子们聚齐后，纷纷挎起篮子，拿着长虫皮口袋，背着粪箕子，一晃一晃的，走上田野里割草去了……

树上的鸟儿，叽叽喳喳，欢叫个不停。它们仿佛是在欢迎他们似的，在枝头上蹦跳着，飞来飞去。汪里的水，在不断地往上冒着白色的热气。汪边的玉米叶上，趴满了露水。

孩子们来到南汪西南角的岔路口，不约而同地停下来了。他们的困意还没有完全消失，只是比刚起床时好多了。

小亚子嘟囔道："哼哼，露水这么大，上哪割？"是的是的，这么大的露水，叫孩子们上哪去割呢？况且还有这么多人，这，可真是一个不小的难题。

孩子们，有的站着，有的坐着——有的坐在粪箕子上，有的坐在篮子上，有的坐在长虫皮口袋上，有的坐在地上，还有坐在树根上的，蹲在地上。他们在用刀或铲，不停地斩着地，一个个一筹莫展，正犯愁呢！

"哎！"小纵子这时忽然叫道，"这样吧，咱们这么多人，还是分头去割。我看看有多少人？一、二、三……"小纵子用手指着，数着，"十三、十四！啊哈哈，正好！七人一组，咱们兵分两路，我带一路，胆大鬼带一路，怎样？""好，"大伙儿齐声叫道，"行行行，就这样！"小纵子见了，那白白的小脸上露出了得意的笑容！"哎，对了，"小纵子又接着补充道，"啊，还有！差点忘了。咱们割好后，还来这跟汇合。啊，等村里广播结束时就得来。不要晚了啊？""好！"大伙儿齐声应道，"行行行！"

于是，大伙说笑着分头，你东我西，去割草了……

太阳已经老高了，村里广播也已结束老会了。孩子们这才分别从别处来会合。

西边的小毛蛋离多远就叫："哟！好家伙，你看人那头都割多少！你看俺这头，都割这一点儿，哼！"

大伙也顾不上对比，背起粪箕子、口子、挎着篮子，拿着刀、铲就往回走，赶回家吃饭去。边走着，边笑着，还边唱着："哈哈，回家了，家里和面烙饼了。烙几张？烙两张。吃一张，留一张……"

唱完了，孩子们也便到家了。各家各户的人们，都围坐在一起吃着饭。除了鸡偶尔叫两声之外，什么声音也没有，周围静悄悄的。不过，这种状态只是暂时的……

早饭后，趁凉乎，孩子们挎着篮子，拿着口子，背着粪箕子，有说有笑的，来到连收家门口——等着连收，好再一块儿去割草。

不知怎么的，连收这会还没出来。铁蛋坐在粪箕子上，手上的刀乱转着，鼓着他那黑色的胖脸抱怨道："这个猪，到这会还没吃好。哼！就他这么慢——人家都吃饱蹽多远了。"

老皮子老皮子，哎，老皮子是谁？噢！我忘了告诉大家了。老皮子啊，乃是柳家湾最快乐的人。最爱吹牛皮、胡扯，因此，孩子们都非常喜欢他。他呢，也最喜欢和孩子们一起说笑。先简单地说到这里，以后，我们还会见到这个快乐的大人物的。这会儿，咱们还是回到连收家门口，听听孩子们在讲些什么。

大伙听了小群的话，都大笑不止。毛眼子不但不笑，反而一本正经地说："胡扯！"小亮听完，忙接着道："嗯不错不错。哎呀！上天我怎么听广播说，快到六一儿童节了？""哈哈！"小亮的话还没落音，大伙就使劲地大笑起来，"哈哈……"不知为什么的小亮，被伙伴们笑糊涂了，忙一个劲地叫着："笑什么笑什么？！"

"哈哈，"小亚子大笑道："笨蛋笨蛋大大的笨蛋！熊胆小鬼！你耳子塞驴毛了！六一儿童节早过了，你还说什么什么快到六一儿童节了。哈哈，你……""哈哈，"小凡大笑道，"熊胆小鬼，熊家伙，你保证听错了！也许是说快到八一建军节了。""嗯，"小亮也不好意思地笑了。"哈哈，"小丁笑道，"哎，胆小鬼，管它什么节？咱们天天跟过节。哈哈……"

正在这时,连收手里拿着块油饼,从屋里走出来了。边吃边说道:"走走走走,赶紧走吧!割好草回来,摸泥鳅……"

于是,孩子们说说笑笑,来到田野里。一则怕天热,二则草也多,三则怕草割不够,因此都十分卖力干。

等到太阳正要大发威风时,各人的篮子、口子、粪箕子已经几乎都满了。天又热,又是在玉米地里、黄麻地里、豆子地里……割草,所以孩子们热得一身汗。上身的小褂、背巾、汗衫都被汗湿了。往脸上看,哈哈,更好看了,一个个脸抹得跟花脸豹一样,泥猴一样。

此刻,小毛蛋手里拿着一把草,从玉米地里钻出来。到了路上的树荫下,他边擦着脸上的汗边叫道:"哎对了!嘿嘿,我说,那个咱们来打草吧?""来!哈哈,"大伙听了,有的在路上,有的在路边沟里,有的从庄稼地里钻出来,忙一起纷纷响应着。

孩子们说笑着,立即开始行动起来。小凡用刀在路当中剜了个窝,然后以窝为圆心,画了个圆。小黑跑到离窝有十四五米远的地方,画一横线。接着,大伙四下里散开去割草、每人割一把,回来都放在圆圈后边。最后,一个一个,用刀或铲,往窝前边的线跟前撂,以决定分出一、二、三……好依次往草堆跟前撂,以决定这堆草的主人。

先后顺序出来后,小纵子把手中的刀,摆弄得滴溜溜乱转着,同时笑嘻嘻地说:"哎,别来了,别来了!你们都别来了!这堆草是本大人我的!""哈哈,"小亚子大笑道,"尖白脸,你也不撒泡尿照照自己。你的?坐飞机吹喇叭——你想得怪高!嘿嘿,这堆草归我还差不多。"毛眼子不等小纵子还击就大笑道:"归你?想得倒美!熊愣头青,嘿嘿,你才得撒泡尿照照自己呢!嘿嘿,要是你的,除非太阳从西边出来。""对对,"小常忙接着连连道,"好吃鬼说得对!哈哈,这堆草谁都别想要了,得归我神弹子。"连收乱摆着铲,忙叫道:"神弹子,你的?鸡蛋吹喇叭——没门!嘿嘿,这排我打头,当然是俺的喽!嘿嘿。"铁蛋这时大叫道:"行了行了!一个一个鬼嚎狼叫的,都净胡扯!快打!熊大肚子。"连收连连答应着:"噢——好!"他拿着铲,对准那堆草,瞄了又瞄……瞄了好几次才撂过去。奇怪——那铲落地后,不知怎么的,翻了好几个跟头，一下子从草堆上翻了过去。连收一看铲只顾得翻跟头，忙得他用手指着正翻跟子的铲，连连跺着脚大叫道："定定定！停停停！别翻了，别翻了！"

大伙一见，哈哈大笑起来了。"哈哈——"小毛蛋笑道，"大肚子，你这下是寡妇死了儿——没指望了！哈哈。""嘿嘿，"小团跷起大拇指笑道，"大肚子，你这招，高！高！高！实在是太高了！呵呵。"

小毛蛋这时大笑道："哈哈，啊——大伙儿都别笑了，看我的！"说完，他连瞄都不瞄，拿刀就撂了过去——那刀就跟喝醉酒的人样，一下子拱到沟里去了。"哈哈。"连收见状，忙大笑道，"小鬼点子，你比我还厉害！？哈哈，俺看你更是寡妇死了儿——没指望了！""嘿嘿，"小常这时笑笑道，"你们，你们行吗？哈哈，看我的！"说着，小常用铲对着那草堆，略瞄了瞄，就很沉稳地丢了过去。

"啊？！"大伙惊叫一声，停止说笑，忙纷纷跑过去看。啊！太巧了！原来小常的铲，恰巧盖住了窝。谁的刀或铲，离窝最近，那堆草就是谁的。所以，大伙儿一见小常的铲停在草堆旁，忙一起跑过去看的。

"哎哟，哎哟！这黄子，手还怪准的。""嘿嘿，你别说，熊神弹子，还真有两下子。""嘿！这个熊家伙。"大伙儿一起乱嚷着。小常则高兴得大笑不止："哈哈……"

大伙儿都纷纷上演自己的拿手好戏，挨个儿打了一遍，不过都没什么出彩的，还是小常的铲停在草堆旁。这时只剩下最后一个人了。

"唉！"连收叹着气道，"该不多上了，可能要被他打去了。"只见不多手拿着刀，来回摆动了两下。眼睛死死盯着小常的铲把，在心里仔细瞄了瞄，瞄了又瞄。随后一扬胳膊，松了手。那刀，很沉稳地飞了出去。只听得啪的一声响，刀把一下子打着了小常的铲把。

先来的不如后到的。后到者打倒了先赢者的工具，则先赢者得让给后赢者。后者居上，这也是打草把的规则。

不多的刀一打到小常的铲，大伙都忙一起蹦跳着，大笑着，欢呼着，纷纷大声叫嚷起来了。"啊？！哈哈——好——太好啦！哈哈……"

"哎！再来再来，"小纵子大叫道，"再来打一轮！下排我要赢！""哈哈,"大伙一起欢笑着乱叫道,"对!对对,来,再来再来!下排该我赢!哈哈……"都想赢草的孩子们,又四下里散开,割草去了……

又来了好几排,均各有所得。篮子,粪箕子,口子都满满的摁不下了。也来够了,孩子们这才背起粪箕子、口子,挎着篮子,说说笑笑着,高高兴兴地回家去了。

太阳高高地挂在东南,风儿吹来,蝉儿欢笑得不住地唱着歌。

卷六 黄鳝与大黑鱼

篇一 孩子们又逮又捉

这天,孩子们来到家,把粪箕子、篮子、口子一搁。拿着瓷盆,飞一般的往西汪跑。啊,亲爱的读者,还记得吗?西汪是什么形状的?喇叭形的。东窄西宽,西低东高,汪里的水不大多。东边高的地方,长着高高的密密的芦苇,芦苇里不时传来水鸟的鸣叫声……

西边靠近苇子的那一大片地方,里面的水很少。水一少,泥自然就多了,而且都是黑油油得发亮的薄泥。

此时,火球般的太阳,猛烈地炙烤着生机盎然的大地。虽然有点风,可是天更热了。尽管如此,孩子们却根本没把它放在眼里,跟没觉着似的。他们就像那欢乐的蝉样,欢笑个不停。

孩子们来到这里,盆一拿,直往那乌黑发亮的泥里蹚去。顿时,这里可就热闹起来了。

水只有一点点,经孩子们一乱踩,立即变得浑浊了。

孩子们有的打堰,有的擤水,有的挖泥,有的乱扒着……开始摸起泥鳅来……

要不多久,孩子们的脸可就好看了。这一道泥,那一道泥。水和汗水再一淌,加上泥也来凑热闹。呀!那就更好看了。一个个都变成了花脸豹,小泥猴样。孩子们可不管这些,有说有笑地只顾着摸……

"嘿嘿,"小黑笑道,"这个熊泥鳅,身子怪滑了!你要不使手捧,十有八九逮不住。""对!"来喜附和道,"不假不假。哎!不捧也行,只讲你能攥住;要攥不住,它一下子就滑跑了。你再想逮他,可比登天还难!"跃进边瞅着边说:"哎!神弹子,我对你讲,你看哪有冒泡泡的,那保准有泥鳅。""你看我逮多少啦!"小常大笑道,"还要你讲?!小放屁虫,你逮多少了?嘿嘿,我吃过的泥鳅,比你看过的还多呢!"小东连连叫道:"神弹子,你真能耐!就是没吃过结巴子。""哈哈——"正忙活的大伙听了,顿时一起大笑起来了。

这些逮泥鳅的经验,对大伙来说平常得很,跟家常便饭一样。可对于站在岸边观看的小津津来说,却是世外奇闻。你看,他一边注意地听着,一边甜甜地笑着。一会儿仔细地看大伙儿逮,一会儿又惊奇地望着瓷盆里的泥鳅。小津津听得津津有味,显得非常高兴。他也想下去摸,可来喜不愿意,只叫他在岸边看。其实,小津津心里还有点怕。

大伙儿说笑个不停,正逮着,忽听得在苇子边的小纵子大声尖叫道:"哎哎!快来看,大伙快来看,这里有个窟!"大伙听了,不管三七二十一,忙纷纷跑过来看——泥水溅到了身上,脸上也不顾。同时,还都一起乱叫着:"哪了?我看看,哪了哪了?"

大伙跑到跟一看,咦——还真的!苇子下方果然有个窟,有小孩胳膊那么粗。"嘿嘿,乖!"站在小纵子身旁的铁蛋笑道,"可能是黄鳝窟!快快快,快挖!尖白脸,快往下挖!""嗯!"大伙也异口同声地叫道,"嗯嗯,差不多。快挖快挖,尖白脸,快挖!怕是条大黄鳝。快挖快挖……"

再看小纵子,双手往下一插,顿时就把一大块泥扒掉了……如此,反复几次。果然不假!窟里有条大黄鳝,睁着两个芝麻粒大的小黑眼睛,正望着大伙呢。小纵子一见,心花怒放,真是高兴极了!

黄鳝长得和长虫差不多模样。听老皮子说,他们之间唯一的区别就是:黄鳝没有信子。这,不知到底可是真的。黄鳝的头,近似三角形。身子,长长的,浑身上下,黄褐色。看上去仿佛抹上一层黄油似的,油光光的。摸上去软乎乎的,而且你还会觉得有点摩挲。胆小的要是不凑巧摸到了,顿时就会吓得带着哭腔,妈呀妈呀地直叫唤。而且还会连连使劲地乱甩着手,头还发懵。可小纵子却毫不在乎,两手一伸,挪住黄鳝的脖子。

一使劲，提出来。轻轻地往盆里一搁，手一松，这条黄鳝就被他俘虏了。

孩子们站在盆边，围着看，不停地赞叹着："哈哈，乖乖！这么长，这么粗的！"

这边的孩子们看着盆里的黄鳝，正赞叹不已。那边的小团直嚷："哎哎！快来快来，大伙快来！乖乖，放屁虫逮着一条大黑鱼！"孩子们一听，忙一窝蜂样，赶紧往跃进那边跑，一边跑着还一边大叫着："哪了哪了？搁哪了？真的吗？可是真的？我看看我看看……"

大伙跑到跟前一看，一点也不假！只见跃进的盆里，有一条四十厘米来长的大黑鱼。身子乌黑乌黑，至少也有四五斤。大伙见了，又都纷纷赞叹不已。

这时小毛蛋叫道："乖乖！好家伙，你们两个，一个逮着大黑鱼，一个逮着大黄鳝。可我，就逮着几条小泥鳅。"说完，头低着，脸苦成一小把，大伙见状，都大笑起来了。

"哈哈！"小纵子笑道，"你这个小毛蛋！犯红眼病了！咱们这是八仙过海——各显神通！""哈哈，对！"跃进大笑道，"我说小毛蛋，你要是给我磕几个头，拜我为师，我保证教你也逮到。"

又过一会，人也累了，天也热了，大伙也都不想逮了。于是，孩子们端着盆，飞一般欢天喜地地回家去了。

篇二　大人们又评又说

正是好事不出门，坏事行千里。小纵子，跃进两个逮着大黄鳝，大黑鱼的事，早已传到家里了。

还没到家门口，东邻西院的大人小孩，纷纷跑过来看。淘气的小孩，蹲在盆边，用手去摸大黑鱼的脊背。大黑鱼不让人摸，全身乱动着，水花溅了小孩一脸。可小孩不管，擦下脸又去摸。小孩不敢用手去摸黄鳝，就用小棍去戳。刚碰到，那黄鳝滋溜一下，沿着盆，滑了一圈多。小孩见了，奶声奶气地笑了。

稳重的大人们忍不住赞叹起来。"哎，真不小！""嗯，不小，不小，不小！这鱼大约有五六斤重。""哎！五六斤哪止，最少也有七斤。""嘿嘿，你别说，小纵子，跃进俩还怪厉害的。""嘿嘿，这两个毛孩子还怪能个嘞！"

"看什么？"老皮子这时从东边过来了，到跟前一看见黄鳝和大黑鱼就叫道。"哟呵，乖乖！两个小毛蛋还挺厉害的！我看看这大黑鱼。"说着，他蹲下来，用手摸摸，又接着说道："嗯嗯，怪大怪大，这大黑鱼，可是个孝鱼啊！""笑鱼？"小亚子听老皮子说大黑鱼是个笑鱼，觉得很诧异。他带着满脸疑惑惊奇的神色忙道："笑鱼，怎么个笑鱼？老皮子，它还会笑吗？""哈哈——"老皮子站起身来大笑道，"笨蛋！哪是那个笑，是这个孝！嗯，孝顺的孝！""噢——哈哈——"大伙这才都明白过来。小亚子笑道，"我说呢，鱼怎么会笑，原来是这个孝啊！哈哈——哎！老皮子，它怎么是个孝鱼呢？""啊——"老皮子又接着道，"是这样的。那大黑鱼的娘，生下它们后不久，眼就瞎了，眼一瞎，就看不见找食吃。这些小黑鱼呢，都一起跑到它娘嘴头了，让它娘吃它。哎！你说它不是个孝鱼吗？""噢！原来是这样。"大伙听了，都一起点头道："嗯嗯，真是个孝鱼！"老皮子一高兴，又接着往下说："哎，那条黄鳝嘛，也有大用，它的血能治伤。""治伤？"小亚子又忙问，"治什么伤？可有药效？""什么伤？嘿嘿，"老皮笑着又道，"笨蛋，连这个也不知道。你手指子，脚趾子，胳膊腿……哎呀呀！一大些。反正不管哪跟破了，用干了的黄鳝血一贴，保证能好，比药还好用呢！"他说到这，一伸手，对着正听得入神的小亚子的头，啪！就是一弹子，同时叫道："你看看你，也不撒泡尿照照你的脸，抹得跟鬼样。还不快去洗啊！"小亚子和伙伴们这才想起来，互相看看，相互指着大笑起来："哈哈——"

铁蛋笑道："一高兴就忘了，走！走走走，上压井去洗。""嘿嘿，"铁蛋的话音还没落，小东就笑道，"黑胖鬼，你是大铁蛋，也是个大笨蛋！现成的'温泉'不去洗，上压井去洗干啥。"说完，他就像一匹脱缰的野马，直奔南边的"温泉"，撒腿而去。大伙一看也二话不说，大笑着，旋风般撵去……

卷七　笑声盈温泉

篇一　两个天地

小东对铁蛋说的"温泉",其实啊,就是南汪。孩子们管它叫温泉,是因为这里的环境太幽雅。特别是在夏天,这里的水又清又凉还又深,是他们天天光顾的地方。

这儿是孩子们最喜欢的地方,同时又是柳家湾数一数二的风景名胜地之一。

在欢笑的春天里,我们没有机会来仔细看它。现在,机会来了。"温泉"的四周都是树儿,草儿,花儿。柳树,槐树,白杨树,及其它一些说不出名儿的树和小灌木丛一起,环抱着它。有几棵大柳树,被风刮得歪向汪里,枝条儿都沾着水儿了。还有两棵,虽然被风刮倒了,但仍然充满着勃勃生机,枝繁叶茂的。东南角的汪里,有一个小岛,小岛上面有一棵碗口粗的柳树,长得郁郁葱葱的。这个小岛,孩子们都叫它"宝岛",小岛东边的岸上有个坡,说陡吧也不陡,说不陡吧也还怪陡。

汪旁,有许多说不出名儿的小草,各种各样的。小草上开着五颜六色的小花朵儿,五彩缤纷的,甚是好看。风儿吹来,散发着醉人的清香。

这些各种各样的树儿,各式各样的草儿,绚丽多姿的花儿,便组成了一个非常美丽的大花环,把汪包围在中间。

南汪分东西两个,东深西浅,西小东大。又大又深的东汪,是男孩子们的天下。又小又浅的西汪,是女孩子们的园地。不过,家里大人对女孩子管得严,一般都不让下汪洗澡。不像对泼皮小子那样,不大问事。

不知怎么的,大概是物以类聚,人以群分的缘故吧。男孩女孩一般都不在一块玩。因为男孩都说,女孩胆小如鼠,不禁玩,都不肯和她们一起玩。女孩子呢,则说男孩子的不是——也都不肯和他们一块玩。她们自有她们的一块快乐的天地。

两汪交界处,是一条四五十米长,一两米来宽的,南北走向的小路,小路中间,有一座简易的小石桥。小路的两旁,栽的是一排柳树。

春暖花开的季节,这儿便是最美的地方。夏天呢?也不错!蔚蓝色的天空下,飞来飞去的鸟儿,欢唱个不停。浓绿色的枝条,随风摇摆着。汪旁的草儿,花儿摇曳着。偶尔,有一两个红色的,或蓝色的蜻蜓,飘落在水边的小草上,还没站稳,翅膀上下一拍一摆,马上又飞走了。三三两两的蝴蝶,上下飞舞着,追逐着……尽管有毒辣的太阳,可是,当人坐在树荫下,看看汪里那清凉闪亮的水儿,根本感觉不到热。

孩子们管它叫"温泉",也怪富有诗意的,也怪美的。不过,照我看来,与其说它是"温泉",倒不如说它是柳家湾的西湖。

篇二 水上乐园

第一节 欢笑喊口号

胆大鬼小东,欢笑着,像离弦的箭一般向"温泉"跑来,边跑边把背巾子脱下来,到了汪边,三下两下,褪下裤头,一个纵身,只听得噗通一声响,水花四溅着,人早已到了汪里。"哈哈,"小东大笑着,玩起水来。紧接着,"哈哈——"扑通,扑通,扑通声直响,如年初一下饺子。孩子们欢笑着,一个不剩,全跳到汪里了。汪里的水花四下飞溅着,笑声叫声,蔓延在汪的上空。

孩子们落到水里的姿势,各有其特色,且花样众多,有双手并排向前伸着的直拱式,有大鹏展翅,有童子拜佛,有倒栽葱,有正栽葱,等等,非常好看。

大伙跳到汪里后,嘻嘻哈哈,笑个不停。有打嘭嘭的,有刺猛子的,有击水的,有擤水的……这时,先前宁静的汪,可就变得不平静了,就像一锅烧得反开的水样,沸腾起来了。

一刹那,欢笑声,叫喊声,打嘭声等交织在一起,直冲云霄。树上的蝉,在欢快地大声鸣叫着,仿佛在为孩子们呐喊助威似的。

孩子们就这样玩了一会,闹了一会。"哈哈,"小纵子这时大笑道,"哎这样不得劲,走!上树上往下跳!"大伙一听,一致赞成,说着,忙纷纷爬上岸来,从歪倒在汪里的树上,一个个往水里跳着……

小毛蛋跳了几次后,觉得不过瘾。他在水里笑道:"这树怪矮了!不得劲。走!上'宝岛',从那树上往下跳才过瘾呢!"

刹那间,欢笑声,扑通声,水花四溅声,孩子的嬉闹声,蝉的鸣叫声等等混合在一起,宛若一首欢乐的交响乐。

小纵子这时站在一棵树上,一手攥着树枝,另一手高高举着,拉开他那尖细的嗓子,大叫道:"同志们!看我的!哈哈……"说完,手一松,脚一蹬,一个童子拜佛,从高高的树枝上,跳了下来。"哈哈——"小纵子大笑着,扑通一声响,跳进水里……

小亚子在上面,也举着手大叫道:"来,看我的!哈哈——"说完,一个白鹤亮翅,大笑着,跳了下去……

紧接着,铁蛋也举起手,拉着老憨腔,喊起来:"都闪开!看我的……"他还没喊完,却被小毛蛋从后边一家伙捅了下去。"下去吧,黑胖鬼,哈哈,看我的!"小毛蛋说完,立即举起手,高声大叫道:"我来也……"

"哈哈——"其他孩子见了,也都纷纷效仿,大笑着,乱叫着,争先恐后的,依次爬到树上,从树上往水里跳……

第二节 打杆棒

开打

欢笑着的孩子们,就这样高喊着口号,从树上往下跳着……

时间不长,又渐渐地厌了。正在这时,小纵子在水里叫道:"乖乖!这样不得劲。来,咱们来打杆棒?"

小亚子一听,积极响应,忙招呼卷毛兽、熊结巴子等下来一起玩。小毛蛋叫道:"哎!小新白脸呢?""鬼点子,你鬼嚎什么的?"来喜吼道,"他不会玩水。"说着,往岸上一指:"在那呢。""噢,哈哈,"小胖大笑着,转脸看了看道,"噢——我说呢,原来是个旱鸭子!"铁蛋叫道,"哎,那个咱们明天教他。""嗯嗯,对对。"小常道:"哎,小大人,你可得保密啊——不敢让家里大人知道。""行行行,那当然那当然。""哎哎。"跃进叫道,"神弹子,别说了,快点来吧!大伙都过来,来打杆棒!"

这时,大伙在"宝岛"边的水里,围成一个圆圈。小纵子站在圆心,笑着叫道:"哎!我打了啊?我打了啊?"说着,用手指着,从小常开始,依次挨个下去,一个字一个人,嘴里念念有词道:"打、打、打、杆、棒、打、到、谁、谁、就、杠!"说完最后一个字,手指正好指着小群。小群见了,笑呵呵地走了。紧接着,小纵子又用手指着往下说:"打、打、打、杆、棒……"

不一会儿,就剩下最后两个人了。这下该怎么办呢?

话说皮啾

这下不能用打杆棒这种方法了,不然人会说偏。怎么才能不偏呢?得打皮啾!只有打皮啾,才能公正公平公开合理地决出——谁走谁逮,除此之外,没有其他方法。

皮啾,皮啾,皮啾是个什么家伙呀?所谓的皮啾,乃是一种能够公正公平合理地决出先后,胜负的方法。它包括三种形式,名称分别为"锤""纸""剪子"。"锤"顾名思义是拳头。何为"纸"呢?手掌伸开即为"纸"。所谓的"剪子",有两个表达形式。大拇指与食指同时张开,是其一;食指与中指同时张开,是其二。那么如何分出胜负呢?是这样的,两人在同一时间出示这三种手势中的任意一种,看伸出来的是什么,"锤"能打"剪子","剪子"呢?能剪"纸"。"纸"呢?又能包"锤"。如此,不就能分出胜负了吗?这在别的地方叫石头剪刀布。但是,在咱柳家湾,人们叫它皮啾。

石膏点豆腐,一物降一物。这就是皮啾的原理。

黑胖鬼想巧

上面说到,这会只剩下最后两个人了。这两人是谁?不是别人,乃是铁蛋与不多。"不打皮啾了,可对?"铁蛋叫道,"不多,咱来火棍头子拉不权吧?""不多。"不等不多回答,一旁的小纵子忙连连叫道,"不多,黑胖鬼想让你逮。火棍头子拉不权,不是你就是他。跟打杆棒一样,人多行;就两个人不行,还是打皮啾公道!黑胖鬼你想哄谁?""哈哈,对对!"大伙一起欢笑道,"还是打皮啾公道。"

铁蛋见被小纵子识破了,没法,只好打皮啾。打皮啾,铁蛋还是想巧。然而,想巧是个当。他本来出的是"剪子",可不知为何,出来还没有一秒,突然变了,变成了"锤"。而不多出的呢?却是"纸"。正好"纸"包"锤",该铁蛋逮。铁蛋还想赖,可大伙一起笑道:"黑胖鬼,白赖蛋!赶紧逮吧!"铁蛋这下自知理亏,也知道赖不过去。再听大伙一说,也不好意思再耍赖了。

这打杆棒还有一个规定,就是得等大伙都跑开后,才能逮。不然,逮到也不算。

汪里这会又热闹起来了,尽是孩子们的欢笑声。蝉,依然如故,执着地坚守着自己的工作岗位,一如既往地欢唱着,大叫着,在为孩子们呐喊助威。

铁蛋嗖的一声,像发出的战斧式巡航导弹,直扑水里功夫不大深的小团。"哈哈,刷把子,看你往哪跑!趁早投降吧!"

小团一见铁蛋直面他而来,顿时慌了。手忙脚乱的,连话也说不出来了。他吃力地跑着,又是打嗲嗲,又是刺猛子。然而,这些都不大见效。形势更加危急了!狗急跳墙,情急生智的小团,为了逃跑,什么都不顾了,你猜怎么着,他竟然喝汪里的水,往铁蛋脸上,身上喷,好减弱铁蛋的进攻速度,有利于逃跑。

其他伙伴们呢?也没闲着。"快跑,快跑!"大伙在四周的安全地带,一起叫喊着,"快点快点,刷把子。""刷把子,往这跑!""哎呀,快快快!"

小丁、小凡、小纵子、小毛蛋等几个水里功夫深的,忙向铁蛋擢水,掩护小团,帮助小团脱险。这一招,果然奏效。铁蛋的进攻速度,顿时慢了下来。在众多伙伴的救助和掩护下,小团脱险了。

可是,一险刚过,一险又至。真是祸不单行!原来,小团被铁蛋擢了一气,太累了。于是,就坐在汪边歇歇。

铁蛋呢,心想:"明枪易躲,暗箭难防。嗯!不能明着来,得暗地里取。"想到这,他忙装着去逮不多。擢水,打嘭嘭,擢水……虚张声势地擢了一会儿后,又忙刺猛子……假装是往不多这边来的。不料想,他在水底却来了一个一百八十度的大转弯,直奔小团那去了。

一猛子,都刺到小团跟前了。小团呢?还在汪边歇着呢!他哪料想到这一招,更没想到铁蛋会来。再想挣扎,却已晚了。伙伴们呢?也无法救援了。在这种情况下,小团只好束手就擒。

"哈哈,"铁蛋一逮到小团就得意地笑道,"熊刷把子,再跑,再跑?再跑啊!再喷水啊?"

于是,小团成了铁蛋阵营的帮手。因为凡是被逮到的,都是帮着逮。这也是打杆棒的一个重要规则。小团被逮到后,和铁蛋一起,欢叫着逮起别人来……

铁蛋采取了先易后难,大鱼吃小鱼,小鱼吃小虾的弱肉强食之法。不多久,就逮得只剩下一个,水里功夫极深的五星上将——小丁。

独战群雄

这时,大伙在铁蛋的率领下,欢笑着,叫嚷着,把小丁围在汪当央。孩子们精神抖擞,斗志昂扬,准备捉拿小丁。

包围圈在逐渐地缩小着,缩小着……小丁呢?嘻嘻哈哈地笑着,毫不在乎,根本不把包围圈放在眼里。不但跟没看见的样,反而还笑嘻嘻地连连招手道:"来呀来呀,本大人等候多时了!哈哈……"

大伙见了,气得乱叫着,一起往小丁那擢水,边擢着边笑道:"老扁蛋,哈哈——这下你跑不掉了!""上次,让你的!这次,你赶紧举手投降吧!"小丁大笑着,进行自卫还击——只见他身子轻轻往上一纵,打开手臂,就往大伙擢水,还一擢就是一圈。

等到大伙离他只有两手臂这么短的距离时,擢了一圈水后小丁,欢笑着一抱拳道:"嘿嘿,各位,失陪了!"话音刚落,但见小丁的头往水里一缩,只听得啪的一声水响,人便没影了。

此刻,大伙乱叫着,可就忙起来了。有的伸手往水底摸,有的用脚使劲往水底踩,有的刺猛子下到水底乱游。可一会儿,露出水面,四下里望望——没有!没有,还是没有!有的愣站着出神——仔细观察看,希望能有所发现。

过了一会儿,还没有发现小丁。大伙乱转着,又折腾了半天,还是没有!孩子们一起乱叫起来:"哪去了哪去了哪去了!哎!哪去了?怎没有了呢?哎,这个熊家伙!跑哪去了?"

"这个熊家伙,哪去了?"来喜笑道。"哈哈——"铁蛋讥笑道,"这个熊老扁蛋,真怪厉害!"小毛蛋也说道:"哎!白挨小鬼拽去了吧?""嗯,"毛眼子摇头晃脑地道,"嗯,不耽乎不耽乎,差不多差不多。""乖乖!"小团叫道,"这个小老扁蛋,真厉害!""哎,熊老扁蛋,你可出来?"小亚子急得大叫起来。众人叫喊完,还是没人回答。

大伙七嘴八舌的,又折腾着四下里找。"哎!老扁蛋,快出来!"小黑叫道,"快出来!再不出来,俺不找了啊?哼!走,俺不找了!"跃进大笑道:"老扁蛋,快出来吧!我早看见你。出来吧,出来吧!""搁哪了,搁哪了?"小常忙问道,"放屁虫,你看见他搁哪了?""嘿嘿,"跃进笑道,"我哪知道?神弹子,我故意说的——想哄他出来。谁知道这家伙跑哪去了?""哎——"小亚子急得拖着长音大喊道,"老扁蛋,快出来!再不出来,我可真叫了啊?我说一二三,再不出来,我真叫了!一、二!"小亚子的三字还没说出口,突然,一阵暴风雨般的狂笑声,从汪北传来。

原来,小丁从水底贴着地,一猛子蹿到汪北沿的被风刮歪的一棵大柳树前的一个沾到水的树枝下。这会,他拽着树枝子正望着大伙笑呢。边大笑着,边又拽着枝条,一纵一纵地玩起来了——玩得真欢!

大伙一见,忙叫嚷着,一起往北走来。"呵,熊家伙,一下子蹿到那儿了!""怪厉害的!我说跑哪去了呢,这熊家伙!哈哈……"

小丁看着大伙往这边走着,边玩着边笑着叫道:"笨蛋,大大的笨蛋!都是笨蛋!俺老孙在这儿呢!"他拽着树枝子,仰面朝天,狂笑不止。

大伙见了,都气得呜呀呀地乱叫:"呵呀呀呀!熊家伙,这么能的！""嘿嘿，你别逞能，老扁蛋，这下非逮到你不可！""呵呀呀呀，快点个，快点快点，快点个！"

孩子们乱叫着，都忙打嘭嘭，刺猛子，淌和瓢，组成一个半圆形的包围圈，飞速往小丁这儿来。一会儿，就渐渐地近了。

小丁跟没看见似的，仍欢笑着，一边拽着树枝子逍遥自在地玩耍着，一边笑道："来呀来呀，快点来呀！哈哈，怎么这么慢的！有本事快过来呀！"

等到大伙快到跟时，小丁松开手站在地上，双手一抱拳道："哈哈，拜拜了！"说完，一擢水，头往水里一缩，啪的又是一声水响，人又没影了。

孩子们又都忙起来了，伸手摸，使脚踩呀、钩呀、捣呀、踩呀，又是刺猛子，打嘭嘭，都往南去。同时，还一起乱叫着："快快快，快快快！往南去，往南去，往南去！""往南往南，肯定往南去了。""往南往南，往西点往西点。""胡扯！往东点往东点。""哎呀！快往南快往南，我看那跟有水花。""快点个快点个！""快点快点，可别让他跑了！"

等到大伙快折腾到汪南时，突然一阵笑声从北边老地方传来。原来，小丁在水底，两手紧紧抓住树跟，趴在原地，一动也没动。

大伙一见上当了，赶紧又忙往回赶，一起乱叫着："啊？！哈哈，这黄子，还怪会捣！""嘿嘿，熊老扁蛋，还怪刁！""你别说，这家伙，还真有两下子！"

等到大伙快到跟时，小丁欢笑着，又一抱拳道："哈哈，我走也！"说完，身子往上轻轻一纵，抡起两手，向大伙擢了一圈水。紧接着，啪的一声水响，人又没了。

大伙忙一起纵身往前去逮，又是刺猛子，又是用脚踩，又是伸手捞……可是，又没逮着。大伙在小丁消失的地方，折腾着，就是不往南去，恐怕上当。

"哎！别往南去，"铁蛋叫道，"别往南去！就搁这四圈找。""对！"小东应道，"就在这四圈找，他跑不了多远。""嗯！"小常道，"他还在这儿，赶紧找。""哎！"小亚子叫道，"老扁蛋跑了，嗯，这下真往南跑了。""哪了哪了？"小群叫道，"保证还在这儿！"

正说着,一阵狂风暴雨般的笑声,从南边传来了。"哈哈……"小丁在南边沿大笑不止,"小毛妖们,俺老孙又到这儿了!"

大伙一见,又上了当,乱叫着忙又往南来。"啊?这个熊家伙,真会捣!""嘿嘿,熊老扁蛋,真厉害!一猛子,刺那么远!""哎哟,乖乖,一家伙刺到南头了!这么厉害!""熊神弹子,我说老扁蛋往南跑了,还不信。哼!这下信了吧。""哼,都怨黑胖鬼!嘿嘿,他说老扁蛋还在这。""别说了别说了,神弹子,快去逮!老扁蛋,这下我非逮到你不可,哼哼!我瞧你老扁蛋有多大的本事……"

尖白脸赢得不同凡响

过了老会,大伙还没逮到小丁。但孩子们并没有灰心丧气,反而更加意气风发,斗志昂扬。就是好像少了个人,不知哪去了。

小丁这时在汪北旁,拽着树枝子,一纵一纵的,嘻嘻哈哈地笑着,正看着大伙往这边来呢。不提防,上边跳下一个人来。你道是谁,不是别人,正是柳家湾第一调皮捣蛋鬼——尖白脸小纵子。"扑通!"只听得一声响,小纵子跳到了水里,一下子抱住了小丁。"哈哈,熊老扁蛋,这下看你还往哪跑?哈哈……"大笑不止的小纵子,按着小丁的双肩,一纵一纵的还想骑上去,"真孬蛋!你个熊尖白脸,搁上边'吃过饭'再来逮,不为本事!"小纵子笑道:"老扁蛋,屎壳郎搬家——你给我滚蛋吧!反乎你挨我逮到了。""哼!"小丁叫道:"哼哼,我可让你逮的!要不然,够你逮半年的!"

折腾了大半天,铁蛋终于胜利地,圆满地,只是有点不大光彩地完成了任务。这一排打杆棒,也就彻底结束了。

第三节 抓鸭子

这时,大伙也都来到老扁蛋跟前了。小毛蛋叫道:"唉——乖乖,累死了!走走走,上东边滑坡上歇歇去。"说完,也不管大伙愿不愿意,径直往东走去。

大伙都累了,也正想歇歇。于是,一起响应,一个个随后都往东走去。

凫在半路上,小毛蛋忽然看见东南拐有十来只鸭子,正在玩耍着。灵光一闪,不知怎么的,一个好主意冒了出来。"哎!那边有鸭子,咱们来玩抓鸭子!瞧可能抓到?""行!哈哈。"大伙欢笑着应声道,"来!来抓鸭子!"

怎么抓鸭子?不用说也不能光明正大地去抓。鸭子也有眼啊,又是大白天。只有偷偷摸摸地抓喽。可到底怎么抓鸭子啊?且看孩子们的:只见孩子们,一个个把头往水里一缩,就去抓鸭子了。

那十来只鸭子,正在自由自在地玩耍呢。却不知祸从天降,大事不好了。十来只鸭子正游着游着,突然,从它们前后,左右,中间突地冒出几个小孩来。哈哈,你看把它们吓得——呱呱呱……乱叫着,扑扑扑……鸭子们扇动着翅膀,猛一挺身子,四下里水花溅开,纷纷忙着逃命……与此同时,"哈哈……"孩子们从水底钻出来,大笑着,伸手就忙去抓……

小毛蛋大笑着,伸手就去抓那黑鸭子。那黑鸭子上哪愿意,忙扑扇着翅膀就跑。溅起的水儿,一下子溅到小毛蛋嘴里了。而小毛蛋呢,虽然喝了水,却乐得哈哈大笑……

小纵子忙伸手去抓那只白鸭子。没提防,扑扑扑……从后边飞扑过来了一只黑鸭子,踩着小纵子的头,飞跑过去了。而小纵子不但不恼,也不觉得疼,反而无比高兴……

小丁从水里一钻出来,正巧,一伸手,就抓住了一只灰鸭子的一条腿。那只可怜的灰鸭子,在他手里大声叫喊着,挣扎着……呱呱呱!呱呱呱呱……疯狂地扇动着翅膀,小丁哈哈大笑着,一边踩着水,一边把手里的鸭子转了四五圈。之后,呜——一下子甩了出去。"哈哈……"你看把他乐得,简直无法形容啦。那只可怜的鸭子落水后啊,应该庆幸才是。其他伙伴,都没有抓到鸭子。但是,他们的快乐和小丁一样。

第四节 滑坡

"哈哈,怪好玩!嘿嘿,太好玩了!"孩子们看着四下里逃命的鸭子,大笑着乱叫道,"乖乖!我差点也抓到一个了。""哈哈,那些熊鸭子,吓得——哈哈……"

孩子们说说笑笑着,继续前进。不一会儿,就来到了目的地。不知怎么的,也不累了,忙一起往上擢水,冲刷滑坡。

涮好后,孩子们欢笑着,乱叫着,争着往上爬。到上边,扑的往上一趴——啪!不用推不用捅,便箭一般滑到了水里。

此时,连收在上边笑着叫道:"哎哎!你不小心着点,看上面有瓶渣子,不把你腚划两瓣才怪呢?"说完,他忙往上一拍,一伸手,拽着两三个,两腿一伸,又勾倒三四个。只听得:"哎哎!"啪啪啪——直响。嗖嗖嗖,呜——就从滑坡上往下滑去。几个人尖叫着,欢笑道:"哎!哎哎!哈哈——熊大肚子,你该的?"但见,五六个孩子,歪三斜四,横七竖八,全掉水里了。头碰头的,腚碰腚的,腚碰头的……一个个压在一起。欢笑声,叫喊声交织在一起。呀!好热闹!孩子们玩得可真得劲!

这时,小亚子在上边大叫道:"哎——下边闪开喽!哈哈,我来啦!"话音未落,就见小亚子两手伸开,顺着滑坡往下跑。滑坡太滑了,他还没跑两步,身子不由自主地就往下缩。还没到半道,啪的一声响,就一屁股坐在坡上。嗖——呜的一下子掉到水里。扑通一声响。立即传来一阵震天动地的欢笑声,"哈哈……"

孩子们,一起笑话道:"熊愣头青,胆子真大!哈哈……"
接着大伙又忙着往上爬,大笑着,欢叫着,又往下滑……

第五节 比赛与求饶及其他

孩子们就这样玩了一会,还没怎么玩够。来喜却在下面叫道:"哎,这样不得劲!来来,咱们来比谁游得快?"

小毛蛋大叫道:"可以,咱们从这沿凫到汪西沿,谁先到头谁为赢,就是第一。""行!"大伙齐应道。"嘿嘿,"来喜笑道,"来!咱们都站到旁沿,排成横队。我说一二三,咱们就开始。""行!"大伙答应着,忙纷纷上来,站在汪边沿,排成一横队。来喜见大伙都站好后,说道:"哎,哎哎!可准备好了?一、二!"来喜的三字还没说出口,只听扑通、扑通、扑通三声响。但见小群、小亚子、小胖三条好汉已经跳到汪里,开始往前游了。"你该的,熊大肥猪,我可说'三'了你就游?还没说三,你跑什么的?""熊飞毛腿,你忙什么的?人还没说,你?""嘿嘿,你三个熊家伙,快上来!重来!熊大肥猪,快点!快点上来。哈哈……"孩子们一起急得乱嚷着先入水的三人。

"嘿嘿,"水里的小胖笑道,"熊飞毛腿,谁让你先跑的?我……"小胖还没说完,小群就忙叫道:"我什么时候先跑的?我看愣头青跑了,我才跑的。""嘿嘿,就是!哼,都怨熊愣头青!""怎么怨我?"小亚子不好意思地笑道,"我听熊小大人说了,我才跑的,不怨我,都怨熊小大人。""熊愣头青,"来喜笑道,"我明明没说三,好了好了,站好了啊?这下可别先跑了啊!可准备好了?行了啊?预备——一、二!"来喜的三字刚想说,扑通、扑通!两声响,跃进,连收两员猛将又蹿出去了。

"哈哈,熊大肚子,你忙什么的?哈哈……""嘿嘿,熊尖耳子尖过劲了!哈哈……"孩子们欢笑着,乱叫着……

"哈哈,熊放屁虫,都怨你!"连收笑道,"小大人没说三,你忙跑该的?你的熊耳子不好使了。哈哈……""哪怨我?"回到岸上的跃进大笑道,"都怨熊尖白脸!我正准备着呢,他从后面一下子把我推下去了,哈哈……""胡扯!我什么时候推你的?"小纵子大笑道,"我没推你,熊放屁虫!你自个跑的,还说我推的。"其实啊,就是小纵子干的好事,可他就是不承认。

"哎!你都可以?再不要胡扯了。"铁蛋说道,"谁要再先跑,就不找谁玩!来,站好!来来来,小大人喊。""对对!谁先跑就不招谁来!"来喜叫道,"哎,哎哎!可准备好了?行了啊?预——备!一、二、三!"话音未落,只听得扑通、扑通……声直响。跳到水里的孩子们,一字排开,个个奋勇,人人卖力,争先恐后地向西沿冲去。

刹那间,汪里波浪滔天,水花飞溅,喊声阵阵,好不热闹。再加上那蝉——一阵紧似一阵的鸣叫声。呀!别提了。真是热闹非凡,异常地热烈。

孩子们一会儿打嘭嘭,一会儿刺猛子,一会儿淌和瓢。一会儿两手轮番交替着,两腿用力蹬着。一会儿几种方式混合着用,孩子们不断地换着方式,竭尽全力往前冲。

过不了多久,大伙就快要到汪西沿了。跃进游得快些,和他邻边的不多,这会儿在他后面淌和瓢——淌得正有劲!跃进忙转过身来,偷偷地使劲一冲水。哈哈,这下好看了。不多上哪知道,不提防,水一下子灌进了鼻孔。他忙翻过身来,站在没了肩的水中直叫:"哼!哼哼!哼哼哼!"不多只觉得鼻子里,仿佛钻进了辣椒面似的,又辣又酸,眼泪顿时顺势就出来了。那滋味,乖乖——真难受!过了老会,还没好……

"哪个龟龟龟孙?狗狗狗日的!"大伙见了,早一起大笑起来了。

不多骂毕,气得非要揍跃进不可。跃进呢?忙装成一副可怜相,赔着笑,哀求道:"俺哥俺哥,饶了我吧,饶了我吧,你就饶了我这一次吧,下次再也不敢了!"不多一见跃进那可怜巴巴的样子,心也软了,还禁不住笑了。"嘿嘿,下回再、再、再弄,我可不、不、不饶。熊、熊东西!""嗨咿!"跃进笑着忙连连叫道,"嗨咿!太君,下次不敢了!俺哥……"大伙一见,早又大笑起来。众人笑声未毕,小胖用泥把脸抹得满满的以后,转过脸来叫道:"哎!卷毛兽,你看我是谁?"小黑转脸一望,禁不住又大笑起来了。"哈哈——你是谁?你是小鬼大肥猪!"大伙听了,也都呵呵大笑起来了。小常笑道:"大肥猪,你是谁?你是东庄毛胡嘴!你是啥?你是东庄小鸡嘎!""哈哈——"大伙这下,笑得更厉害了。

过了会,又来玩谁刺猛子远。可还没玩到一半,不能玩了。怎么了?来通知了!通什么知,谁来通知的?"哎!快上来。"津津在岸上,招着手,不停地喊,"快上来,快上来!家里喊吃饭啦!"

孩子们在水里泡了这么长时间,还没玩够。可是,这时也不得不离开那舒适、凉爽、惬意的"温泉"。

大伙上来后,穿上裤头,拿着背巾、汗衫、小褂和津津胡扯着,说笑着,快快活活地回家吃饭去了。

直到此刻,汪才又恢复了先前的宁静。只有那永远快乐的蝉儿,仿佛不知疲倦似的欢笑着。又好像对自己的歌儿异常喜爱,情有独钟似的。

依然在一如既往地高声欢唱着。

卷八　柳家湾的"苏州园林"与"杭州西湖"

篇一　羊叫也可以说成是羊笑

仲夏的天气就是热，树叶热得低了头；蝉儿热得一个劲儿地叫；狗热得把红红的舌子，伸得长长的还不算，还得紧紧地贴在凉荫地上；牛热得张大嘴直喘，肚子一鼓一鼓的；骡马热得鼻孔飞速地一张一合着……

大人们手里都拿着芭蕉扇子，不停呼呼地扇着。可也没什么用——风儿也是热的。但是，孩子们可不怕这炎热。

先前说好了的，饭后上南边的风景名胜地——小树林子里玩。

这不，你看，孩子们欢欢笑笑地来了。并且，还多了十好几个"伙伴"。哪那么多伙伴，是谁呀？羊！

第一节　"苏州园林"

我们在上面尽情领略了"杭州西湖"的美丽景色，也就是孩子们所说的"温泉"之景。下面呢，我们就来看一看柳家湾的苏州园林，到底是个什么样子。

其实，这个地方，我们大家是来过的，只不过是在欢笑的春天里。对此，我想亲爱的读者，大概不至于完全忘却吧。可是，毕竟老长时间我们没有来了。因此，再约略地把它描绘一下，我想也可以说是不无裨益的。

树林子虽不怎么大，可却很漂亮。不然可就说不上是柳家湾的一大风景名胜了。小树林子最具有特色的地方，就是一色的洋槐树！高高的树，差不多粗细，长得枝繁叶茂，清秀挺拔。

树林里，时不时地传来几声喜鹊清脆的鸣叫声，嘎！嘎嘎——林子里遮天蔽日，清凉得很。地上的小草黄绿绿的，毛绒绒的。小草虽然不怎么高,却很稠密,很是惹人喜爱。倘若躺上去,那更妙了。宛如躺在一张软绵绵的海绵上。啊不!是躺在一块软活活的绿毯子上。你会觉得是那么的温柔,舒服,惬意。就是三天不吃饭,也愿意高高兴兴地躺在那儿。你想想吧——在那么闷热的天气里,你上哪找这么一块凉爽的去处?真的!烈日炎炎似火烧。在火辣辣的、让人透不过气来的炎热的伏天里,你躺在树林里的绿绿的小草上。上面是青青的树叶,密密的,偶尔只让一点阳光漏进来。风儿吹来,你躺在那儿,看着树叶儿摇曳着,周围全是那毛茸茸的小草。风到了林子里,也变得清凉起来了。你躺在那儿,看着摇曳的树叶;听着鸟儿轻轻的私语……那多美啊!多妙啊!真的如痴如醉,飘飘欲仙。说不定不一会儿,你便沉入那香甜的梦乡之中了呢。

说它是苏州园林,有点儿牵强附会了吧。亲爱的读者,也许会这样说。是的,也许是有点儿牵强附会。不过,也并非没有一点可取之处。况且,它们都有一个最重要的共同点呀——都是一个人工装饰而成的美丽地方。

第二节 说羊、骂羊、喷羊

小树林子那么美丽的,可它对于柳家湾的孩子们来说,却并不怎么好——哪有他们蹚到水里,玩得痛快呢?这就说明了一个事实,"杭州西湖"比"苏州园林"还要美些。因此,我们就可以说——自然的美终究胜过装饰的美。

好了好了,闲话少说,还是言归正传吧。好!且说孩子们牵着羊,有说有笑地往"苏州园林"——小树林子里来。羊,咩咩地叫着,争先恐后地往前走着……

"嘿嘿,"小常手里拿着羊镢,边走边笑道,"哎,咱们到小树林里,找个草多的地方,把羊往那儿一放,就上'温泉'里洗澡去!哈哈,搁水里有多自!"笑声未停,小丁捏着大人腔叫道:"哼——神弹子,你这个小老丈孩子。小孩不听老人言,吃亏上当在眼前。你家大人怎么交代你的?叫你好生放羊,你反要放在那不问,打疯狗去了。真要少了,你吃不了兜着走。"小丁刚说完,大伙就一起大笑起来了:"哈哈……"小凡没等小常开口反击就大叫道:"熊老扁蛋,哼!说你胖你还喘起来了。哪个小毛妖敢来偷我老头的羊?!"

大伙说笑着,继续往前走。不一会儿,就来到了小树林里。他们把羊放在草多的地方,欢笑着,一窝蜂似的,直扑向"温泉"……

直到玩够了,孩子们才高高兴兴地回到小树林里。这时,羊可不愿意了。心想:"哼!你们这些小杂毛孩子,光顾自己玩,可我的肚子还没填饱呢。哼!气死我了。"有只老山羊可能是饿得受不住了,咩咩地直叫。其他羊随后也一起纷纷抗议起来,直叫个不停。

铁蛋见状,气鼓鼓地骂道:"哼!叫什么的?乖乖——这些熊羊,到这会还没吃饱,熊肚子这么大的!""嘿嘿,"小亚子点头哈腰地笑着叫道,"哎!'司令',别生气!看我来教训教训它!"他转过脸来对羊说:"哎!别叫了,我来给你好东西吃,给你几索子花生米吃吧!"说完,用自制的苇筒子水枪,对准那个叫得最厉害的老羊头,直往它头上喷水。可那只老山羊,转过来转过去,躲闪着。不但不停,反而叫得还更厉害了。

没有法,大伙欢笑着,只好忙给它们另换个地方。羊才不叫了,低下头,啃起草来……

篇二 花喜窝

小亮见东南拐的草怪好,就把小白山羊牵到那里。插好羊镢后,不知怎么的,还疲乏起来了。只见他两手张开,向上举着,身子尽力往下缩着,缩着。忽然,又竭力向上伸展着,伸展着;同时嘴里喊道:"啊——哎吆。"巧了!小亮的眼睛不知怎么这么尖的——无意间,一下子看见了一个花喜窝。他的懒劲顿时没有了,全抛到九霄云外去了。只听得他大叫一声:"啊——花喜窝、花喜窝!"这声喊,可了不得,顿时就像捅了个大马蜂窝样。大伙忙一起围过来,乱叫着:"哪了,哪了?搁哪了?"小亮欢笑着,昂着脸只顾叫道:"那不得,那不得!哈哈……"

大伙来到小亮跟,还是没看见,却仍然一起乱叫着:"哪了,哪了?

上去够！要是鸟呢，够下来玩；要是鸟蛋呢，就留在上面让花喜喜掊。等好出飞时，再够下来玩。"

小亮昂着头，右手指着正前上方，急得大声乱叫道："哼！那不是吗？嗯——眼都瞎了！前面第三棵有点弯的洋槐树上，最上面靠西的那个枝丫上不是吗？活瞎！可看见了？""嘿嘿，"小黑一个劲地笑道，"真的！嘿乖，还真是的，我看见啦！哈哈……"接着，小胖也看见了。他忙用手指着笑道："那不得！哈哈，哎真的！那不得吗？哈哈……""哈哈——我也看见啦！"小团用手指着大笑道，"哎，神弹子，那不得！哈哈，那不得吗？"

大伙这才接二连三地都看见了，用手指着一起欢笑道："那不得，真的！哈哈。""那不得，嘻嘻。""嘿嘿，真的！那不是吗？哈哈……"

"哈哈，"小纵子大笑着尖叫道，"看俺老孙的！嘿嘿，你们还管闲事吗？嘿嘿，你们都不要管闲事！哈哈。"说完，"呸呸！"他往两手掌上吐了点唾沫子，跳到树跟，凉鞋一蹬，搂树就往上蹿……

"哈哈，"跃进大笑道，"哎！熊尖白脸，你好生逞能吧。看要掉下来，你就不逞能了！"他大笑着，一屁股拍在地上，又接着道："到那会，哈哈，小纵子，你就再也纵（跳）不起来了。哈哈……""你哈哈个屁！"小团指着跃进大叫道，"哼哼！小放屁虫，竟说不吉利的话，哼！"

这时，大伙也都一起乱叫着，纷纷指责跃进："哼！竟胡扯，净喘倒气！哼！"

"哈哈，"小黑大笑道，"算了！咳咳，权当放屁虫放了个大臭屁！""哈哈……"大伙听了，顿时一起高声大笑起来了。

而这会的小纵子，早爬多高了。此刻，他站在树杈上，手搂住树干，不由自主地往下一看："哎哟！俺娘嘞——乖乖，这么高的！"只见下面的伙伴们，一个个跟驴告天似的，昂着脸往上看。羊呢，就更小了。

小纵子赶紧不看了，又接着往上爬。他一会拽着这根枝子，一会儿拉着那根杈。同时，双脚紧紧地趴住树皮，还得不时地排除障碍物——令人讨厌的疙针子。

这时，小纵子离花喜窝仅仅只有一米来远了。至此，已不能再往上爬了。只见小纵子停了下来——脚踩稳两根树杈，腿死死夹住树干；一手搂住树干，另一手把一个小树枝子折断了——打算戳。"哎，戳瞧瞧！"小纵子手拿着树枝子，自言自语道，"戳瞧瞧？嗯，对！戳瞧瞧。要是鸟呢？得叽呼。不叽呼呢？就是鸟蛋。对对，戳！"说完，小纵子把树枝子对准花喜窝，戳了一会……没有叽呼，也不见有什么动静。只有一只花喜喜，在旁边的枝头上，嘎嘎乱叫着，飞过来飞过去。见小纵子手上又有小树枝子，它又不敢往窝上飞。

一会儿，小纵子的手又酸又麻。累了！于是，就打算歇歇再戳。想到这，小纵子就想把小树枝拽下来。可小树枝子，不知怎么的，好像剐在什么上似的拽不下来。小纵子又想早点歇歇，急了，猛一使劲，小树枝子拽下来了。紧接着，又掉下来几根干枝子。原来，花喜窝被小纵子拽了一个小洞。他只看见几根干枝子掉下去了，却没注意到，有几个鸟蛋也从小洞里漏下去了。

小纵子这会拿着树枝子，正想再戳。忽然，一阵狂风暴雨般的笑声，从下面飞速地飘升上来，一下子蹿进了他的耳朵。小纵子不知怎么回事，更不知为什么。他不戳了，把树枝子一松，就忙着下来……

下面的伙伴们为何如此大笑。原来，一见小纵子快到花喜窝跟前了，下面伙伴们的注意力就更集中了——都昂着脸，聚精会神地看着，小纵子戳花喜窝。不知怎么搞的，没提防，也没想到提防。下面的伙伴们还没明白怎么回事，只听得啪啪啪几声响。怎么啦？到底怎么啦？原来是几个鸟蛋从上面掉下来，正砸在小常、铁蛋二人的脸上。"哎哟哎哟！"铁蛋、小常一起连连叫着，忙去捂着脸。"哎哟哎哟！什么什么，什么家伙？哎哟，我的乖乖，这么凉的！还怪疼！哎哟……"两人边叫着，边用手乱拂着，边弯下腰来。顿时，他俩的脸上可就好看了——灰白色，鹅黄色的黏稠状液体涂满了脸。他俩再一乱拂着，就把脸抹得跟京剧里面的大花脸样。那褐色的蛋壳粘在脸上，还不愿意下来呢。

"怎么啦？怎么啦？怎么啦？"惊奇的孩子们闻声，忙呼啦一下围过来，一起连连问个不休。"怎么啦？怎么啦？"孩子们惊奇过后，再一看二人的脸，立即像喝了笑婆婆的尿，争先恐后的，拼命地大笑起来，

"哈哈……"

大伙笑了老长时间，还不行。又用手指着他二人的脸，大笑不止。"啊哈……"小毛蛋也用手指着他二人，大笑着叫道："这呀！哈哈，就叫蛋碰蛋！到底你俩一个铁蛋，一个神蛋厉害！人家几个蛋也没碰过你俩两个蛋！厉害厉害，真厉害！"大伙听了，笑得可就更厉害了！

小团笑得拍着手乱蹦；连收笑得弯着腰，捂着肚子，哎哟哎哟直叫；毛眼子笑得一个劲儿地擦着眼；不多笑得脸憋通红；小亚子笑得把头一下子碰到树上，一点儿也不觉疼；小胖笑得一屁股拍在地上，手乱舞着拍着地，脚乱蹬着；小凡笑得在地上滚来滚去的直打滚儿；小丁笑得身子一纵一纵的，双手不时地拍打着屁股；小群笑得腚掘着，头拱着地笑……只有羊们发着愣，不解其意地看着他们，不知他们为什么这般大笑。过老会儿了，见他们还大笑不止，不由得咩咩地欢叫着，也大"笑"起来了。

正在这个时候，小纵子从树上跳下来，一看到铁蛋、小常二人脸上的模样，哪有不笑的理。"哈哈……"鬼得他在地上连翻了好几个跟子，还大笑不止。

铁蛋、小常赶忙跑汪里洗了回来，见他们还在不停地笑着。"笑什么笑。"铁蛋叫道，"笑什么！有什么好笑的？赶紧回家吧！哈哈……"连他自己想起来，也禁不住大笑起来了。

这时，天已傍晚了，落日的余晖洒满了大地。金黄色的余晖中，孩子们牵着羊，说说笑笑着回家去了。

卷九　看电影

这天，天刚擦黑，连收端着一碗饭，边吃边来到小凡家门口。连收挑起一大串面条，呼的一声吞到嘴里，还没嚼两下，就又到肚子里去了，跟猪八戒吃人参果似的那么快。面条进肚后，连收对着蹲在树跟，正抽烟的小凡爷，笑嘻嘻地说："俺三叔，嘿嘿，嘻嘻。俺三叔，你家吃饭真早！人家都好涮锅了，你家才冒烟。"说完，挑起一串面条，呼的一声又吞进嘴里了。"哈哈,"小凡爷呼出了一口烟道,"吭,连收,你家怎么这会儿才吃饭?俺家都吃过了?"连收听了,吃着面条愣住了,诧异地望着他,惊讶地叫道:"什么什么?你家吃过了?""嗯,吃过了吃过了。"小凡爷悠闲自在地连连说着,"吃过了,嗯,吃过——晌午的!哈哈。"他大笑着,又抽起烟来。"嘿嘿,"连收听了忙笑了,接着呼的一声,一筷子面条又进了肚。

广播里,正咿咿呀呀地唱着黄梅戏——"我也曾打马啊……大路啊不走喔……"

时间不长,孩子们又不约而同地往小凡家门口聚来。有的吃过了,有的正吃着,有的还没吃。他们有的蹲,有的站,有的倚,有的靠,还有的坐在地上,听着广播说说笑笑。

正说笑着,忽然,一个男粗音从广播里传来:"喂,喂喂!喂,喂喂!可响,广播可响?响吧!喂,哎——现在给广大群众一个通知,今晚黑大队有电影!嗯,播的是这个,这个这个,嗯,是两部新片!一个是枪战片,叫什么什么《三进山城》。另一个是武打片,宽银幕《少林寺》!嗯,望广大群众吃……""啊——噢!哈哈……"大伙还没听完就一起大笑,大叫起来,"快点快点,吃过看电影!哈哈,吃过看电影!看电影,哈哈……"

小常端着碗,蹲在地上连连叫着:"快快快!快吃快吃!好去看电影!"说完,嘴对着碗,"嗯嗯……"筷子乱揸着。三口两口扒完饭,把碗往地上一放,站起来就是个恶虎掏心,紧接着又来了个大鹏展翅。这两个拳架势,动作优美,姿态难看。顿时惹得人们欢笑起来了。

小凡爷笑得头往前伸着,身子乱动着,"吭吭"只顾着咳着。小亚子笑得一蹦三尺高;小黑笑得在地上直打滚;小胖笑得好喘不过气来,把筷子都撂了;小团笑得把饭都洒了还不知道,——直到烫到手了才觉着;小亮笑得饭都喷出来了;小东笑得连鼻涕都淌出来了;毛眼子笑得让米粒从鼻孔里跑出来,眼泪满眼眶转……各有各的尊相。

过了一会,小毛蛋笑道:"哎!别笑了别笑了。哥们!哥们,咱赶紧走吧?!""噢噢,嗯嗯。"大伙忙着连连答应着,各自回家。

到家把碗、筷子往桌上一撂，转脸就走了。没吃饭的，摸块馍就走。

孩子们说笑着，来到小黑家门口。小黑爷见了忙道："忙什么的？哎你们这些小毛孩子，还早呢！别忙，忙什么的？看电影也搬个板子！忙什么的？别忙别忙！"铁蛋大笑道："俺大爷，您不懂！带什么熊板子，还不够累人的！哈哈，您不知道，咱们是八仙，还少板子？到哪都有比板子还得的东西呢——还一伸手就来。哪儿有麦穰子，扯一抱就行了！谁费那个事！俺大爷，拜拜了！"笑声未停，人早跑多远了。

孩子们说说讲讲，高高兴兴的，不一会儿就来到电影场。场上这会没有几个大人，净是小毛孩子。宽银幕搭在两棵大柳树中间，银幕前方一二十米处，放着电影机子，机子四周围着一圈人。

大伙到后，找好地点，铺上金丝被儿——麦穰子。想跑玩的，就去胡跑着；想看电影机子的，就去看电影机子；不想跑不想看的，跑够了看够了的，就躺在"金丝被儿"上，望着深蓝的天空，和不停闪烁着的明亮的星星，在胡扯八道……

电影场上空，繁星满天。使你不由得看了，还想看！场上，说笑声，跑步声，叫喊声不断……

在凉爽的晚风吹拂下，躺在"金丝被儿"上的孩子们，舒服得很。谈谈讲讲的，说说笑笑着……时间不太长，有的不知怎么的竟都睡着了；有的迷迷糊糊的；有的呢，却很清醒。

又过一会儿，电影还没放。孩子们在温柔的晚风的按摩下，在清凉的晚风的抚摸下，睡着了的，这时睡得更香了。原先迷迷糊糊的，不觉不由得也睡着了；原先很清醒的呢，也变得迷迷糊糊起来……

忽然，雄壮豪迈的歌声响起，"少林，少林，有多少英雄豪杰都来把你敬仰。少林少林，有多少传奇故事到处把你颂扬……""快起来，快起来！大肚子。大肥猪！快起来，快起来。"跃进忙用手推着身旁的连收、小胖，连连叫着。"玩了，玩了，玩了！快起来，快起来……"

睡得正香的孩子，自然反应要慢一些。而那些迷迷糊糊的孩子们，身底下仿佛安上了弹簧一样，腾的一下，坐起来，眼盯在银幕上了……只有这时候，他们才能老实点。一个个木雕泥塑似的，一动不动地坐在那儿。眼睛一眨也不眨；即使眨了，也以光速般地睁开。他们的确已被这好看的电影，深深地吸引住了……

直到换片子时，孩子们才乱动着，欢叫着，笑嚷个不停。电影场上，人声鼎沸……

小团急得直叫："哎哟！怎么这么慢，怎么这么慢？！""哼！"小亚子叫道，"哼哼！放电影的人，这么笨的！哼哼！""哈哈！"不多笑道，"大伙别、别、别生气！看、看、看我明个去。"他还没说完，电影又开始了。

孩子们身子坐得笔直，眼睛得大大的，高高兴兴地看着……看着……看着……一看到精彩的地方，他们就哈哈大笑着，赞叹一两句，又接着往下看。

毛眼子这时又把手伸到小纵子面前，而两眼却紧紧盯着银幕，嘴里小声说道："哎哎，给点转莲嗑，给点转莲嗑。"小纵子无动于衷，眼不离银幕，只顾看着，明明听见也装作没听见。可是毛眼子依然如故，眼只顾看着，嘴却不停地笑着说："哎，嘿嘿，给点转莲，给点转莲，给点转莲。可行？哎，给点，给点……"小纵子这时一心都在电影上了，眼一动不动，直盯着银幕。给吧，不大想给；不给吧，又怕他说个不停，耽误自己看电影……唉！也被他说厌烦了。没有法，只好把手慢慢地伸到口袋里，抓了点转莲出来，缓慢地往旁边移，两眼仍直盯着银幕，嘴上不耐烦地说道："熊好吃鬼，吃什么转莲，吃什么的？吃了没有了。快看电影！熊家伙……"

电影场上，不时传来孩子们，大人们的欢笑声，赞叹声："厉害，厉害！""哎哟——这么厉害的！"

一直到十一点多，电影才结束。散场了，电影场上闹嚷嚷的一片，跟集市一样，人头攒动——人们纷纷往回走。一边走着一边评论着。欢笑声，叫喊声，口哨声，以及村子里的狗叫声，交织在一起……

银幕下的小毛蛋叫道："这么快的！就没有了，怎么这么快就没有了！还有吧？""乖乖！"小东叫道："一会儿就玩了，啧啧！乖乖——打得真厉害！"小纵子笑道："那个王什么，哎！王仁则，到底挨揍死了！哈哈——"小亚子叫道："嘿乖，第二场也打得怪厉害！那些熊鬼子，被咱们八路军揍得鬼嚎！"小胖道："哎乖乖，怎么一会儿就玩完了？要再有一场，多好！""走吧，走吧，"毛眼子叫道，"哪还有？人都好走光了。走吧，走吧。""哎！别忙，别忙。"连收叫道，"别忙，别忙，忙什么的，看看？"边说着，他的眼边往电影机子看。嘴里呢，又接着说："哎，还有，还有！再等等，再等等。"

孩子们站在银幕下，又等了一会。这会，人都走差不多了。"哪还有？人都走光了。唉！"铁蛋道，"走吧，哪还有？赶紧走吧。""唉！走吧走吧，真没有了——看！人都来扯电影布了。"来喜又说了一句。大伙这才依依不舍地往回走。还没走多远，又回头看看……

满天星光依然灿烂。一朵朵云儿是那么娴静、轻盈，就像一个靓丽的青春少女，在展示着她那轻盈而娇美的身姿。在这美好的星光下，村子里的说话声，叫喊声，欢笑声，脚步声，狗叫声渐渐地少了，少了，小了，小了……村子里寂静下来了，仿佛被什么吞掉似的。只有那勤劳的暗夜，在不辞劳苦地奔忙着，奔忙着，去迎接那无比美妙的明天。

卷一〇 大胜利与小失败

篇一 大战马蜂窝

第一节 原因、分析、商量

这天午饭后，天太热了。太阳把蝉烤得鬼哭狼嚎地直叫：热死了，热死了……

上午大伙儿割好草回家时，来喜对大伙说了，说是午饭后，一人带根粗麻杆子，一小把麦，到毛眼子家门口集合——有要事干。

这会儿，大伙都陆续到齐了。"哎，"来喜道，"都带齐了吧？出发！走跟我去打仗。"说完，扛着麻杆子，转脸就往后边跑去。"哎哎！上哪去的？小大人，上哪去的？小大人，哎……"大伙丈二和尚摸不着头脑,不知来喜葫芦里卖的什么药。一边忙乱叫着问,一边扛着麻杆子去追来喜。

拿着芭扇子,从屋里出来的小凡爷,见孩子们一人扛个麻杆子,不知干什么的,忙笑着道:"哎!你们这些小秃光蛋,该的?不找个凉快地方玩,还乱跑?!天这么热,太阳不把你们的头晒掉一层皮才怪呢!哈哈……"孩子们听了,摸摸自己的小光头,禁不住都大笑起来了。

原来,孩子们在看过《少林寺》后,没几天,一个看一个,一窝蜂样都剃成光头了。大伙这会也不回答小凡爷,只顾哈哈大笑着,一阵风似的跑了……

孩子们撵上来喜后,还没站稳脚跟,小纵子就尖叫道:"哎!小大人,你说来打仗。把咱们带到老古牛家干吗?到他这打什么仗?呵?熊家伙!"来喜笑道:"别急别急,尖白脸,别急别急!呵呵,且听俺慢慢道来。""哎哎!"小毛蛋又尖叫道,"哎,我说小大人,你有话快说!咳咳……""哈哈,不胡扯了。"接着,他一本正经地说道,"哎!我听小黑家俺叔说,老古牛家屋檐下有个大马蜂窝。哎,今个早半天,他一不小心,不知怎么的,被马蜂蜇到了。说蜇得还怪狠呢——脸肿得发面馍样。老古牛年纪大了,天又热,这一下子,就病倒了。被大人拉医院瞧去了,这会还没回来。我想,"来喜说到这,手猛地往下一劈,"咱们大伙来干掉它!怎么样?"大伙一听是干这个,齐声大叫道:"行!咱们来干掉它!"

大伙高兴得跃跃欲试,摩拳擦掌……恨不得马上就干掉它。可怎么才能干掉它呢?

孩子们把麻杆子放到一边,一个个蹑手蹑脚地去侦察马蜂窝。回来后,聚在一起,开始研究作战方案——商量如何才能除掉马蜂窝。

大伙纷纷各抒己见,讲着各自的方法。为了阐明自己的方案或观点,而不惜一切代价。一个个直讲得嘴上唾沫星子乱飞,唇干舌燥还不罢休。不信?你听:"哈哈,"连收大笑着叫道,"好办,好办!这还不好办吗?使薄泥糊!""不行,不行!"跃进连连叫着反对道:"大肚子,你胡扯!怎么糊?就是糊倒了也盖不实。熊大肚子,你可看那窝了?有多大了!""哎,"小群叫道,"那、那、那等下雨再来干掉,怎样?""嗯——不行,不行,"小黑叫道,"熊飞毛腿,净胡扯!你等吧,哪一辈子能下雨?"小群不服气地叫道:"哎哎,你说咋办?熊卷毛兽。"小黑还没捞到说话,小丁就叫道:"那个那个,嘿嘿,用火烧可行?""胡扯!不行。"小丁的话音还未落,小凡就大叫道:"熊老扁蛋,怎么用火烧?要失火了怎么办?""哎对,嘿嘿,"小丁笑道,"大老黑,你说怎么办?""我,嘿嘿,我还没想出来呢。"小凡一边说着,一边苦笑着挠挠头……

又过一会儿,来喜叹了一口气道:"唉!乖乖,没有好点子了,只有来硬的!哎,熊鬼点子,你怎不吱声?""嘿嘿——"小毛蛋挠着光头苦笑道,"小大人,我也没有好点子想。嘿嘿,没有,真没有。"小纵子也道:"嗯,乖,真没有什么好点子。只有来硬的!大伙拿麻杆子,一个一个去戳,什么时候戳掉什么时候停止。""哎对!"小毛蛋也说道,"对对,来硬的!只有这样了。就是戳到后,千万不能跑!——一跑,马蜂顺着风,很快就撵上了。""对!对对!"小亚子大叫道,"对,来硬的!怕什么黄子,不就是个熊小马蜂窝吗?干干干,就这样干!"小亮忙叫道:"不行不行。还得想点子。"小胖一见小亮那样子,气就来了,忙叫道:"哼!想点子,想点子,想什么熊点子?熊胆小鬼,你怎不想出点子的?"

第二节 失败是成功之母

愣头青自告奋勇打头阵

在两棵茂密的大柳树下,孩子们唾沫星子乱飞,七嘴八舌,研究商量了半天,也没想出什么好点子。

看来还真的没有什么万全之策,可还有人还要想点子。正在这时,一员大将跳了出来,自告奋勇打头阵。此人不是别人,正是猛将小亚子这个愣头青。只听得小亚子大叫道:"别想了,别想了,看我的!我来打头阵。哼哼!光胡扯有什么用?一个一个都是熊小亮——胆小鬼!看我的！"说完，他拿着麻杆子，直奔马蜂窝。

大伙都不吱声，看着小亚子去攻打马蜂窝。小亚子拖着麻杆子，弯着腰，蹑手蹑脚地来到马蜂窝下，昂头往上一看："哎哟！我的个乖乖，这么大呀！"真的，这马蜂窝可真大呀！有碗口那么粗。窝上的窟窿密密的，一个挨着一个。窟窿上边，被一层黄白相间的薄膜覆盖着。马蜂们趴在窝上来回爬动着，仿佛在巡逻似的。马蜂们一个挨着一个，太多了！小亚子可不管它。只见他一腿跪着，一腿蹲着。拉过麻杆子，两手擎着，对准马蜂窝。不管三七二十一，手往上使劲一捅，嗵！就是一下子。呀——可不得了了！哄——顿时，大洋马蜂一哄而起，嗡嗡乱叫着，乱飞着——寻找"侵略者"。再看小亚子，一见那么多马蜂，离他那么近地乱飞乱叫着，顿时慌了。头上，脸上，身上直往外冒汗。浑身上下，仿佛有成千上万个小虫儿在爬似的，使得他早忘了小毛蛋的话——戳倒后千万不能跑。小亚子爬起来，拖着麻杆子就跑，跑了十来步，才慌忙趴倒。可惜为时已晚。一只大洋马蜂，顺着风撵上来，一下子飞到小亚子的光头上了——乱爬着。小亚子这会更慌了。更——更是一动也不敢动——心里也就更急了——头上、脸上、身上更是只顾冒汗……马蜂在上面爬了会，又爬了会。它想："咦，这上面光溜水滑的，可是目标？是不是'侵略者'？哎，刚才我亲眼看见的，不会错？嗯，就是的！"确定是目标后，它就毫不客气的，也丝毫不吝啬地赏了他一钩。然而，它还不走，仍在爬着，大概是不解恨，还想再来一下；又或许是想看看，它的杰作是什么样的。小亚子觉得头针扎似的，猛地疼了一下。他知道，毁了！挨了一下。再也顾不得多想，他赶忙伸手使劲一拍，就势猛一拂。马蜂掉在地上，挣扎着，挣扎着还想回去。上哪回去，小亚子忙爬起来用脚踩住，一使劲，马蜂顿时就回老家找它妈去了。小亚子这会连武器——麻杆子也不要了，双手捂着头，哼哼着，直奔隐蔽地跑去。

大伙忙迎上去，接着，来喜一看小亚子的头，这会还没肿，忙叫道："快快快，黑胖鬼，你劲大，快来挤！飞毛腿，快去家，快去家！弄点煤油来，快快！快快！快点个！""噢！"小群答应一声，撒腿就往家飞去。

小亚子怕疼，捂着头不愿挤。"快快快！"铁蛋叫道："小亚子，快快快！把毒挤出来就好了——就不得肿了。快点快点！不然家里大人知道了，不挨揍也得挨吵。快点，再过一会儿就晚了！""快点！"小毛蛋也急叫，"快快快，愣头青，再不挤，你的头可真要成个青皮大鸭蛋了。""嘿嘿，"大伙听了，不由得摸摸自己的光头，忍不住小声笑了。"嘿嘿，对对，快点，快点，快点挤！不然可真成了个大鸭蛋了……"大伙都一起乱叫着，劝说着。小亚子心想：也对，只是又怕疼，但又没旁的法。只好趴在凉荫地，脸压在手上，趴住，嘴里不停地呻吟着："哎哟，哎哟，哎哟，哎哟……"

这时，铁蛋跪在地上，伸出胖胖的两手，牙咬着，对准被蜇的地方，使出九牛二虎之力，竭尽全力地挤着，挤着，挤着……

一会儿，小群拿着煤油来到了。铁蛋忙弄点煤油滴在伤口上，紧接着，又咬着牙，用力挤起来……

小亚子的头，被挤得一会儿歪在这边，一会儿歪到那边，龇牙咧嘴地直叫唤："哎哟，哎哟，哎哟哟！哎哟，狗日的马蜂！哎哟，哎哟，哎哟哟！哎哟……"

大伙在旁看着，忍不住小声地笑着："嘿嘿……""笑什么笑？"来喜道，"笑什么的？熊家伙！有什么好笑的？要蜇到你就不笑了，还得掉眼泪呢！哼！小亚子，再忍一会儿就好了。"大伙听了，都忙尽力忍住……

又过一会儿，铁蛋直到把吃奶的力气都使出来了，才把毒汁全挤出来。小亚子这时也不觉得疼了。可铁蛋此刻却瘫倒在地，一脸的汗，也不想擦——累得他上气不接下气，呼呼直喘，"哎——哎——哎——哎哟，乖乖，呵累死我了！哎——哎哟……"

神弹子败走马蜂窝

头次没干掉，还损兵折将。孩子们上哪愿意，怎么也不能，说什么也不愿意善罢甘休。但是，由于小亚子挨了一钩子，大伙心里都有点怵——嘴说不怕，腿在打哆嗦。一时，大伙都不吱声，更……

过了老会儿，小亚子见大伙还是像先前那样干坐着，呆坐着——都不去，也都不说话。他心里有气："哎！怎么了，一个个都成哑巴了？乖乖，哼哼！一个一个都变成胆小鬼了？都不敢去了吗？"大伙还是不吱声，一个一个木雕泥塑样坐着……

又过了会，小亚子又想说什么。就在这个当口，小常跳出来道："我去！怕什么？嘿嘿，怕什么！你们，"说着，他用手指着大伙道，"你们，一个一个都是熊小亮——胆小鬼！只有一个小东，是胆大鬼——还不敢去！看我的！我倒不信嘞——这小马蜂有多厉害，哼！我非把它干掉不可！"说完，他拿着麻杆子就走。"哎，"大伙忙叫道，"小心点，小心点，小心点！"小毛蛋大叫道："哎，神弹子，小心点！别忘了，戳倒后，趴在那儿，千万不要跑！"只见小常转过身来，使劲一跺脚，啪的一个立正姿势。"嗨咿！哈哈……"小常大笑着，继续前进，大伙一见小常那个样子，顿时大笑起来。

人都不去，小常为什么偏要去呢？原来，小常是看无人敢去，想逗一下能，露一手给大伙瞧瞧。谁知一到跟，看见这阵势——那么大的马蜂窝，窝上那么多来来往往巡逻着的、坚守着阵地的大洋马蜂，心里又害怕起来。回去吧，又怕伙伴们笑话。再说了，自己心里也觉得过意不去。不回去吧，又……怎么办呢？权衡了一下，只好硬着头皮去戳。他还没怎么看清窝在哪儿，就拿着麻杆子胡乱捣了一下，赶忙一动也不动地紧紧地趴在地上。啊，亲爱的读者，你看看，你看他俩多亲密，紧紧地贴在地上，连一点儿缝儿也没有。身子仿佛要挤进地里似的，一动也不敢动。头上，脸上，背上，一个劲儿地直往外冒汗……眼睛紧紧闭着，咬着牙，使劲地竭力硬撑着……

等到马蜂都回家老一会了，胆战心惊的小常，吓得连麻杆子也不要了，忙跑回隐蔽地。还没等人问，他就连连叫着："不好戳，不好戳，不好戳，咳咳咳，乖乖，马蜂们太多了！乖乖，窝真大！不好戳，不好戳！"小东叫道："哎！神弹子，又没戳掉，你忙回来该的？""嘿嘿，"小常讪笑道，"哎，嗯——我尿攒急了。"说着，忙装着跑去尿尿。大伙望着小常的背影，忍不住大笑起来，"哈哈，这个熊家伙！哈哈……"

两小子智取马蜂窝

孩子们望着小常的背影,正大笑不止……铁蛋指着小常的后背,气愤地叫道:"哼!这个熊家伙,还怪会找借口。哼!这个熊马蜂窝还怪难戳!怎么办呢?哎!小大人,你想个点子?""嘿嘿,"来喜苦笑道,"我也没点子想,要有,还要你说?"一时,大伙又都六神无主,沉默起来了……

这时,小丁说道:"大肚子,走!俺俩去看看,瞧瞧可能干掉?""行!"说着,二人直奔马蜂窝而来。到跟前一看,"啊?哎哟,俺妈嘞!"连收忙叫道,"这么大呀!乖乖,这么多马蜂!"连戳都没戳,二人就忙连滚加爬地回来了。还没到跟前,连收就把头连连晃得跟个拨浪鼓一样直叫:"不行,不行,窝怪大了!马蜂怪多了!不行,不行……"小丁也一个劲地叫:"就是的,就是的,怪大了!乖乖,到底有多少马蜂啊!不行,不行……"

此时,天更热了。大伙又大眼瞪小眼,小眼瞪大眼,面面相觑,沉默起来……

沉默了半天后,还是无人敢去。小亚子坐在那儿叹着气道:"唉!还真的干不掉吗?啊——"话音未落,忽然,有两个人一起叫道:"我去!我去!"大伙一看,不是别人,正是柳家湾的两个数一数二的机灵鬼——尖白脸小纵子,鬼点子小毛蛋。

原来,两好汉在一起研究半天了。现在看到时机成熟了,这才挺身出马。

"哈哈,"小纵子笑道,"看俺俩的!嘿嘿,俺就不信戳不掉这个小小的马蜂窝!哼,非戳掉不可!""哈哈,"来喜一见,高兴万分,忙笑道,"哎,这下就看你俩的了!你俩要再戳不掉,就没人能干掉了。""嘿嘿,"小毛蛋笑道,"哎,那还用说!哎,小大人,保证手到擒来,马到成功,不费吹灰之力!"大伙听了,都好奇起来了。"嘿嘿,"来喜笑道,"熊鬼点子!老王卖瓜——自卖自夸!要干不掉——嘿嘿,哼!"铁蛋叫道:"哎!一定要干掉啊!你两个熊家伙,小心点!""哈哈,"小纵子大笑道,"放心吧!黑胖鬼。哈哈,咱们俩是什么事也没有……"大伙听了,早就一起欢笑起来了。

两好汉准备好之后,就出发了。大伙在隐蔽地,两眼瞪得圆圆的,仔细看着……

此刻,小纵子、小毛蛋二人弯着腰,拖着麻杆子,蹑手蹑脚,来到了马蜂窝底下,一边一个卧倒。接着,回脸往上躺着,两眼仔细侦察着,脑子不停地思考着,思考着……

"哎,"小毛蛋低声道,"哎,乖乖,还怪大呢?""嗯嗯,"小纵子轻声应道,"哎,鬼点子,这样——我先戳,你后戳。先让它们顾头顾不了腚——这叫腹背受敌!然后我搁这边引着,你在那边对准使劲戳——这叫声东击西!嘿嘿,鬼点子,你看可行?""行!嘿嘿,"小毛蛋笑道,"哎,尖白脸,最后俺俩一起使劲戳!嘿嘿,这叫双管齐下!""嗯嗯!言之有理,言之有理。鬼点子,可准备好了,我戳了啊?"说完,小纵子拿过身边的麻杆子就要动手。"哎,别忙,别忙!"小毛蛋忙低声急叫道,"尖白脸,别忘了——戳倒后千万别跑啊?!你只要把麻杆子往旁边一抡,握在手里就行了。哎!要是马蜂落到你身上,千万别不动,你只管使劲打滚。只讲乱动,马蜂就蜇不到你。哎呀!还有,要……""行了,行了!"小纵子急叫道,"哎哟,行了,我知道啦!鬼点子,战斗现在正式开始!"话音未落,只见这边的小纵子,把麻杆子对准马蜂窝,双手用力往上一送,嗵!就是一下子。那边的小毛蛋也毫不示弱,麻杆子往上一送,嗵!也是一下子。

顿时,嗡——马蜂们一哄而起,倾巢而出,寻找"侵略者"。捣过的小纵子、小毛蛋二人哪肯怠慢。手中的麻杆子,走马灯似的拨起来了……小纵子拨了几下,呜——把麻杆子往左边一抡,啪一下砸在地上,不拨了。嗡——马蜂们顺着麻杆子的风声追来了。还没追上,这边的小毛蛋又拨了起来。还没拨打几下,呜——把麻杆子往右边一抡,啪一下砸在地上,不拨了。那边的小纵子又拨弄起来……

如是三番,马蜂们就是找不着真正的"侵略者"。"哎,鬼点子,"这时,小纵子叫道,"不要声东击西了,双管齐下吧?""好!"说完,二人一起乱拨起来……躺在地上的二人，拨着拨着，觉得不得劲——有点使不上劲。于是，又坐起来拨。拨着拨着，又觉得有点使不上劲——麻杆子前头，由于长时间的击打、拨动——断了好几次了。于是，二人又欠起身子拨起来……

这时，马蜂窝还没掉，只是烂了。此刻，马蜂们也变精了。又因为二人都欠起身子拨，马蜂们好像看见了似的，忙往下边飞来……小纵子一见形势不妙，忙叫道："鬼点子，大事不好，快撤！你往西滚，我往东滚，麻杆子放在原地。"说完，麻杆子一放，一个就地十八滚，往东滚去。"噢！"小毛蛋答应一声，也一个就地十八滚，往西滚去。滚了十来米远，小毛蛋见安全了，忙叫道："哎！小大人，快送两个麻杆子来！"隐蔽地的战友们听见了，忙派两员大将送武器来。

只见跃进、小常两个人，猫着腰跑过来。离他俩还老远就停住了，不敢再往这边来了。小常道："哎！尖白脸、鬼点子，我把麻杆子射给你吧？接着！"说完，也不等回答，就把麻杆子分别向他俩射来。好在两人的手还怪准。小纵子、小毛蛋两人没起身，一伸手就逮到了。小常、跃进二人，一见逮着了，忙弓着腰，飞快地跑回去了。

小纵子、小毛蛋二人略微歇了歇，又要上战场。"哎！鬼点子，上！""好！尖白脸，上！这下把它干掉！"说完，二人同时一个就地十八滚，又往马蜂窝跟而来。

马蜂们见自己的家破了，更是怒火中烧，嗡嗡嗡——一起乱叫着，四下里寻找"侵略者"。

二人来到跟前，也不搭话，拉过新武器，双管齐下，又使劲拨起来……

其他伙伴们在隐蔽地，眼睛多大，全神贯注地看着，看着，看着……

事情的发展，正如两好汉所料，一切都照原计划进行……

过了老会儿，一个如大碗口般粗的大马蜂窝，终于被二人干掉了。

大伙在隐蔽地见了，高兴万分，欢呼着，跳跃着，大笑着。"啊！哈哈，干掉了！"

而小纵子、小毛蛋二人，更不敢怠慢，仍在继续战斗着……马蜂们没有家了，气得只好嗡嗡嗡——乱叫着；上上下下，左左右右，前前后后,四处乱飞着,寻找'侵略者',寻找自己的家。躺在地上的小纵子、小毛蛋二人也不管它们。用两根麻杆子夹着,使劲一捴,马蜂窝直奔隐蔽地滚来……小纵子、小毛蛋二人也不怠慢,麻杆子一松,一溜十八滚,离开了极端危险地带,凯旋。

愣头青报仇雪恨

大伙一见马蜂窝往这边滚来,忙一起欢叫着跑过来。可还没看清马蜂窝到底有多大,就被一马当先冲过来的小亚子,一把抢了过去,使劲往地上一摔,上去一脚踩住。小亚子低着头,边使大劲踩,边狠狠叫道:"哼!狗日的马蜂,狗日的马蜂!哼!看你可敢再蜇我老头了?哼!我叫你能!哼!我叫你蜇!再蜇,再蜇?哼!"小亚子边说着,边两脚轮换着使劲踩着。而马蜂窝,这时早变成黏糊酱了。"哈哈,"大伙见了,早一起大笑起来了。

"哈哈,"来喜笑道,"哎愣头青,这下你可出了气了!"小纵子笑道:"怎么样?嘿嘿……"大伙齐笑道:"嗯嗯,不错!不错!"小毛蛋叫道:"哎!愣头青,不是搁你头上拉大蛋的,嘻嘻,怎么样?干掉了吧!愣头青,怎么谢俺俩,请俺俩撮一顿吧!""行,哈哈。"小亚子大笑道。接着他又双手一抱拳,连连晃着,不住地叫道:"'三克油'!"大伙见了小亚子的那个样,笑得可更厉害了。欢快的笑声,直冲云霄。过了一会儿,来喜笑道:"哎对了!走走,上南胡粘节时去?""对对,"大伙齐叫道,"走走走,走粘节时去。"说着,从小津津那里拿来小麦,放在嘴里嚼着……兴高采烈的孩子们,扛着麻杆,雄赳赳,气昂昂,又踏上了新的征途。

威风凛凛的太阳,挂在西南。天还是热的,不过,偶尔也有一丝风吹来。

南大沟两边的柳树上,蝉叫声震耳欲聋,一阵紧似一阵。此起彼伏的,叫得正紧。

孩子们来到后,把嚼好的面筋,按在麻杆顶部。四下里散开,粘起蝉来……

小黑趴在一棵往沟里倾斜的柳树上，一手抱着树，一手拿着紧贴在树干上的麻杆子，轻手轻脚地对准一个正在安闲歌唱着的蝉。他的手小心翼翼地往上移动着，移动着……到麻秆顶部离蝉还有大拇指长的距离时，那蝉还跟不知道似的，依旧悠闲自在地欢唱着，欢唱着……小黑轻声地自言自语："嘿嘿，乖。"说完，他的手又往上轻轻移动着，移动着……"嘿嘿，这下我看你往哪跑。"小黑说完，把麻杆子猛地往上一推，就去粘蝉的膀子。小黑心话："嘿嘿，这下你可跑不掉了。"可谁知那蝉儿仿佛有后眼般，又仿佛早准备好了似的。只听得嗡的一声，那蝉儿欢笑着飞跑了。而下面的小黑只觉得脸上一凉，忙低下头来。怎么啦？怎么会这样？啊！哈哈，原来是蝉的尿。蝉不但撒了小黑一脸的尿，还留下一串欢快的笑声。仿佛是在嘲笑小黑似的。"哼！"小黑气得把麻杆子一撂，边擦着脸边骂道："哼哼！这算熊，不粘了，不粘了——这么难粘的！哼！这得什么时候能逮够？唉！"

此时，其他伙伴们同样也都没粘到几个。又急又热，使得孩子们纷纷叫道："不粘了，不粘了，不粘了！乖乖，这天——真热！""哈哈，"小毛蛋在树荫下大笑道，"笨蛋，笨蛋，大大的笨蛋！晚黑逮节时多自！走走走，回家去？回家！天怪热了！""咳咳咳，对！"小胖笑着叫道，"回家。哎！还差点忘了。听说老皮子买了个猴子，不知可是真的。走，咱们走瞧瞧去？"小纵子笑道："大肥猪，你个熊家伙，怎不早说？走走走，回家看猴子去！"大伙早不想干了，一听这个，忙都一起乱叫道："走走走……""回家，回家，回家看猴子去！"说着，忙纷纷往家走去。

此时，天不大热了，太阳转到西边了。

卷一一　三首小歌曲一个小行者

篇一　小红孩、小燕子、小黄盆

此时，孩子们顺着一条宽广的南北大路，正高高兴兴地往回走。路两旁，长着粗壮的柳树、白杨树、洋槐树等树木，枝繁叶茂的。

林荫道上,孩子们,一边走,一边说笑个不停。树两边,过了沟,就是快要成熟了的庄稼——渐渐变黄的玉米;高高粗大的黄麻,肚子鼓鼓的、肥硕的豆子;正在开着的棉花,等等。

偶尔,一阵风吹来,孩子们觉得非常地舒服。他们也不知哪一股神乎劲儿,竟然一首歌接一首歌,大声欢唱起来。这歌声太美了!不但比蝉声好听多了,而且还盖住了蝉的尖叫声。真的美吗?有多美呀?亲爱的读者,那你就不妨来听一听吧——只听得孩子们合唱道:"小红孩,挎竹篮,挎的什么?挎的鸡蛋。怎不烧吃的?没有柴火,不能爬树够吗?咳咳……"

"哎哎,小燕子,飞得高。骑白马,带小刀;小刀快,切白菜;白菜老,切红袄;红袄红,切板龙;板龙板,切黑板;黑板黑,切粪堆;粪堆臭,切腊肉;腊肉腊,切苦瓜;苦瓜苦,切牛肚;牛肚一翻眼,哎四个盘子,四个碗!哈哈……"

"嘿嘿,小黄盒,咚咚响。南边来个手枪棍,擦眼泪,眼泪掉搁河当央,吃小鱼,变小羊。小羊小羊你搁家,我上南湖摘黄瓜。一条黄瓜没摘掉,来个火车不要票。嘿嘿……"真是无巧不成书。歌唱完了,欢笑的孩子们也到老皮子家门口了。

篇二 悟空的小同胞

老皮子家的院子里,一棵粗壮的桐树下,用铁链子拴着一只小猴子,它身子滑溜溜的,两个眼睛咕溜溜乱转,浑身毛发黄绿色,有点发亮。小猴子围着树,爬过来爬过去,一刻也不闲着……

小纵子一到这,摸了块石子,笑嘻嘻地就往小猴子的身上楔去。小猴子呢,根本没把它放在眼里,一个纵身,就轻巧地躲了过去。大伙见了,一起欢笑起来了。

"嘿嘿,小家伙,还怪厉害!"小纵子说着,弯腰又去找小石子。铁蛋、小胖、小群、小东、小黑等人,纷纷笑嘻嘻地找小石子去打。满不在乎的小猴子蹦蹦跳跳,闪展腾挪,躲过了好几个。只是小常的那一块,没躲掉,一下子打到小猴子的背上。这一下,可把小猴子给惹恼了。

你看它脸一翻,眼一瞪,嘴一咧,牙一龇。吱吱吱——尖叫着,乱窜乱挣。"哈哈,"孩子们见了小猴子的这模样,笑得可就更厉害了。

小猴子蹿过来,跳过去。一纵身上了树,一缩身又下了树。吱吱乱叫着,气得嘴上的小胡子,一撇一撇的……可好玩啦!

大伙见了小猴子这模样,不但不害怕,反而还觉得怪好玩的——就想更仔细地看看小猴子生气的模样。因此都尽可能地往跟前去看,冷不防,小猴子突然怪叫一声,转过身来,前腿柱地,后腿腾空,哗啦哗啦——呜!一个扫蹚腿,直向孩子们这边扫来。"哎哎!"大伙见状,吓得尖叫着,欢笑着,忙纷纷往后躲,往后退。小亮见了,吓得直叫:"哎哎!哎哎!呵快点快点!"他直往后退,直往后退,直往后退……没注意脚下,一下子绊倒了一个小树根上,扑通一声,摔了个狗晒蛋。大伙见了,笑得可就更厉害了。

老皮子这时从屋里出来了,见此情景,大笑不止。"哈哈,我看你可惹它了?你们这些小毛孩蛋子。"老皮子用手指着孩子们说道,"还行吗?啊,它的猴掌多厉害!你们这些小毛孩蛋子,还禁他玩吗?"说着,又转身呵斥猴子:"想死了,老实点!"小猴子望着主人,两眼乱转着,两个前腿抬起来,摆动着,嘴里吱吱叫着,仿佛在说:"主人,不怨我!是他们先惹我的。"说完了,它才坐下来,一声也不响,好像受了很大的委屈……

"嘿嘿,"小团笑道,"俺叔,您叫它玩一套,给咱们大伙看看可行?""对对!嘿嘿,俺叔,可行?俺叔。"大伙忙都一起嬉皮笑脸地央求着,"俺叔,可行?俺叔,您就叫它玩一套吧!"

"好!"老皮子被孩子们央求不过,痛快地答应了,"好好,乖乖!就让你们这些小毛孩子开开眼界……"说完,笑嘻嘻地上屋里拿根鞭子出来。到树跟前,解开链子,把小猴子牵到大门口。

孩子们欢笑着,早跑到大门口等着了。只见老皮子对小猴子下命令道:"站好,立正!好好,来来,来给小孩蛋们施个礼!"小猴子非常听话,忙用后腿站立着,一手垂下来,一手张开着,指尖搭在耳旁。大伙一见,早都一起欢笑起来了。"来来。"老皮子又命令道,"来来,翻个跟头!"

小猴子听了,立即双脚一点地,头向后一仰,轻松自如地就来了个无地跟子。

"哈哈……厉害!"大伙见状,赞扬不止。"再来一个!"老皮子的话还未落音,小猴子立刻又来一个。"再来一个,再来一个,再来一个!"小猴子跟玩似的,接二连三地翻着——呀!真是轻松自如,游刃有余。大伙儿欢天喜地看着,简直大开眼界,纷纷称赞。

"嘿嘿,乖!"小纵子指着身旁的小树笑道,"哎,俺叔,来叫它来上这树。""好好,"老皮子说着,把小猴子牵到门东旁的一棵小桐树下。"来来来,上去上去!"但见小猴子一纵身,四脚并用,哧哧哧,就上去了。老皮子一抖链子,哧哧哧,小猴子飞快地又下来了。啊!如走平地,跟玩似的,不费吹灰之力。

老皮子也玩高兴了,他见门口的两棵树上,正好拴着绳——留晒衣服的。就忙把小猴子牵到跟前,命令道:"上去,上去,来个倒挂金钩!来个倒挂金钩!"小猴子起先不大愿意,磨磨蹭蹭的,在地上转来转去。老皮子见状,眼一瞪,把手中的鞭子一扬,大声呵斥道:"快!快点快点,上去上去,快上去!上去来个倒挂金钩。快!快快,快快快,来个倒挂金钩!"小猴子一见要挨揍,忙一下子蹿上了树。从树上又噌地一下蹿到绳子上。接着,后腿紧紧夹住绳子,前腿慢慢松开,头朝下,眼睛乱转着,不时看着大伙。那搞怪的样子引得大伙儿又是一阵大笑。

"哈哈,嗯!我看你可掉下来。"小毛蛋说完,冷不防,突然上前猛一晃树。小猴子呢,却稳稳当当的,依然如故。大伙见了,笑得更厉害了,更加赞叹不止。"嘿乖!这么厉害的!""下来吧。"老皮子也昂着脸,颇为得意。

"呵呵,"这时,小纵子笑道,"哎!俺叔,叫它来个鲤鱼跳龙门!"大伙齐叫道:"对对,俺叔,叫它来个鲤鱼跳龙门,来个鲤鱼跳龙门!""哈哈,好!"老皮子笑道,"好好,就让它来个鲤鱼跳龙门!这可是个绝招!"说着,他把小猴子牵到大门跟前。一手不住地抖动着链子,把小猴子往西门上撑;一手不停地扬着鞭,吓唬着;嘴里不住地呵斥着:"上!上上,上上上,来个鲤鱼跳龙门!上上,上去!"可这下小猴子真不愿意干了——乱转圈,无论老皮子怎么瞪眼,怎么扬鞭子,它就是不上去,在地上干转圈。"嘿嘿,"老皮子笑道,"铁蛋,上屋里大桌上拿把花生来。我瞧你可上?!"铁蛋笑着,忙跑屋里抓把花生交给老皮子。老皮子把花生接过来,装在口袋里,手里留有五六个。他一个一个递给小猴子。小猴子呢,也不客气,接过花生就忙送进嘴里,把米吃了,壳都吐出来了……

大伙看着小猴子吃花生的滑稽相,禁不住大笑起来:"哈哈,乖乖!小猴子还怪会吃花生!""熊小猴子,还怪刁!""壳都吐了,净吃米!熊小猴子……"

老皮子给它吃过几个后,不给它吃了。一手拿着花生,故意给小猴子看,就是不给它,反而还大声命令道:"上!上上,快快!上上上,快上!鲤鱼跳龙门!"说着,另一手拿着鞭子,不住地扬着,吓唬着。"上!快上,快上快上,来个鲤鱼跳龙门!快!干过后再吃,干过后再吃花生!上上,快快!上上,鲤鱼跳龙门!"小猴子吃香了嘴,还想吃,更不想挨揍。只见它把身子往下一缩,噌地一个纵身,蹿上了西门。前腿一按门边,后腿使劲一蹬门框,呜——一下子就跳到了东门。哈哈,还真的一个漂亮的"鲤鱼跳龙门"!孩子们,老皮子见了,都拍手叫好。

大伙正欢笑着,赞不绝口。小纵子突然唱起来了:"猴子,爬门楼子。烟袋杆子……"唱完,用手往小东脸上一抹,哈哈大笑着,忙转脸跑开了。"哈哈……"大伙听了,又大笑起来了。

小东气得忙跟后就撵,边撵边大叫道:"熊尖白脸,小秃贼!可敢站住?有本事别跑。哼……""哈哈,"老皮子牵着猴子大笑道,"熊小纵子,还怪会捣呢!"此时,孩子们大笑着,都一窝蜂似的去追他俩了。

这时候,太阳落山了,万道霞光,尽染了西天。

卷一二 天上有星星的时候

篇一 看电视

这天晚饭后，明月高照……

孩子们聚在一块，不知为什么，叽叽喳喳，乱叫个不停。

"哎！"小黑大叫道，"哎，那个那个，大伙听我说。咱们先看电视，回来逮节时，怎样？""不行，不行！"毛眼子马上否定了，并提出了自己的重要意见，"卷毛兽，你懂什么！那会月亮都下去了，天瞎不黑，怪吓人的，也不好逮节时。""哪下去了？胡扯！"小黑大叫道，"好吃鬼，要不下去，你可给我去挖？""嘿嘿，"跃进伸头笑道，"哎哎，好吃鬼，你怎么又变成胆小鬼了？嘿嘿，这么多人，你怕什么？"大伙一见跃进那头伸多长的样子，早大笑起来了。"嘿嘿，"铁蛋道，"嗯，到底是放屁虫，一放就放那么多，真臭！"

"哎对对！"小毛蛋叫道，"还是放屁虫说得对。嘿嘿，哎，好吃鬼，你别怕！你要是吓掉魂了，我会给你叫魂？"说着，不等毛眼子说话，他扯着长音，便高声叫喊起来："毛眼子哎，来家吧！毛眼子哎，来家吧！"大伙见了，笑得可就更厉害。"哈哈，"毛眼子上来，一下子向小毛蛋捅过去，"熊鬼点子，你还怪会放！咳咳，再放几个臭屁？熊家伙！嘿嘿，你还是秋后的冬乎——毛嫩！哼哼！你还得跟跃进学两年，才能出师，哈哈。""行了行了！"来喜忙说道，"哎行了行了，都别胡扯了！那个那个，咱们先看电视，后逮节时。哎！就怕今天的电视怪好看。""对！"小东接上去叫道，"要是打拳的，不逮节时，也得看电视。""对对！"小胖也忙跟上去附和道，"俺愿意先看电视，后逮节时。今天，就怕还有《射雕英雄传》。""嗯！差不多差不多。"大伙齐声应道。这时，铁蛋挠挠光头道："嗯嗯，对！咱们看过电视，后再逮节时。哎！大老黑，别忘了，拿个口子。""咳咳，"小凡叫道，"还用你说？黑胖鬼，本大人早准备好了！哈哈。""嘿嘿，"不多笑道，

"末了,我、我、我再让大伙干、干、干、件好、好、好、好事。""别说了,别说了!"小毛蛋急叫道,"哈哈,快走吧,等会儿到那没地方坐了。快走,快走!"说完,他转脸就往村里的电视室跑去。"哈哈。"大伙听了小毛蛋的话,欢笑着,随后一阵风似地跑去。

电视室里,人们坐在一台21寸的大彩电前看电视……

孩子们一溜烟似的跑到后,电视里正放着《射雕英雄传》的序幕。大伙高兴得不得了,立刻老老实实地看起来。仿佛被郭靖的降龙十八掌,给震住了似的……

直到把《射雕英雄传》看完,孩子们才出去逮节时。明亮的月光下,孩子们身后还有几个要回家的大人。

大伙在路上高高兴兴的,议论个不停。"乖乖,"小凡骂道,"是哪黄子弄的?!放一会就没有了。一点也不得劲。要再有一集,多自!""可不是?"小丁接上道,"怪少了!""嘿嘿,"连收笑道,"哎!哥们,都别生气,看我明个去管他!"说完,跑到前面,啪啪啪!哈哈哈!练起了刚看来的降龙十八掌来。这一练可不太要紧,顿时,孩子们跟鸡生瘟的样,一个个都争先恐后地练起来了——小团练的是《霍元甲》里的迷踪拳;小丁练的是《武林志》里的八卦掌;小常练的是《精武门》里的连环腿;跃进练的是《偷拳》里的太极拳;小黑练的是《少林寺》里的童子拜佛;小毛蛋练的是《醉鬼张三》里的醉拳;小纵子呢,手和身子只顾乱咕咿。啊——这是什么掌?呀!哈哈,原来他练的是蛇拳……

刹那间,只听得拳脚呼呼生风。欢笑着的孩子们东奔西走,南蹿北跳,闪尾腾挪,你来我往。而且,还不时响起嘹亮的呐喊声——"哈!哈哈!哈!哈哈!"

看完电视回来的大人们见了,都驻足观看,也禁不住大笑起来了。其中有一位老人——就是上面我们所说过的老古牛。他头发、胡子全白了,身子骨却很硬朗,非常爱讲故事,说笑话,还最爱抽烟!"饭后一袋烟,快活似神仙。"是他最常说的一句话。他特别喜欢孩子。孩子呢,自然也很喜欢他。说他像白极仙翁,又说他是柳家湾的阿凡提的,又说像……

"嘿嘿,"这时,只见老古牛笑着对四周的大人说,"咳咳,你别说,这些小毛孩子,还真有两下子!嘿嘿。""哈哈,"老皮子大笑道,"有两下子,有什么两下子?是冷天里睡觉没被子——冻得一伸一拳的。哈哈,哎!你们这些小杂毛孩子,不识好歹,练什么?你们懂个啥!要是来真的,一屁也把你们刺得翻好几个跟子。"人们听了,一起大笑起来。

孩子们趁着大人们欢笑的时候,一个个脚底抹油——溜了。唯有小纵子转过脸来,冲着老皮子一拱手笑道:"哈哈,老皮子,拜拜了!"说完,大笑着,一溜烟跑了。

篇二 大伙儿欢天喜地

天朗气清,皎洁的月光,照得大地如同白昼。风儿轻轻地吹着,夏虫轻声地低吟着。温柔的夜儿,静悄悄的。

月光下,孩子们顺着小斜土路,往西大沟而来——逮蝉儿。孩子们的胳膊底下,夹着不少麦穰子,边走边小声议论着什么……

孩子们到来后,立即行动起来。在确定好了的两棵不太大的柳树下,轻手轻脚把麦穰子放好。小纵子、小团二人早到树上等着了。小东、小亚子单管点火。小凡、小胖二人单管增口子。其他伙伴们单管拾。

一切准备完毕,铁蛋低声命令道:"点火!"小东、小亚子忙把麦穰子点着了。小纵子、小团见火势大了,忙使劲晃起树来。蝉正在做着美梦哩,还不知怎么回事,就像雨点般掉下来了……

一霎时,孩子们一起呐喊起来,大笑起来了。"噢!哈哈……"蝉大叫起来——掉在地上又是热,又是怕,四周又是通红的火光,又是这么多人,而且还在高声呐喊着,大笑着——吓得它们也不敢飞了,只顾拼命挣扎。孩子们一见,心花怒放,欢天喜地,喊得、笑得更有劲了!

刹那间,在宁静的夜里,蝉叫声,孩子们的欢笑声,呐喊声响成一片,震耳欲聋。

没费什么事,一会儿就逮大半口子了。"哎!"小群叫道,"小大人,可逮了?""行了行了,"来喜道,"不逮了,不逮了!歇歇,歇会儿回家。这节时老了,不好吃了。""对对!"大伙响应道,"对对,老了,不如嫩的好吃。哎哟,坐下歇会再回家。"

于是，孩子们坐在地上歇起来……他们觉得此时的空气太新鲜了——带有即将成熟的庄稼的甜美与醇香。风儿太凉快了；夏虫的低吟声太美妙了；月儿太美了。月光下的田野，那么迷人。

篇三 偷西瓜

在那么美丽、醉人的环境里，孩子们直到歇好了才往回走。

时候不早了，又逮了大半天蝉，大伙都疲乏了，因此都只顾低头往前走路——好快些到家，睡觉去。

正走着走着，不多忽然站住，轻声道："停、停、停、停下。"大伙浑身酸软，都想快点回家睡觉。一见不多站住了，不知怎么回事，只好也停下了。小丁嘟哝道："停下该的？熊结巴子，唉，这么困的！"不多把嘴往沟北边使劲一撅，低声道："弄几、几、几、几个瓜吃。""啊？！哈哈。"大伙一听，顿时来了精神，忙又一起低声道："对对，嘿嘿，弄几个西瓜吃！啧啧……"还没说完，大伙的嘴里就只顾冒口水，又只好往肚里咽。

"哎哎，"小毛蛋低声道，"哎，毛眼子。"他把嘴往北瓜地里一撅，又接着道，"你看那地里的西瓜，乖！又多又大，保证好吃。我一见就眼馋了，你可想吃？"毛眼子道："嗨！我不想吃，可嘴里只顾淌口水。"说完，头一伸，一声响，又把口水咽了下去。"嘿嘿，"大伙听了，都低声笑了起来。铁蛋低声道："那，那就去几个人，弄几个来吃。""哎哎，"来喜叫道，"可别让人逮到了，一逮到就毁了。""不碍事，不碍事，"小东连连小声道，"碍什么事？没事没事，这会看瓜的就怕早睡着了。""嗯嗯，"大伙一起低声道，"对对，没事没事。"铁蛋咂咂嘴，低声道："嗯，那个，小团，小东，不多，毛眼子，小纵子，小毛蛋，你几个人去，咱们在前边沟里等着。""行！"六个人答应一声，立即出发了。

小团等人来到沟跟，观察着动静。小团趴在沟旁，两只小眼睛睁得圆圆的，抬头仔细观察着，观察着，观察着瓜地中间的小茅草庵子……过一会儿，见毫无动静，手一挥，忙低声道："上！"说完，第一个蹿上去。接着，其他伙伴们随后也跟上去了……

小团从旁边的玉米地里，飞快地往前爬着，爬着……来到瓜地边后，他一只眼仔细挑选着瓜，另一只眼与两个小耳朵结合，认真地观察着动静……确定好目标后，也确定好了没有危险。小团爬出玉米地，弓着腰，来到瓜地里，马上趴倒，打着滚，直往目标而去。到跟前后，忙用牙咬掉疙子，推着瓜，滚滚相结合，来到西边棉花地里。顺着沟，又推着瓜，往前爬。不一会，来到大沟跟前。人在前，瓜在后，咕溜溜溜，一起滚到沟底。还没爬起来，这时跃进从沟上下来道："快快，小团，小大人让我来接你。这会，大伙都在前边棉花地里等着呢。"跃进一看到瓜，忙抱起来笑道："嘿嘿，这瓜这么大！真重，好家伙！""快走，快走！"小团爬起来忙说着："快走，快走，熊放屁虫，快走！"

二人带着瓜，忙往隐蔽地飞跑而去。还没到跟前，就见铁蛋、来喜等人早在地头等着了。接着后，大伙一起来到棉花地里。

"哈哈，"大伙一见都低声笑了，"嘿嘿，这么大，这么大！哈哈……"

铁蛋把瓜放在地上，忙用拳头去砸。可砸了四五下，不但没砸烂，反而砸疼了手，乱叫道："哎哟哟！乖乖，这么疼！这么结实！"大伙的眼神都直勾勾地看着瓜，心里急死了，嘴里的口水只顾往外冒，不停地咽唾沫子，而且还一个劲儿地连连叫着："哎呀——快点，快点，快点！啧啧……"铁蛋呢，也急着想吃，可又怕疼。正犹豫间，小亚子叫道："看我的！熊黑胖鬼，你劲弄哪去了？！连这个小小的西瓜都砸不烂，真是笨蛋，看我的！"说完，拳头对准西瓜，啪！就是一拳。只听得小亚子哎哟哎哟直叫。大伙一见小亚子那惨相，禁不住都笑了。

铁蛋这时手也不怎么疼了，又急着想吃。于是把瓜扒过来，放在面前，用足了劲，也顾不得疼了。牙咬着，对准瓜，瞎着眼，扑的奋力一拳下去。咔嚓一声，这下才打烂。大伙忙上去，七手八脚地分成小块，抱着就啃……

大伙一边狼吞虎咽地吃着，一边欢笑个不停。"嗯！好吃，真好吃！"小常边吃边笑边擦嘴边说着："嘿嘿，乖！这么甜的！还是带沙瓤的，嘿嘿……"小津津道，"是的，真甜！太好吃了！"连收边擦嘴边笑道："好吃！哎，小团，再去弄一个来。"小团见大伙都说他弄来的瓜好吃，高兴极了,又觉得自己也没吃够,忙笑着道:"行!再去弄一个来吃!"说完,起身又去了。小团走后没多久,其他五个人陆续也都回来了,大伙忙又砸西瓜吃起来……

大伙还没吃完,小团又抱了一个大的回来了。连收忙把手中没吃完的瓜给扔了,接过小团的瓜,放在地上就砸。"哈哈,"连收边砸边笑着说,"哎!你们弄来的不如俺团哥弄来的好吃!嘿嘿,我就知道,俺团哥弄来的好吃!"连收把瓜打烂后,大伙一拥而上,分吃着……

"嘻嘻,乖!"毛眼子笑道,"真的!跟蜜样。"小纵子笑道:"怪好吃,嗯,刷把子,真厉害!"

大伙也都赞不绝口,低声说笑着。小团的瓜吃完后,孩子们纷纷把剩下的瓜消灭掉。又把瓜壳,四下里使劲地扔进棉花地、玉米地、黄麻地里。这才背着蝉,兴高采烈地往回走。

一路无话,快到家时,大伙把蝉分好。铁蛋道:"哎!今晚黑吃瓜的事,可别对别人讲啊?!""嘿嘿,那当然!"大伙齐笑道,"那当然!"小亚子叫道,"哼!谁要对旁人讲,我逮到非搓他不可!""对对,"连收叫道,"谁要对旁人讲,那咱们大伙一起搓他个赖皮!""行……"大伙一起答应着。不多道:"哪、哪、哪黄子要对旁人讲,哼!别、别、别人不不搓他,我、我、我、我非得搓、搓、搓死他!""嘿嘿,"来喜笑道,"结巴子,别说了,赶紧走吧。困死了!啊——吆!"他说着,打了个长长的哈欠……

这时,天真的不早了。月亮斜挂在西南。妩媚的天空,辽阔而悠远。凉爽的晚风,吹来了夏虫那悦耳的眠曲……

孩子们回到家后,各自往床上一歪,便睡着了。他们睡得是那么的香,那么的甜。不信你看看,你看看,他们在睡梦中还露着甜甜的笑容呢。

夜,真静啊!明月的脚步,轻轻地,轻轻地悄无声息地走着,走着……偶有几颗星星,一眨一眨的,仿佛在说:"哦!可爱的孩子们,你睡吧,睡吧。明天早上,你们还得起来割草呢……"

此刻的柳家湾,已完全坠入那香甜的酣梦之中了。一切都睡着了,睡着了……

卷一三 节龟不会唱歌，人会唱歌

篇一 打破砂锅问到底

那天星星说错了——第二天，孩子们起来没有去割草。因为老天爷翻了脸。不知为何，还气得它鬼嚎狼叫，翻江倒海般下起了滂沱大雨。

猛烈的狂风暴雨，下了大半天，老天爷才消了气——渐渐地停下来。

这会儿，哪都是水。汪里的水，都往外冒了。有的庄稼，有的树木，被风刮歪了。

下午，雨过天晴。太阳出现在西南角，东南角出现了一个半圆形的美丽的彩虹。

孩子们光着脚丫子，拿着铲、皮口子、小瓶等工具，到田野里去找节龟。

大伙在田边、地头，路上一边找着，一边说个不停。

"哎咳咳，"跃进弯着腰，边用铲铲着地边说道，"昨天建军节，电视怪好看。""哎！对，怪好看，"小黑叫道，"小大人，你说建军节是怎么来的，怎么非得搁八月一日，怎不搁九月一日的？"小胖边用手拽节龟边大笑道："笨蛋，真笨蛋！熊卷毛兽，你怎么连这个都不知道？"这时的小胖的食指在节龟窟里，轻轻动着，"哎递爪递爪，递爪递爪，花轿来到家；递爪递爪，花轿来到家；递爪……"一会儿，一个节龟就被他哄着拽了出来。"哼！"小黑叫道，"熊大肥猪，你知道你讲讲——能得好不长了。哼！""嘿嘿，"小胖笑道，"这还不好讲吗？中国人民解放军就搁那天建的，所以就叫八一建军节。""哎！大肥猪，"小胖刚说完，小亚子忙叫道："哎！大肥猪！中国人民解放军怎么搁那天建的呢？"小胖这下说不出来了，有点生小亚子的气，忙叫道："熊愣头青，你问什么的！就搁那天建的呗，还问怎么搁那天建的，真是的。"跃进道："哎，小大人，你可知道？""哎哎，"来喜道，"嗯，那天是八一南昌起义，所以就搁那天建的。"小亚子又说道："哎，小大人，怎不搁旁天，非得搁那天建呢？""嘿嘿，"来喜苦笑道，"这谁知道？俺不知道。""哈哈，"小凡大笑道，"笨蛋！小大人，这下你可毁了。大伙都说你知道得多，可连这你都不知道，还不如我呢。"来喜叫道："你知道你说，熊大老黑。""哼，说就说！"小凡叫道，"哎，那会儿，军队呀，军队呀，共产党的军队呀……"他嗡了半天，也没说出个所以然来。大伙呢，大眼瞪小眼，也没听出个头绪来。"哈哈，"小亚子见状大笑道，"熊大老黑，我看你是猪鼻子上插葱——装象！不知道装知道。乖！我要是齐天大圣孙悟空就知道了。""哎！愣头青，"小黑叫道，"你要是孙猴子，怎么就知道了？""嘿嘿，"小亚子笑道，"咳咳咳，真笨蛋！我一跟子翻到灵霄殿，叫熊张玉黄告诉我，我不就知道了？""哈哈，"铁蛋大笑道，"熊愣头青，你个熊家伙，别要胡扯了。再胡扯，还得叫马蜂来再给你一沟子。赶紧找节龟！"大伙听了，一起大笑起来了。

正笑着笑着，小纵子突然把皮口子一搁，铲一放，坐在地上，双手合十尖叫道："善哉善哉！尽情受，不胡扯，如今能知否？""哈哈……"大伙一见小纵子那个样子，笑得更厉害了。

篇二　争先恐后抢唱歌

过了会，小毛蛋大叫道："哎哎！都别笑了。我来唱个歌儿给你们听听，保证比蒋大为唱得好听。"说完，他也不等大伙愿不愿意，尖着嗓子，就用粤语唱起来："昏睡百年，国人渐已醒……要致力国家中兴！"唱到此，啪啪啪！他用手只顾使劲地拍着胸脯。"哈哈……"大伙一见，早大笑起来了。

"哈哈，"铁蛋大笑道，"小鬼点子，哈哈，你别管，看我的！"说完，他的手向前伸着，扯着老憨腔就唱："向前向前向前，我们的队伍向前进！"唱到这儿，他的手还向前，歌却不向前了，忙转过脸来问来喜，"哎！小大人，下面什么呢？""哈哈……"大伙见状，笑得更厉害了。

"哈哈，"来喜大笑道，"我也不知道，谁知道下面是什么？""嘿嘿，"小常笑道，"黑胖鬼，哪像你那样唱的？笨蛋！人这样唱的。"说完，小常的手往前伸多长，唱道："向前向前向前，向前，我们的队伍向太阳！我们……"大伙见了小常那模样，又大笑起来了。小常呢，笑得连自己也唱不下去了。

"哈哈，"小东大笑道："神弹子，胡唱一气。黑胖鬼唱向前进，你唱向太阳！哈哈。""哈哈，"小纵子紧接着笑道，"都别唱了，都别唱了！乖乖，越唱越难听，跟驴嚎的样！嘿嘿，你看人电视里唱的——多好听。那多好听呀！""呵呵，"来喜笑道，"人电视里唱那么长时间，也不嫌累。我唱几句，就好喘不过气来。""嘿嘿，"小毛蛋笑道，"你小大人也是个笨蛋！还不知道——拳不离手，曲不离口。那是人练的！我要……""你别喘了！"小毛蛋还没说完，就被连收打断了，"熊鬼点子快回家吃饭啊。再挨会儿，家里就涮锅了。"大伙一看天，咳咳，天还真不早了，星星都出来好几颗了。

卷一四　夕阳无限好，孩子乐陶陶

篇一　打八步

如今且说这天下午，四五点钟，天朗气清，鸟儿欢唱，彩云满天。孩子们割过草，洗好澡之后，在小亮家东边的大路上，玩绕花红线。正来着，小胖手中拿着瓦——小石块——一溜烟跑过来大叫道："哎哎！别来了。咳咳，来打八步？""哎对！"正来得不耐烦的孩子们，高兴得忙叫道，"来打八步！"

说着，孩子们忙活起来，纷纷找好"瓦"后，再把一块砖子摆直立。小亮在离砖子有十来米远的地方画好线后，回到砖子跟，把"瓦"一举大叫道："和你们这么多人一起！"这句话一说出来可不打紧，犹如火药桶里放进了一根火柴一样炸开了——乱开了！大伙听了，都忙一起大叫道："给你！给你！给你！哈哈……"孩子们大笑着，你说给我，我说给他……乱嚷成一团，反正都乱转着，都不想先走，为什么呢？因为先走有百弊而无一利。

可是，总得有人走才行啊。只见小常跳出来大叫道："哎哎！都不走，我走！哈哈……"说完，大笑着，他就把率先"瓦"丢了出去。鸟无头不飞，人无头不走。真是的，一有了带头的老大，其他的就跟上了。

此时，小常头将。只见他拿"瓦"儿，对着前面站着的砖子，略瞄了瞄，大叫一声："打倒！"同时"瓦"就丢了出去。话音未落，只听得啪嗒一声响，砖子应声而倒。嘻嘻，真不愧为神弹子。"哈哈，一步啦！再打七步就满了，哈哈。"小常说着，大笑着跑回来。"嘿嘿，"小胖笑道，"神弹子，还早着呢！"

小亮本来是看"老家"的——就是把"瓦"放在砖子跟。一见被小常打倒，忙举着"瓦"大叫："哈哈，新步新走！""对对！"大伙也都跟着一起大叫，"新步新走！"

这时，小常的"瓦"又撂出去了。不太远，大伙都想打倒他的"瓦"——谁打倒了，他那一步就是谁的了。可就是手不争气——不是远了就是近了；不远不近呢，却又偏了——干着急……

篇二 来跪子

这边暂且不说，且说那边的一伙孩子们，正在"来跪子"。这跪子和八步差不多，二者之间的区别是：跪子是一人一块砖，随便打。打倒谁的砖子，谁上旁边跪着去。八步呢，是都打那一块公共砖子。谁先打倒谁就走一步，最后打满八步者为输家。

"呵呵，"这会儿只听得小纵子笑道，"不多，别打我的——俺俩多好嘞！可对？嘿嘿，俺弟俩还一天两天的吗？可对？""嘿嘿，嗯，"不多笑道，"不、不、不、不打你的，打卷、卷、卷毛兽的！"小黑一听，气得撅着嘴直叫："哼！好了，好了，熊巴子，打我的。我不想打你的，你还想打我的。哼！好好，看你可能打倒。看你个小结巴子可能打得倒吗？哼！"不多也不理他，只是把"瓦"对准了小黑子的砖子。瞄了瞄之后，马上一松手，撂了过去。哈！结果"瓦"沾地后，斜了，又蹦了蹦。没打倒小黑的，却把小凡的打倒了。

"哈哈……"小黑高兴得活蹦乱跳，大笑不止。大伙也乐得开怀大笑。只有小凡气得一蹦三尺高，指着不多大叫："你、你、你，你这个熊结巴子！怎么把我的打倒了？哼！熊家伙，看我不叫你和我一块跪着去！熊家伙，哼！"不多急忙分辩道："我、我、我……""我、我、我，我什么，我什么，我什么！"小凡大叫着，"熊家伙，你等着吧。哼！"小凡说着，把"瓦"对准不多的砖子，瞄了又瞄，瞄了又瞄，口中说个不停，"哼！我叫你打我的，我叫你打我的，小结巴子，哼哼！嗯——打倒！"说完，"瓦"就撂出去了。而结果，却谁的也没打倒。没有办法了，小凡只好噘着嘴，上旁边跪着，干生气……

"哈哈……"突然，一阵疾风暴雨般的大笑声，大叫声传来。怎么啦？啊！原来那边打八步，最终逮到老末小群。"哈哈，"小毛蛋大笑着，按着小群的两肩叫道，"熊飞毛腿，老实点！嘿嘿，看我来教你骑洋车子！"说笑着，忙用膝盖直捣小群的屁股。连收、小丁两人，一边一个，扭着小群的耳朵，往前走……大伙围观着，欢笑着。

与此同时，来跪子的这边一伙，也玩得正热闹。"哈哈，"小黑大笑道，"白赖蛋，熊尖白脸，快上旁边跪着去！不要孬蛋！快点个去跪！哈哈。""嗯嗯……"小纵子嘴里连连答应着，脚却慢腾腾的，就是不立即行动，而是尽量地拖延着，拖延着……恰巧，此时他一抬眼，看见西边正往这走来的铁蛋、来喜俩人——每人手里拿着根甜秫秸在咂着，怀里还抱着一小捆。小纵子像发现了新大陆似的忙大叫："哎！快看，西边黑胖鬼和小大人俩打什么？！"大伙听了，都忙转脸往西看……小纵子趁此大好时机，立即大叫："笨蛋小群！熊飞毛腿，快飞呀！哈哈……"说完，他大笑着，掉头就往西跑去。

小群一下子被提醒了，忙猛一挣，两手一甩，也逃脱了——欢笑着，撒腿也往西跑去。

大伙这才明白过来，忙乱嚷起来。这边的孩子们叫："哎！熊尖白脸，别跑，别跑，你还没跪呢！哎哎……"那边的孩子们喊："哎！熊飞毛腿，站住，站住，还没罚好呢！哎哎……"大伙一起大声叫嚷着，随后就追……

篇三 咂甜秫秸

小纵子跑到来喜跟前，手一伸就要拿。笑嘻嘻地说："哎嘿嘿，小大人给我一根呀！"来喜忙一转身躲开，连连叫道："哎不行不行，尖白脸，我这是留津津咂的。过两天他就走了。你问铁蛋要，我这不行，我这不行。"小纵子一听，忙一转身，手又伸向铁蛋。"哎嘻嘻，铁蛋哥，给一根。""嗯，好！"铁蛋笑道，"嗯，就赏你一根！哎！尖白脸，下次有什么好吃的，可别忘了你哥我！""是是是，嘿嘿……"小纵子满脸带着笑，接过来连连答应着……

随后来的伙伴们，铁蛋每人都给一根。可是，有两员大将不满意，还缠着非再要一根。毛眼子、连收一边一个，手伸多长，一起嬉皮笑脸地说："嘿嘿，再给一根，再给一根。可行？铁蛋哥。"小黑见状忙道："哎！熊连收，你这个大肚子老姆油，一肚子小赖猴。呵呵，你个熊肚子可能盛下？还再要一根。""哈哈，"连收拍着肚子大笑道，"嗨！嘿嘿，熊卷毛兽，你不知道，我这肚子就跟聚宝盆样。嘿嘿，哪怕再多的东西，只讲一到里面都能装下。"小丁歪着头，若有所思地说："噢——噢！哈哈，我知道了，到里面你又沁出来了。""放屁……"连收急忙连连叫个不停。

小纵子手拿甜秫秸，欢笑着，高兴得东倒西歪，踉踉跄跄，摇摇晃晃地竟然舞起醉棍来了。其他伙伴们一见，也忙加入了这个行列……这时，夕阳正好，只是近黄昏。不过，一点也不必烦恼，因为明天一大早，东方必然会升起一轮鲜红而矫健的太阳。

卷一五　龙虎斗

这一天，天快晌午了，太阳的威力太大了，蝉热得拼命叫喊着……

孩子们这会干什么呢？正在小东家门口南边的小沟前，用石块弄水玩。

不知道是小丁不小心，还是有意的，抑或无意的，反正是一石块溅了连收一脸的水。"熊东西！眼瞎了吗？是哪个熊东西碰了我？！"连收抹了抹脸上的水，顿时张开嘴就骂。小丁立即还击："你眼瞎了，熊东西！我又不是故意的，你这人怎么一张嘴就嚼人？！"连收火了，指着小丁大叫道："你眼不瞎，怎么哒了我一脸一身都是水？你不是有意的，怎么只管哒我？熊老扁蛋，这么能！看你想挨揍！"小丁也火了，反指着连收大叫道："熊大肚子，这么能的，我看你想挨揍！"连收见小丁不但不认错，还如此不讲理，火气顿时直往上蹿，上去就去打小丁，边打边叫道："哼！看谁今天想挨揍？！"小丁也毫不示弱，反打连收，同时回击道："哼！看谁今天想挨揍？！""怕你？哼哼！""哼哼！怕你？"二人边说着，一推一打，交起手来了……

大伙一见二人真打起来了，不但不劝，反倒在旁边幸灾乐祸地看起热闹来了……

二人互不相让，你推我，我打你；推过来打过去；推着，打着；打着，推着……

连收边推着，边叫道："哼哼！你这么能？！""你这么能？！哼哼！你比我还能！"小丁边还嘴，边打着……

正推打间，冷不防肥胖的连收突然弯腰一缩身，一下子抱着小丁的腰就摔——想一下子把小丁摔倒。细瘦的小丁呢，忙一下子也抱住连收的腰，也想把他摔倒。

连收摔了一气，没打倒小丁。小丁接着摔了一气，也没打倒连收。二人就这样摔着，摔着……僵持着，僵持着……

而旁边观战的伙伴们，则不时笑着，还提供建议。"哎，别他的腿！一下子就摔倒了。""嘿嘿，别他腿，别他腿！"

二人一听，顿时心里一亮。"哎哎，对对，真是的，怎么忘了呢？怎么没想起来呢？"脑子里都在盘算着，怎么来实行这个重大建议。

果然不久，果断采纳了这个重大建议的连收，瞅准时机，伸开两手，拉着小丁，右腿猛地一伸，就去挂别腿。小丁呢，也不是省油的灯——早防着了。他忙往旁边一闪，腿一抬高，躲过去了。

过了会，小丁瞅准战机，两手用力拽着连收，右腿一伸，也忙去挂别腿。连收呢，早料着了，往旁边一闪，腿忙往旁边走一步，小丁也没挂倒。二人扭在一起，继续纠缠着……

两员猛将，扭了一会，未分高低，又变成了开始时的方式——你推我,我捅你……

连收边推边说:"哼哼!想挨揍了?嘿嘿,能得不长了。""想挨揍了?哼哼!能得不长了,嘿嘿!"小丁边说边捅着……

旁边的伙伴们更没闲着,笑个不停,还不时地出主意。"嘿嘿,猛拽一下子,一下也拽趴倒了,真是笨蛋!哈哈……"

二人不知怎么的,又接受了伙伴们的建议。于是,你拽一下子,没打倒,我拽一下子,也没趴下。虽然都没倒,但战场已不是陆地上了,渐渐地移到小水沟里了。

两位大将在水中,又是你推我,我捅你,继续大战着。直踩得水花四处飞溅着,把身上的衣裤都弄湿了。

这会儿,连收攻。只见他一个劲儿地推着,推着……小丁呢,守。节节往后退,节节往后退……退着退着,突然一个趔趄,小丁没站稳,差点坐在水里。"哎哟,哎哟!"观战的伙伴们,尖声尖叫着,以为小丁要败。谁知道,连收呢,这会也不知怎么搞的,没有趁势扑上。也许是精疲力尽了吧,也许是不想趁人之危吧,也许是……反正是没有乘势追上。而此刻处于形势危急之中的小丁,这时也不知哪来的力量,一按沟边,往上猛一蹿,一个劲儿地捅着连收。连收呢,则是一个劲儿地往后退,往后退,往后退……

大伙仍然在旁嬉笑着看热闹,就是不拉仗。连收、小丁二人正僵持不下,家里人喊吃饭了。但是,两员猛将谁也不愿意先收……

这时,小丁娘从东边跑过来,边跑边喊:"小丁,小丁,小丁,死小丁!聋了吗?给谁俩打仗的?""嘿嘿,"大伙齐笑道,"哪打仗的?玩的,没打仗,没打仗!"

小丁、连收这两员上将,这才几乎同时住了手,从水沟里上来。"没打仗?没打仗怎么你推我,我推你的?你们这些熊孩子!他俩打仗,你们不拉,还在旁边看热闹?!"小丁娘说完,紧跑几步,过来就想要揍他们。大伙一见,忙纷纷逃跑了,只留下一串串欢快的笑声。

微风吹来,蝉叫得更响了……

卷一六　离别

篇一　依依不舍

又过了好几天,终于到了小津津要走的那天晚上。天空中只有寥寥几颗星星,孩子们就在这时,都到来喜家,看小津津。

屋里的荧光灯下:北墙上一幅大中堂——画的是天安门和两个活泼可爱的小男孩、小女孩。左右两边及上边,是红底黑字行书,尉天池书写的一副对联——上联是:创伟业功垂千秋,下联配:兴中华福泽万代;横批为:光照千古。中堂画下面是一张大书条,书条上摆着荣瓶、茶杯、钟表、酒,等等日用品,及一台17寸的大彩电。墙西边是两间卧室,东面两间是会客室、储藏室。最东边有两个粮囤子——一个是水泥缸上边加折子的;一个净是折子折的,都有两米多高。靠南墙放着缝纫机、落地扇与其他日用品。屋子里满满的,但很干净,收拾得井井有条。

来喜妈坐在西山墙跟的长沙发上,正劝着坐在她身边的小津津。小津津拉着来喜妈的手,带着哭腔说:"姨妈,我不想走,您能不能对爸爸妈妈讲,让我搁这上学吗?"说着说着,两手又擦着眼泪,呜呜哭了。来喜妈一见,忙一把把小津津拉到怀里,一边给他擦眼泪,一边笑着柔声说:"啊,好孩子,听话,别哭了,别哭了。回去好生上学,明年暑假,还能来。别说傻话了,你看,小纵子、铁蛋他们来看你了,啊……"

这时,大伙依次进了屋,围过去,纷纷从口袋里掏出煮好的鸡蛋、鸭蛋、鹅蛋、嫩玉米、豆粒子等吃的东西;水枪、弹弓等玩的东西。纷纷说:"津津,给你,这都是从俺自个家拿的,送给你,留个路上吃吧……"

过了会,铁蛋道:"哎,津津,明年暑假早点来,别忘了啊?""哎,津津,"小纵子道,"那回那个黄鳝汤,好吃吧?嘿嘿,明年来,俺再多逮几条——让你吃够算!""嘻嘻,"跃进笑道,"尖白脸,我那大黑鱼,也怪好吃吧,可对?津津?""嘿嘿,"小团笑道,"我那大西瓜,也好吃啊!""哎!你家哪来的西瓜?"小亚子满脸惊奇地问道,"你家哪来的西瓜?"小亚子头伸多长,又接着说,"你家没种西瓜呀?刷把子,你家……""嘿嘿,"小团笑着,低声道,"哎,愣头青,你忘了,那天晚上逮过节时后,在那……""啊——噢!嘿嘿……"大伙一想起来,顿时笑了。小毛蛋道:"哎,津津,别忘了——明年早点来啊……"

过了老长时间,孩子们还在说着……这时,来喜妈过来劝道:"哎呵,天不早了,睡吧?津津明儿个还得起早赶火车。睡吧,回去睡吧?天真不早了。""对,对,对,"大伙觉得有理,纷纷起身告辞。"哎,津津,别忘了!明年早点来,别忘了啊!""嗯嗯……"小津津眼泪满眼眶转,只顾点头答应着,眼看着大伙的背影,消失在门外……

大伙依依不舍地回去了。来到门外,一个都垂头丧气的。抬头一望,天上一个星星也没有了。老天仿佛也遇到什么伤心事似的,愁眉不展。一阵风刮来,孩子们顿时还觉得有点凉。

跃进焉不拉几地走着,走着。忽然,觉得头上好像有什么东西似的。急忙伸手一摸,拿下来一看:啊!原来是一片枯黄的树叶……

篇二 思

哦,树叶都枯黄了,飘落了。啊,亲爱的读者,这,意味着什么呢?一叶落而知秋。我们要对快乐的夏天挥手告别了……

啊,亲爱的小读者们,快乐的夏天即将结束了,你觉得怎么样?

人常说,读书贵在思考。思考嘛,就是想一想。想什么呢?啊,这可多啦!比如书的语言,内容,形式。好不好,美不美?内容与形式结合得怎么样?哪些地方值得自己借鉴、学习呢?它所反映的生活是否真实?书中的立场、观点是否正确?是否给你以美的艺术的享受等等。啊,亲爱的读者,其实你不必怕。它们虽然是个庞然大物,但是像纸老虎样。我们用一个最简单的方法,就能轻而易举地战胜它。那这个最简单的方法是什么呢?不是别的,就是五个字——熟读而精思!不信吗?不信!那人们为什么常说"书读百遍,其义自见"呢?其实,这的确是一条真理。只要你能做到多读,熟读,那你自然就会思考了。会思考了,什么事情不能解决呢?就像和泥似的,水到自然成。这呢,是功到自然成。

不要把思考当作是多么深奥，多么玄妙，多么枯燥的事情。反而要把它看作是一件快乐的事情，有趣的事情。

读书，多读书，熟读书就是学习知识。而学习知识，要善于思考，思考思考，我就是靠这个方法才成为科学家的。这可是爱因斯坦的方法。

哦，炎热的快乐的夏天过去了。那么，跟在夏天身后的，不就是那硕果累累的秋天吗？

第三章　丰硕的秋天

　　秋天，秋天，多么美好的季节，让人难以忘怀的季节。
　　人们常把秋天誉为金秋时节，这可不是无缘无故的。何以见得？我们仅从字的结构上来简略分析一下。禾与火字结合，组成一个秋字。禾自然是指田野里的庄稼，火自然是红色的。我们一看到火，就会感到温暖，会想到做饭要用火啊。可是光有火，没有食物怎么做饭呢？食物从哪来？禾与火一结合，自然就会联想到田野里成熟的庄稼。一看到火，我们还会想到红火、欢快、光明，等等。禾、火这样的绝佳组合，寓意着庄稼成熟了；象征着人们那干劲冲天的豪情，热火朝天的繁忙景象；代表着人们对未来充满了无限的希望；意味着红红火火的美好的生活来了，等等。金秋的金字，寓意着珍贵、富贵，以金字来修饰，形容秋天，可见人们对秋天是多么重视！
　　啊，亲爱的读者，仅由此，我想我们就可以看出来：中华民族发明创造的文字，含义是多么的深刻！真的是无与伦比啊！我们的先人，是富有聪明才智的，你不得不叹服，汉字的确是盛开在世界文字之林中的富有独特性、代表性、寓意性的一朵美丽之花。
　　从天气上来说，秋天比夏天好——秋天没有了狂风暴雨。虽然秋天也有秋辣子这个称呼，但是比起三伏天的那个闷热来说，那是好多了。
　　秋天，云淡天高，金风送爽，果实累累。金秋时节是收获的季节，播种的季节，希望的季节，丰硕的季节，欢乐的季节！

卷一　初秋之景

　　秋天的柳家湾，天蓝蓝的，水清清的，树绿绿的，田野里，庄稼在秋风的吹拂下，欢笑个不停。

即将成熟的玉米,就像一个个扛枪的战士们在接受检阅似的,威风凛凛地挺立在那里。粗得像小孩胳膊的黄麻,一个个傻乎乎地竖在那儿。棉花地里一片雪白,几乎看不到别的颜色。白玉长得太大了,把土都撑得裂开了。大豆的绿色开始褪去,变黄了,只剩下豆荚——鼓鼓的。金黄色的稻子,有的已经割了;没割的在风的吹拂下,点头哈腰,前俯后仰着,东倒西歪地欢笑着,欢笑着……

柳家湾西边的那一片苹果林,则又是一番美妙的景象了……

卷二 开学

自从小津津走后,孩子们几天都不太高兴。无论做什么,都懒懒的,没多大劲。过了好几天,才渐渐好起来……

没过几天,便开学了。这时,孩子们只有在周六、周日才能在一起尽情玩耍,其他时间得上学。不过,上学也不耽误他们玩。只是相对来说,时间少了些,不能尽兴而已。

卷三 跑葫头

篇一 少林武当大决战

初秋的一天傍晚,西边的天被染成红色,风在不紧不慢地吹着。

孩子们帮大人干完活后,聚在小丁家门口南边的大路上玩耍着。

"圆,圆,圆三好。不许讲话,不许……"大伙正在玩圆三好。忽然小凡把手猛一松,大叫道:"不玩了!不玩这个了,这个一点也不得劲!哎哎,嘿嘿,那个,咱们还不如来跑葫头呢?"大伙一起大笑着叫嚷道:"行行!嘿嘿,来来!来跑葫头,来跑葫头!哈哈……"

跑葫头,跑葫头,跑葫头是个什么家伙?这跑葫头,人少可不能来,最少也得四个人,多了不限。不管多少人,只要分成两队——两队的人数得一般多,才能来。怎么来呀?这样的——两边的人相对站着,中间有十好几米远距离。摆好阵势,围成一个圆形……啊,还是看看孩子们是怎么玩的吧。

"来!哈哈,"铁蛋这时大笑道,"来!来,来分头!哎,那个,大伙看这样可行?小纵子、小群、小东、小亚子、小亮、小黑,你们几个人一头,尖白脸当队长。小团、小丁、毛眼子、来喜、小胖脚、跃进、我!俺几个一头,我当队长。可行?""行!行!哈哈,"大伙异口同声地大笑道,"行行,来!"其他伙伴都在旁边欢笑着,擂鼓助威看热闹。

"哈哈,"小纵子大笑着,尖叫着,对他一头的人说,"哎!咱们是少林派,他们是武当派。哈哈,咱们少林派,一定能打过他们武当派!可对?""对!哈哈,"他的战友兼手下,一起大笑着回答道,"对!咱们少林派,保证能打过他们小小的武当派。"小亚子大笑道:"咱们少林派多厉害啦!嘿嘿,武当派,小小的武当派,还禁我玩吗?不禁我玩!哈哈……"

一会儿,大伙就站好阵形,摆开了阵势。小纵子这时大叫道:"喂!那边的小武当派,可行?本掌门要……""可行了!小秃驴!哈哈,"铁蛋没让他说完就大笑道,"来吧,来吧,快来吧!"孩子们见状,都大笑不止。

小纵子欢笑着,立即大叫道:"先挑胆大鬼和老扁蛋俩会跑的!"话未落音,小东与小丁俩就蹿出去,跑起来了……

"哈哈,"孩子们在旁欢笑着,大声叫喊着,"加油!加油!加油!""嘿嘿,胆大鬼,加油!""呵呵,加油!老扁蛋。"

在孩子们那虎啸雷鸣般的呐喊助威声中,两员战将,你追我赶,互不相让,都想抓到对方,因为抓到对方就赢了……大战了六圈之后,尽管这时还未分胜败,可小丁到底瘦点,无长力,眼看要被逮倒。但是,小丁却狡猾得很——他在离自己队伍还多远,就拉开嗓门,拖着长音喊道:"葫——头——"声音拖得长长的——直到自己的队伍跟前才停。这时,武当派大将小胖,还没等掌门人下令,就箭一般蹿了出去……

二人大战了好几个回合,也未决出输赢,就先后下去了……

这回,正在场上大战的是两员猛将——飞毛腿小群、刷把子小团。

观战的孩子们，各为小群、小团，摇旗呐喊，擂鼓助威。孩子们手舞足蹈地大笑着，大叫着，大喊着："哈哈！加油！加油！""飞毛腿，加——油！""刷把子，加——油！"

小群、小团，二人你来我往，越战越勇……大战了十圈，仍未分高低。他俩也不知为什么，好像赌了气似的，都不说葫头——让伙伴来替换；也都不愿让对方抓到——只顾进行着殊死的搏斗……

在众孩儿的呐喊助威声中，二人又大战了三四圈。小团到底稍逊一筹，眼见要被小群抓着。他慌了——慌不择路，忙"偷油吃"，直奔自己那头。不知怎么的，都到这会儿了，他还不说葫头。他不说葫头，铁蛋那边便不能去人接替，只有团团乱转，干着急。而"偷油吃"，就是从两队之间穿过去，不从两队人员身后经过。如此这样，是违反规定的，不逮到也得惩罚。

虽然小团"偷吃油"，可还是在离自己队伍，仅仅只有四五步远的地方，被小群给抓着了。"唉——"小群气喘吁吁地一边拽住小团，一边笑着说，"唉——嘿嘿，熊刷把子，怪厉害！你'偷油吃'，我不也照样逮着你！"一边说着，一边连推带捅的，把小团押回到少林派这边。

小团呢，脸红红的。因为"偷油吃"可不是一件什么光彩的事。而自己竟然还没跑掉，真……也许是跑热了，脸才红红的。也许……

"哈哈……"大伙只顾手舞足蹈地欢笑着，尤其是少林派的好汉们，笑得厉害，笑得开心……

篇二　胜利之后怎么办

少林派取得了重大胜利之后，怎么办？按江湖上的规矩——惩罚！接下来，双方举行惩罚交接仪式。少林派这边的好汉们，个个眉开眼笑，洋洋得意。

小群、小亚子一边一个，押着小团——一手按着一肩，一手抓住反剪着的胳膊。掌门人小纵子站在小凡、小东、小黑、小亮中间。

武当派这边的豪杰们，个个垂头丧气，无精打采，愁眉苦脸。在铁蛋的带领下，一字排开，低头耷拉着脑袋站着。

"哈哈,"这时,小纵子用手一指武当派,眉飞色舞地欢笑着,大叫道,"呔!武当派的小毛妖,听真!呵呵,我以少林派掌门人的名义,命令你们——跪倒!"武当派人听了,扑通一声,都忙跪在地上。大伙一见,一个不剩,全都大笑起来了。"哈哈!哎!我以少林派掌门人的名义。再命令你们——说好话,向咱们少林派求情,才能将咱们的手下败将——刷把子小团领回去。要不然,哼哼!"大伙见了,仍旧一个劲地大笑不止。武当派的豪杰们听完小纵子的话,忙抱拳拱手齐叫道:"黑碗叉、白碗叉,请让我老伙来家吧!"话音刚落,就见小群、小亚子二人,用力一推小团,同时和他一头的战友们大笑着叫道:"回去吧!"小团这才面带红色,跟跟跄跄地回来了。武当派的豪杰们,这才起来。

篇三 武当派齐声咒骂尖白脸

这下,武当派吸取教训。掌门人铁蛋亲自出马,冲锋陷阵……不多久,就在孩子们的欢呼声中,逮倒了少林派的胆小鬼小亮。

孩子们欢笑着,叫嚷着,正要举行惩罚交接仪式。"哎!尖白脸呢?"小丁忽然叫道,"哎!熊尖白脸呢?尖白脸怎没有啦?"大伙一看,嘿——果然不见了小纵子这个小尖白脸——小纵子不知什么时候溜了!刚才还得意忘形,耀武扬威的武当派豪杰们,这下可傻眼了。因为没有掌门人,就不能举行惩罚交接仪式——这还是个死规定。这可怎么办呢?

武当派人,哪肯善罢甘休,忙四下里去找。找了半天,也没找到。过会儿,还没有——小纵子没影了。天哪!这下可把武当派人给气死了,一起骂着:"哼!这个熊东西,死哪去了?""真孬蛋!""熊东西,哼!我逮到非搓他个赖皮。""对!尖白脸这黄子,欠揍!""哼!这个熊东西!一输了,就跑了。"

武当派人,纷纷咒骂着小纵子。尤其是铁蛋、小团俩人——那是恨得咬牙切齿。铁蛋尤其气愤,气鼓鼓地高声大骂道:"尖白脸,尖白脸,大大的坏蛋,熊尖白脸,你给我死出来!"

"哼!这黄子真坏蛋!"小团也不停地骂着。

过了老会儿,武当派人依旧大骂不止……

杳无踪迹的小纵子，再也没有出现。武当派的豪杰们也没办法，最后骂够了，也骂累了，只好不了了之。

孩子们只好重新分头，乱嚷着，玩了起来……

卷四　教师节

孩子们到学校，还没上几天学，教师节便快到了。

这天早晨，洋溢着青春气息的太阳，照耀着即将丰收的秋天的田野。大地、天空、飞鸟、一切都是那么赏心悦目。

孩子们走在上学的路上，高高兴兴的。大多数的孩子们心想，教师节快到了，老师们辛辛苦苦地教我们，咱们怎么给老师庆祝一下呢？

孩子们正自想着，小毛蛋叫道："哎，我看这样，咱们大伙给王老师写封慰问信。就说，敬爱的王老师，您好！教师节快到了，祝你节日快乐！您要把身体养得棒棒的，好好地教我们学习。我们也保证好好学习，不让您失望。可行？""哎，哈哈，怪好怪好！"大伙一致赞成道。

于是，孩子们就这样做了……

下午，上课的时候，王老师专门在班里表扬了小毛蛋、小纵子、来喜、铁蛋等好几个同学。

"同学们！"站在黑板前的王老师激动地说，"同学们，我很高兴你们给我写了封情真意切的慰问信。这比什么都好，比什么都有意义。我们当老师的，一不图吃你们的，二不图喝你们的。图什么呢？只图你们能成才，你们成才了，我们老师脸上有光啊！只图你们能好好学习知识，将来有能力报答咱们伟大的祖国和人民。为我们伟大的祖国……"

放学回家的路上，孩子们欢呼着，跳跃着，欢笑着……后来，竟然情不自禁地大声唱起来了："老师啊老师，辛勤的园丁。为了我们，你们默默地耕耘。我们的成长，费尽了你们多少的心血。老师啊老师，辛勤的园丁，为了我们，你们苦苦地追寻。我们的成长，洒下了你们多少的汗水。老师啊老师，辛勤的园丁……"

卷五 捉打豺狼官

篇一 来龙去脉

地里的庄稼成熟了，大人们开始忙起来了。孩子们呢，可不太管这些，仍然玩他们的。

不多久，又放秋忙假了。一放假，孩子们自然很高兴——又能有足够的时间整天在一块尽情玩耍了。只是秋收大忙时节——三春还不跟一秋忙嘞！所以啊，有时孩子们也得干些力所能及的活儿。比如看场，剥玉米，摊玉米，搓玉米，等等。自然，他们还是玩的时候多。孩子嘛，自然是不焦不愁的，无忧无虑的，快快乐乐的。

对于有趣的游戏，孩子们总是不能忘却，玩了又玩。这不，这天傍晚，孩子们又聚在一起玩跑葫头……

大伙正玩得起劲，这时，小纵子忽然一阵风似的从北边跑来。他边跑边举着手大叫："哎——哎哎！小大人，大肚子，放屁虫，大肥猪，过来，过来，都过来！来来，来捉打豺狼官呢！"

哎！且慢且慢。什么是捉打豺狼官，又怎么来捉打豺狼官呢？有的读者可能会问。嘿嘿，别急别急，待在下慢慢地说给你听。

啊，这捉打豺狼官，也挺有趣的。顾名思义，捉打豺狼官的捉字，就是等人都抢到纸片后，若你是捉字，那你就必须得出来捉——寻找，猜测，判断——哪一人手里拿着的是贼字的纸片。捉对了，自然没你的事；捉错了，那你就倒霉了——得挨揍！打字，大家都明白是什么意思。只是不能忘记的是，长官让你打几下，你就得打几下。既不能多打，也不能少打。只能使劲打，不能轻描淡写地打，更不能徇私舞弊。不然，你就得倒霉。豺狼，自然是坏蛋，坏家伙——也就是贼了。官，既有长官的意思，也有关几下的意思。这个，也不能徇私舞弊。还有一个特殊的职务——聋子。聋子这个官，在这里比官还厉害。何以见得？打过之后，首先得问聋子可听见了。若听见了，便脚上拴绳——拉倒！若没听见，那还得打，什么时候聋子说听见了，才为止。你说他可比官还厉害。因为还有最重要的一条，它可以徇私舞弊——他说听见了就听见了；他说没听见就没听见。他明明听见了，也照样可以说没听见——谁也奈何不了他。照你这样说，那只有贼字倒霉了？也不见得。因为要是捉字捉不到，或者捉错了，那捉字就倒霉了——得挨揍！捉、打、聋、官，这四个职务，只能写一个。唯独贼字，可以视来人的多少而多写，不能少写。

来时，一人把手里写有捉、打、官、聋、贼这五字的纸片，使劲往空中一撂，大伙去抢来就行了。只是不能多抢，只能抢一个。抢到后，自然只能自己看，不能让别人看见，不许声张，以免泄露天机。谁是捉字，谁就得主动出来捉拿。

以上这些，便是捉打豺狼官这个游戏的规则，不知各位读者，是否明白了。其实这些，孩子们是非常熟悉的。这是他们的发明创造，应该申请专利的。

玩这个是自由的：想玩就玩，想不玩就不玩。因此，有的怕挨打，不敢玩；有的想看热闹，不想玩。而绝大多数孩子们，却是很喜欢玩这个的。呵，废话少说！快看快看，孩子们来了……

篇二 有苦有甜

第一节 结巴子神机妙算

只见小纵子一边把两手掌中的硬纸片，使劲晃了几晃，蹦起来，手张开，猛地用力往空中撂去，一边大笑着道："快抢啊！哈哈……"

哇！纸片早已在空中飞舞起来了——晃晃悠悠的，晃晃悠悠的。不一会儿，飘飘荡荡的纸片，渐渐地往下落来。"哈哈，快抢啊！"孩子们欢笑着叫嚷着，一拥而上，可就抢起来了……乱成一团。呀！真热闹。

大伙把纸片抢到手后，忙偷偷地看了一眼，又忙攥起来。"哈哈，"小毛蛋笑道，"谁是捉，快出来捉！"大伙也都一起急急地道："谁是捉，谁是捉！快出来捉！"

"嘿嘿，"这时，不多笑道，"我、我、我、我、我是捉。""那、那、那,那你、你、你、你就捉吧!"小亚子嬉皮笑脸地学着不多说话。大伙听了,一起大笑起来了。

不多脸上带着笑,也不说话,只顾挨排看大伙的脸色,开始捉起来……

看到小纵子时,小纵子笑呵呵的,满不在乎,不慌不忙地任他看。而且,还不时做着鬼脸。"结巴子,你看我可是?好好看……"看看不像,不多过去了。

接下来,看的是小胖。小胖的脸胖乎乎的——用手一摁,立即有个窝窝。手刚拿开,一下子又鼓起来了,就像白白的熟发面馍样,令人喜爱。

此刻,小胖把他的小胖脸,一下子伸到不多跟前,笑眯眯地说道:"看吧看吧,结巴子,好好看。嘿嘿,要是捉错了,哼哼!你就得吃不了兜着走!"不多看看,也不像。于是,他走过去,又接着往下看去……

过了老会,不多还不说捉,只是认真地仔细地,一丝不苟地看着,看着……

这时,小亚子急了,大叫道:"哎!熊结巴子,你个熊家伙,怎么只顾看,不捉?快捉!快点个捉呀!急死人了!""嘿嘿,"不多只顾看着,不慌不忙地笑道,"不、不、不不忙!嘿嘿……"不多心想,你再急也没用,我得看好才能捉。啊,手里拿着贼字的那个人,一定有和别人不一样的表情。他心里保证得慌,而且还得竭力装作若无其事的样子,尽量不把那种表情——是贼的那种表情,显露出来,以免被人发现。可是,假的真不了,做贼心虚。时间长了,肯定得败露出来。想到这个当口,不多又走过来,走过去地看起来……

这时的跃进呢?不多总觉得跃进脸上的表情,有点不大自然,与旁人有点不同。嗯——他有点不大对头,不多对跃进怀疑起来了。

此刻的跃进呢,竭尽全力装作毫不在乎,极力保持平静的心态。他心想,你个小蠢猪,还能捉到我吗?哼?跃进心里正自高兴,忽觉得不多的眼光,只顾在自己的脸上打转——移过来移过去,移过去移过来,扫过来扫过去,扫过去扫过来……一会儿竟然还不动了。跃进有点慌了!恰巧,正在这个当口,大伙都一起笑着道:"捉我吧,捉我吧……"跃进没法，只好顺着大伙的口音，和大伙一起哼唧道："捉我吧，捉我吧……""嘿嘿，"不多来到跃进跟前笑道，"嗯，捉你就、就、就捉你！嘿嘿……"结果可想而知，还真是跃进。

第二节 放屁虫倒霉受苦

"哈哈，"小纵子一把抓住跃进的手，大笑着尖叫道，"行了，行了！我是打，我是打！哈哈，谁是官，谁是官？关几下，关几下？""哈哈！"小胖大笑道，"本大人是官！嗯——先关二十下吧。"小纵子一听，忙一手托着跃进的手，一手开始使劲打起来——还越打越有劲！小纵子脸带着笑，边打嘴里边念念有词道："啊哈哈一五一十挂金桥，问你长官饶不饶，一五一十挂金砖，问你长官宽不宽。一五拿一十……""哈哈……"大伙围在旁边，欢笑着看热闹。

过了一会，小纵子打够了二十后，停下来叫道："哎！聋子呢？哎哎！聋子呢？熊聋子可听见了？"这时，小亚子装成浑身无力，就像刚睡醒才爬起来的样子——眯着眼，伸着懒腰，打过哈欠之后，用手不住地掏着耳朵，摇头晃脑地拖着长音道："嗯——啊——没——听——见！""哈哈，"大伙一见小亚子那个模样都禁不住大笑起来了。

"哈哈，"小纵子笑道，"哎！嘿嘿，长官，长官，宽不宽？饶不饶？哎，小长官！饶不饶？宽不宽？""哼！"小胖一本正经地叫道，"嗯，哎！熊家伙！尖白脸你这么笨蛋的？连聋子都没听见，怎么饶？怎么宽？哈哈……""那那，"小纵子又问道，"那，小长官！嘿嘿，关几下？关几下？小长官。"小胖这时手背在身后，头低着，迈着八字步，走过来走过去……并且还不时地摸着下巴。"嗯——让我想想，让我想想——啊——嗯——再关三十下！""哈哈……"大伙一见小胖那个小样，不由自主地大笑起来。

小纵子二话没说，又兴高采烈地打起来。"一五一十挂金桥，问你长官饶不饶。嘿嘿，一五一十挂金砖，问你长官宽不宽。一五一十挂金桥……"打完了，小纵子停下来又问："聋子，聋子，哎，熊聋子，可听见了？嘿嘿。""嗯——"小亚子装模作样的，这才慢条斯理地说道，

"嗯，嗯——听见了！""好了！"跃进没等他笑出第二声，立刻气鼓鼓地大叫道，"好了！熊愣头青，熊大肥猪，哼！还有你——熊尖白脸，等我下排逮到你的，哼！"大伙一见跃进那气急败坏的样子，笑得可就更厉害了。

此时，天已上黑影了。大伙都不想玩了，而跃进却一个劲地叫道："来！来来！""哈哈，"大伙一起大笑道，"不来了，不来了！天黑了，不能来了。""看不见了，怎么来？""哪黑哪了？"跃进上哪愿意，非得要来，急忙大声争辩道，"哪黑了？没黑！能看见，能看见！再来，再来……"大伙不听，反而蹦跳着，迈步往家走去。"好好！"跃进见无可挽回，气狠狠地叫道，"哼哼！哪黄子明天要不来啊？哼哼！"大伙也不搭理，只顾欢笑着往家走去……

这时，广播里正唱着："吴香的宝，哎哎的哎，被一阵大风，刮得个渺无踪迹。"

晚风吹来，树叶发出刷刷的声响。它们仿佛很高兴似的，接连不断地欢笑着。一些飘落在地上的枯黄的树叶，默默无闻地躺在那儿，不仅毫无怨言，反而快快乐乐，无忧无虑的——以提供给树木明年的粮食。

卷六 天凉也得渐渐地凉

篇一 玩也要商量

秋忙假里的一天早晨，太阳虽然升得老高了，可还是有点儿凉。天空蓝蓝的，云儿白白的，很是可爱。下面呢，枯黄的树叶落得遍地都是，这，就给大地披上了一层金黄色的外衣。偶尔，一阵风刮来，树叶儿欢笑着，在地上不停地打着滚儿，就像顽皮的孩子。

早饭后，孩子们聚在小毛蛋家后面的大路上，正商量着玩什么，怎么玩。

小亮跺跺脚上的小耐克鞋，接着又把蓝色带黑条子的运动裤，往上提了提。"乖乖，天还怪冷呢！哎哎！今个咱这样，先玩克橄，后来克房，傍晚打卡片，末了，上西边苹果园里找苹果吃啊！嘿嘿，乖！我这嘴，还怪馋的！啧啧……”小亮说完，不住地咂着嘴。“不好！”弯着腰正系鞋带的小群嘀咕道，“不好不好！乖乖，还规定时间玩，算个熊！咱们想怎么玩就怎么玩，多自！熊胆小鬼胡扯一气！不好不好。”“嗯嗯，”小凡紧接着说道，“飞毛腿说得对！哎，胆小鬼，你还想吃苹果？嘿嘿，我说一把火，你把脸伸过来，让我抹两耳巴子，咱给你苹果吃。”“哈哈……”大伙听了，一起大笑起来了。

小亮一见小凡弄得他难堪，气得大叫一声：“啊！”一招童子拜佛，直扑向小凡。“哈哈，”小凡见状大笑道，“你个胆小鬼，再加上一把火。”嘴上说着，一个白鹤亮翅，轻巧地躲了过去。小亮一招扑空，哪肯善罢甘休。“呀！”一声大叫，又要往上扑。一旁的铁蛋伸手一把拽住小亮大笑道：“别打了！哈哈，你两个小毛妖，别打了，别打了。赶紧玩克橛啊！一会儿家里大人看见了，想玩也玩不了了。”说完，大笑着，拽着小亮就走——去拿橛和小短棍去了。

其他伙伴们说笑着，自由结合，成双成对地去了……

篇二　克橛

第一节 怎么克橛

如今且说孩子们纷纷忙着玩克橛……他们有的找到了伙伴，有的没找到伙伴。找到的就来，没找到的就看热闹。

花开两朵，咱们且表一枝，单表这两位大人物——小纵子、不多。

“走！不多，俺俩走克橛吧？”小纵子说完，笑嘻嘻地看着不多。不多呢，也不吱声，不由自主地就跟着小纵子玩起克橛了。

小纵子把橛和小棍拿来，找一块地方，用橛尖画起克橛图来……

克橛也怪好玩的，你道怎么克橛。且趁小纵子画图的功夫，我来请小大人来喜来给你说明一下，并请结合下面的克橛图——也就是小纵子正在画的，再加上注解，也许你就会知道。

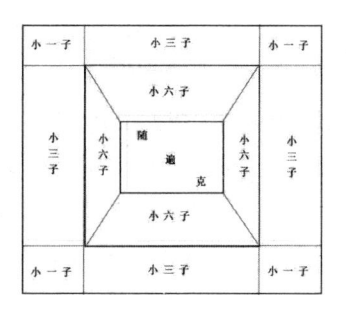

小一子	小三子	小一子
小三子	小六子　随 小六子　便　小六子 　　　　克 小六子	小三子
小一子	小三子	小一子

克欟图

何为克欟？尤其是怎么来克欟了。学会了，你也不妨玩一玩。这对你我他，我想多多少少，总是有点益处的。

"嘿嘿，注意啦！"来喜笑着介绍道，"克欟的规则主要的有这么几条：第一条，线外是小一子。能克一下，且只能克一下。多克，让人家。接到把；接不到把，都行。接到把就是指，当你把欟克起来后，手里的棍必须啪的一声打倒欟，这才称为接到把。否则为接不到把。第二条，线内的小一子，和线外的小一子一样。唯一不同之处就是线内的必须得接着把；不然，就让人家。第三条，线内的小三子，小六子，要分别克三下，六下，不能多克，只能少克。嘿嘿，谁愿意少克呀！而且，在克第一下的时候，就得接到把，并且，还得把欟打出线外。否则，让人家。第四条，线内当中那个地方——随便克！但有个条件，就是在克第一下的时候，就得接着把，并且还得打出线外。不然，一边站着去——给人拾欟。打出线外后，才是正的随便克——想怎么克就怎么克，想克几下就克几下，接不接到把都行！第五条，在线内，只要棍碰到欟的，那就是一下子，不能再克了，让人家，为什么呢？因为你碰到欟了，却没有打出线外。在线外，不论何处，都是小一子。只要棍碰到欟——哪怕是只沾到一点点，也不能再克了，只是还没"死"。搁到线上，那就"死"定了，让人家。没搁到线上，那你就活着。看欟在哪了——在线外，是小一子。在线内，是小几子就是小几子，你再接着克。第六条，一三六，及中间的那个随便克，都经过了，且是后克的，那他就赢了。若是先克的呢，那你还有老本。老本这一次仍然没有全部完成任务的，那你就输了。全部完成了呢？不输不赢，从来。输了就算了吗？想的，得受到严厉的惩罚。至于如何惩罚，那你们到时候再看吧；我这会不得闲。嘿嘿，拜拜了！走，大老黑，俺俩走克橛！"

看到这儿，啊，亲爱的读者，不知道你对来喜的介绍是否满意。也许你还不太明白；也许你早明白了；也许你早已着急起来，想急切看看小纵子与不多俩的战况如何。既然如此，那咱们现在就回到小纵子和不多身边，来看看……

第二节 尖白脸轻易取胜

这会,不多把手中的短棍撂上去,下来接住。又撂上去,下来接住……不停地撂着，接着。小纵子呢，弯着腰，腚撅着，正在画图。

一会儿，把图画好了。小纵子笑着道："不多，嘿嘿，咱兄弟俩不用客气，谁先克都一样。""嗯，对！你先克，我、我、我、给你撂。""你先克，你先克，我来给你撂。哎！"小纵子叫道，"你先克，别啰唆了！不多，你先克，我来给你撂。哎！不多，小大人编的那几条规则，你也知道。快快快，你先克，咱现在正式开始！"小纵子说完，手一扬，把橛撂给不多。不多手一伸，接住，来到图边，也不再客气，把橛往上一抛，手中的短棍便向橛打去。只听得啪的一声响，橛被打得远远的。"哈哈……"不多鬼得大笑起来了。小纵子忙跑去拾橛——往图跟撂。两人可就大战起来了……

不多劲大，对克橛没什么窍门，也不怎么精通，有时他不是接不到把，就是劲小了克不出去；或者劲大了，却没打倒橛，只在地上留下一个深深的凹窝窝。

此时，不多好不容易撑到小六子时，却没把橛打远——离图仅仅只有三四步远。不多心想："毁了毁了，这下非'死'不可。唉！早知道使点劲就好了，唉——"小纵子一见，高兴极了！心想："嘿嘿，不多不多，这下你可真的不多了。哈哈……"只见他拾起橛，拿着橛尖，一边轻轻地往线跟撂去，一边连连大叫道："死了，死了！"小纵子本打算让橛压在线上的，那样不多就完了。可这下傻眼了——哪料想事与愿违。那橛咕溜溜……竟然一下子滚到当央那个随便克里去了。不多一见,哈哈大笑,连讲话也不结巴了:"哈哈,好好!"小纵子没有法,只好说:"你别鬼!哼哼,不耽乎接不到把;一接不到把,哼哼,你可就倒霉了。"不多一想,也是。因此,那是十分的小心谨慎,还得加上十二分的仔细。

不多这会也不知是怎么弄的,也许是太紧张了吧。他的手有点儿颤抖,腿还有点儿打哆嗦。手一抖,坏了大事,手中的短棍,正巧一下子碰到了橛尖。小纵子在旁边,正提心吊胆地看着,大约仿佛是没看见,也许……而只微微碰着一点橛尖的不多,忙转过身来,弯着腰,撅着腚对着小纵子——挡着他的视线,企图遮挡过去。他正要再克时,小纵子对着不多的屁股,啪!就是一巴掌,同时尖着嗓子大叫道:"我叫你使坏!还克?我看到你手上的棍碰着橛尖了——你怎么还想克?"不多正想分辨,可嘴里就是说不出话来。"我、我、我……""我、我、我,我什么?我什么我?嘿嘿,熊结巴。"小纵子笑着又道,"我看到了,得没说的——得有意装作没看见不说的——看你可克?谁知你还真克起来。坏蛋!嘿嘿,小小的毛妖,还能逃脱俺老孙的火眼金睛。哈哈……"不多见是逃不了了,只好讪笑着,嘴里嘟哝道:"嘿嘿,小、小、小气鬼,让、让我一下又碍、碍、碍什么事?"说着把手中的短棍,向小纵子这儿撂来。小纵子一伸手,小棍就到手了:"哈哈,该我了!看俺老孙的!"

一到小纵子,不多可就倒霉了,那是非输不可。小纵子多厉害了——对这个简直可以说,是想怎么玩就怎么玩。

这会儿,不多心里后悔起来,心想:"唉!我也不知哪一股子劲,怎么想和他一块来这个,唉!乖乖——早知道不给他来就好了。这下毁了,唉!早知……"但是,世上没有卖后悔药的……

小纵子,此时好像看透了不多的心思似的。"哎,不多,嘿嘿,那个,你要是自己认输了呢,我就罚轻点。哼哼!让我费劲赢了你,那会再想让我饶你。咳咳,那是鸡蛋吹喇叭——没门!嘿嘿,不多,你看怎么办?"他边说着,边不停地转着小短棍,还边不时地看着不多。

不多一想,也是,好汉不吃眼前亏,大丈夫能屈能伸,不如认输吧——还少吃点亏。想到这,不多道:"认、认、认、认输、输……"

一认输，惩罚自然就来了。怎么惩罚啊？这样的——把橛放在图跟前，赢者用短棍把它打走。视关系的好坏，而打得远近。输者从图跟跑去拾橛。去时，嘴里必须得不断地说着"苦"字儿；来时，嘴里必须得不停地说着"甜"字儿。若违反，那就对不起——加重处罚。

这下不多认输了，且看小纵子能否履行诺言。"嘿嘿，"小纵子笑道，"好好，这还差不多！嘿嘿，我给你打近点。"说完，把橛放在图跟前打起来——还真没打远。不多心想："哼！小尖白脸，等我哪会逮到你的。哼！到时候，看我怎么治你。嘿嘿，笨蛋，要是我，我非得给你打得远远的。哼！我才……""快去拾！熊结巴，"小纵子大叫着，"还搁那儿愣着？熊家伙！""噢！"不多回过神来，忙答应一声，一边跑嘴里还一边不住地说着："苦——""小纵子欢笑着，跟着跑。哎，他怎么还跟着？监督——怕不多投机取巧，不说"苦"字儿。不多拾到橛后，稍微停顿一下，又忙往回跑，嘴里不停地说："甜！"

这时，其他伙伴们和他俩差不多，都在叫喊着，玩得正欢！就像被风吹得满地乱滚的树叶儿那样，快乐自在。

卷七　天凉好个秋

篇一　打卡片

第一节　胆大鬼嘲笑愣头青

一天早晨，红彤彤的太阳刚露头，大地可就变了样，到处都是一片火红色，孩子们的头、脸、身子，仿佛被镀上了一层红外衣，变成了一个个小红孩儿。

毕竟是中秋的天气了，又是早晨，还真怪凉快的。聚在连收家后面路上的孩子们，想玩什么呢？这个说来玩圆三好，那个说来玩捉打豺狼官，一个又说来跑葫头，另一个说来克橛……

大伙七嘴八舌，意见不统一，纷纷乱嚷着。正在此时，小胖大叫道：

"哎对了！走走走，来打卡片！""哎对对，哈哈，"大伙一起叫道，"走打卡片去！哈哈，打卡片好玩！走走走，打卡片去！"大伙忙跑回家，取卡片。

卡片是个什么玩意儿啊？所谓的卡片，就是用两张纸叠成的。怎么叠呢？这样叠的——把两张纸各自对折后，一纵一横放在一起，外边折成三角形，然后再往中间折叠起来，这样便成了卡片。有花纹的一面为花；无花纹的一面为白。来时，只要把花打成白，或者把白打成花，就赢了。谁赢了，那卡片就归谁。

大伙把卡片拿来之后，贴在地上。打皮啾，分出一二三四……可就依次打了起来了。会玩的都玩起来了；不会玩的，不想玩的，都跟着坐山观虎斗——看热闹！

此刻，小东头将。他拿起卡片刚要打，小亚子就叫道："咳咳，先打不好——卡片刚贴在地上，跟爬地虎一样，一点缝儿也没有。嘿嘿。"说到这里，他带着讽刺的语气嘲笑道："也许你胆大，能打过来几个。"小东翻眼瞅了一下小亚子，没吱声，只是摆弄了几下手中的卡片，之后，立即动手打了起来……

打到末了，巧了！谁的都没打起来，偏偏把小亚子的打过来了。"嘿嘿，"小东拿着小亚子的卡片，对他晃了晃，又晃了晃，嘲笑道："哎！嘿嘿，愣头青，你不说起头不好吗，哎！怎么你的卡片到我手里了？哈哈……"小亚子看着他，一时哑口无言。

二打是铁蛋，他劲大，可摸不清打卡片的窍门。不过，也赢了两三个。

三打是连收，他只打过来一个。在打到小纵子的卡片时，那卡片连连翻了好几个跟头，还是没打过来。小纵子见状大笑道："好好！我这卡片有多好啦！哈哈，大肚子，你上哪能打过来。嘿嘿，俺那上面有定住石。看你怎么打，都打不过来！嘿嘿……"

四打是小群，他也怪会打，赢了三四个。就是在打到小毛蛋的卡片时，才好玩——眼看就要过来了——小群都弯腰去拾了。可不知怎么的，那卡片又翻回来了。"哎乖！"小群叹了口气，有点不好意思地直起腰来。"哈哈，"小毛蛋见此情景大笑道，"该的，该的？还没打过来就想去拾？"

接着，小凡、小丁、跃进、小团、小常、来喜、小黑、毛眼子、小胖等人依次打。他们有的赢，有的输，有的只输不赢，有的还……

第二节 尖白脸技压群雄称老大

众人都打过了，最后一个打的是小纵子。只见他拿着卡片，大叫道："你们，嘿嘿，你们还逞能吗？都不要逞能！一个个都是大笨蛋、小蠢猪。哈哈，看我的！""看你的？看你怪俊！嘿嘿，"小毛蛋立即大叫道，"尖白脸，别逞能！你把你那小裢纽子扣上，不要想投机取巧。嘿嘿，我这卡片上，有这儿的土地神压着。"话刚说完，其他伙伴们都一起跟着，高声叫喊起来了。

小黑叫："尖白脸，别要能！哈哈，我这卡片上有猪八戒压着，嘿嘿，你别想打过来。"小亮接着喊："啊！我这卡片上，有三头六臂的哪吒三太子压着。嘿嘿，尖白脸，你想打过来，那是坐飞机吹喇叭——想得怪高了！哈哈。"哎！小亚子又跟着叫道："熊尖白脸，你不知道，我这卡片上有，有齐天大圣美猴王压着。哈哈，你上哪能打过来。做梦去吧！哈哈。""哎，尖白脸！"小常又跟着叫道，"你别忘了，我这卡片上，有金眼毛遂压着。你要是能打过来的话，除非太阳从西边出来！"小纵子还没来得及张嘴，铁蛋又大叫道："哎！尖白脸，我这卡片上，有驼头金碧峰压着。哼哼！你要能打过来，我、我、我、我就不要了！""哈哈，"大伙一听，顿时一起大笑起来了。

小纵子又想张嘴还击，"呵呵，"来喜笑道，"你别忙！尖白脸，我这卡片上，有红光老祖压着。尖白脸，你想打过来，那是鸡蛋吹喇叭！"来喜话音未落，毛眼子就笑道："嘻嘻，尖白脸，本大人的卡片上，有观音老母坐在上面。你要能打过来，哼哼！我就夸你能了。""哈哈，"小胖接上大笑道："过去吧！小好吃鬼，哈哈，哎！本帅的卡片上，有二郎神压着。哈哈，尖白脸，尖白脸，你脸再白也不过来！""对对！"小凡大叫道，"本大人的卡片上是如来佛坐着！嘿嘿，尖白脸，你就是成尖黄脸，也打不过来！""啊，都别喘了！"气得一蹦三尺高的小纵子，终于瞅准时机，举手大叫道，"你们可都看见了，我这是什么？我这卡片，是飞毛腿导弹！俺乃柳家湾打卡片第一高手！嘿嘿，不管你那上面有什么压着，我都给你拿过来！"小纵子说完，把手中的卡片卷了卷，往地上一摔，用脚使劲跺了几下，腰一弯，手一伸，拿起卡片，啪！可就打下来了。

先捡好打的打……好打的全拿过来后，紧接着又打不好打的……他就跟玩似的，卡片就翻了身儿。没有一点缝隙的卡片，只见他的卡片往那旁边一贴，那卡片就好像有人用手翻似的，便过来了。

啪啪啪……不多久，小纵子就跟玩魔术一样，又跟有神人相助似的，全部打过来了。

大伙这下可都傻眼了，还没来得及说话，小纵子早大笑起来："哈哈，怎么样？怎么样？嘿嘿，牛死不是吹的，火车不是推的，你们鼻子不是木子刻的。嘿嘿，怎样怎样？这下该服了吧！"小纵子高兴得仰天大笑。

"呀呀——"大伙都气得呜呀呀乱叫。"再来！哼！再来，再来！"孩子们说着，又掏出卡片，正要往地上贴。"哎快跑！"跃进拿起卡片边跑边叫道，"快跑快跑，大人来揍了！快跑快跑，哈哈……"大伙转脸一看，果然不假，小黑爷正往这跑来，手里还拿着根柳条子。大伙忙拿着卡片就跑。"哎哟，还真的！"小黑爷骂道，"哼！这些小老丈孩子，连饭也不知道吃！打卡片也不嫌冷了，也不嫌累了。叫去剥大秫秫（玉米），又冷了，又累了，哼！"

篇二　瞎子摸鱼

孩子们回到家，免不了挨顿训斥。可怎么弄，还得给饭吃。早饭时候的柳家湾，不时传来鸡鸣狗叫声，牛嚎猪喊声……

早饭后，大人们忙上地里干活去了。孩子们有的也被带去了，可大多数，还是留在家里看场，剥玉米，晒玉米什么的。就是那些被带到地里的，还没干一会儿，就急了，又嫌热了、渴了、累了。孩子们的那个样子，大人们见了，还不够生气的。于是，也就不怎么去管了。留在家里的，自然偷偷摸摸地又聚在一起，想点子玩。至于早晨挨吵的事，孩子们是这耳子听，那耳子扔，全当耳旁风，早忘到九霄云外去了。

来喜家场上,大伙聚在一块,刚要玩指星过月。小亚子就叫道:"不行不行,那算啥!一点也不好玩。""哎对了,"小毛蛋叫道,"那个那个,还不如玩瞎子摸鱼呢?!""哎对!对对!玩瞎子摸鱼,玩瞎子摸鱼!"孩子们欢笑着,叫嚷着,一起赞成。

"来,来,来!"小群自告奋勇道,"我来当瞎子!""好好!快来!"大伙欢叫着,忙找来一块蓝手帕什么的,把小群的眼睛裹得个严严实实。

"哈哈,"小黑一见小群那个样,就大笑道,"哎!臭小子,摸吧!哈哈。"小群一听便昂着头大笑道:"啊卷毛兽,我是个假瞎子,可你呢?成了驴了!哈哈,我看这改成瞎子摸驴吧。"大伙一起大笑着,玩起来了。

逮鱼得浑水,浑水才能摸鱼。当然,孩子们都懂得此理。于是,大伙欢笑着,在小群的身前身后,身左身右,可就戳捣开了。这个拍拍头,欢笑着逃了;那个摸摸腚,欢笑着,跑了。你给小群一锤,我给小群一脚,他又来一拳。你推一下,我捅一下,他又捣一下……孩子们哈哈大笑着,跑开了又回来……在小群四周不停地欢闹着。不过,这些动作可都是轻的。要不然,能把小群变成一个真瞎子呢。

孩子们在抓挠、戳捣的同时,还一起乱嚷着,大笑着,欢唱着不停。

"哎,飞毛腿,我在这儿!哈哈,来呀来呀!"说完,小胖轻手轻脚到跟,对着小群的后背戳了一下就跑。"嘿嘿,笨蛋,臭瞎子!你哥我在这儿呢。你面前不是吗?哎呀!哈哈。"小丁说完,蹑手蹑脚到跟前,轻轻地赏了他一脚,欢笑着跑了。"哎哎!臭瞎子,快来快来,快来抓我呀!哈哈,我在你后边呢。"连收在后边说着,跷着脚,来到跟前,摸了一下小群的头,大笑着转身跑开了。小纵子呢,则极力忍住笑,屏住呼吸,蹲在小群后面。小群呢,却一点也不知道……

大伙一起闹着,笑着,拍着手,晃着脚,边扭着边唱着:"哎嗨哟,咿嗨哟,抓个毛眼炒豆吃!哎嗨哟,咿嗨哟,抓个毛眼炒豆吃!哎嗨哟,咿嗨哟,咿咳……"

再看小群,先前他是乱窜乱跳,大笑着,伸开两手,乱摸一气,不用说,他定是摸不到一个。不一会儿,就被大伙戳捣得顾头顾不了腚了。后来呢,就跟喝醉酒一样,东倒西歪的——南一头,北一腚的。四下里乱转着，踉踉跄跄的，由不得他了——身子仿佛不是他的似的。最后，小群累了。同时也镇静下来了。只见他站在那儿，双手合十，嘴乱动着，如和尚念经的样子，一动也不动，任凭大伙闹。可是，他的两个小耳朵，却在集中所有的精力，仔细地认真地听着……

大伙见了，都在旁边，虚张声势地大叫着，欢笑着，乱嚷着就是不敢上前去——这会谁要是上来，无异于自投罗网。可偏偏遇着跃进这个小放屁虫，他不管这些——从小群身后，蹑手蹑脚往跟前凑……到跟前后，上去就想去打小群一下子。但是，再小心也有点响动。况且，小群聚精会神，全神贯注地正等着鱼儿上钩呢。

此刻，小群已感觉到身后有动静了，但他仍按兵不动。跃进到跟前，刚要伸手，说时迟那时快，小群立即猛一转身，往身后有响动的地方一扑，一下子扑倒了跃进。哈哈……大笑着，俩人滚在地上。跃进挣扎着，还想爬起来跑，可上哪跑？被小群拽得死死的，只好束手就擒。小群大笑道："小毛妖！还想跑？嘿嘿，我看你往哪里逃走！"四周的大伙见了，早笑起来了。笑声中，跃进又变成瞎子了。

一轮到跃进，大伙又在他身前身后，身左身右，戳搗着，闹开了……

"哈哈，这儿呢，这儿呢，你哥我在这儿呢！""哈哈，放屁虫，我在你身后呢！来抓呀——""这了，这了！""嘿嘿，这不是吗？这不是吗！""哈哈，哎呀！你个熊家伙，耳子怎么不尖了呢？""啊！哈哈，哎嗨哟，咿嗨哟——哈哈，抓个毛眼炒豆吃！哎嗨哟，咿嗨哟，嘿嘿，抓个毛眼炒豆吃！哎嗨哟，咿嗨……"

跃进也受过一番苦头，好不容易才逮到个"替死鬼"脱身……

时间不太长，孩子们渐渐地又玩厌了。

篇三 一铜锤

话说孩子们这会儿对瞎子摸鱼，又有点玩厌了。可还是正在玩着，只是兴致不如先前那样高了。

正在这时，小纵子大笑着，一溜烟跑来。"哈哈，哎别玩瞎子摸鱼啦！来玩一铜锤吧，啊咱们来玩一铜锤吧！"这个建议，正合大伙心意。

于是，大伙纷纷乱嚷着。"哎，对对，哈哈，来一铜锤，来一铜锤！"

连收这时大叫道："哎！熊尖白脸，刚才你死哪去了？怎么任哪都找不着？"小胖也跟着叫："尖白脸，你个熊家伙！你不玩瞎子摸鱼，熊尖白脸！正玩着玩着，你死哪去了？啊？熊尖白脸，上次来跑葫头，玩着玩着，你跑没影了。这次你又跑了，跑什么家伙？哼！""哈哈，呵呵，嘻嘻，"小纵子嬉皮笑脸地说道，"对不起，对不起！大肥猪，大肚子。听人说你俩早晨没吃饱，本大人刚才给你俩'做饭'去了。""胡扯！熊家伙，"连收没转过来弯，立即大叫道，"哎！做饭？熊尖白脸，你会做什么饭？""哈哈……"大伙听了，大笑起来了，大伙一笑，连收一下子明白过来了，忙和小胖俩上去要揍小纵子。可是，小纵子大笑着，忙躲到铁蛋身后。铁蛋大笑道："哎，算了，算了！谁叫你俩笨蛋，没听出来的？！哈哈，算了，算了！来来，来吃一铜锤吧！"二人一见是铁蛋在劝说，也只好算了。

于是，孩子们三个人一伙，玩起一铜锤来了。这个，也是谁想玩就玩，不想玩的就站在一边看热闹。

小亚子、小丁、小凡三个人一块玩。小毛蛋、小东、铁蛋三个人一起玩。小团、连收、小纵子三个人一块玩。还有三个人一块的，不必讲了。

打过皮瞅，逮到老末，便开始玩起来了。小毛蛋、小东两人，一手掌托着铁蛋的两手，另一手对着他的手掌，可就打起来了。两人边打边做动作边齐声大叫道："一铜锤！"说完最后一个字，小毛蛋、小东二人用打的手，握成"锤"样，往铁蛋脸前一亮。马上拳回来，又边打边大叫道："二钢叉！"说完叉字，二人马上又用打的手，把食指与中指张开，组成一个"叉"样，又往铁蛋脸前一亮。拳回来，又边叫着边揎……

铁蛋这边说到二钢叉的时候，那边小亚子一组已说过了。小凡、小丁边打着，边大叫道："三零零！"说毕，二人忙把大拇指与食指，弯曲着连在一起，成"0"形样，往小亚子脸前一聚对。拳回来，又边揎边大叫道："四毛八！"说完，二人忙把大拇指与食指张开，组成一个'八'字样，又往小亚子面前一聚对。拳回来，又边打边大叫着……

哎，细心的读者也许会问，他们打过后，为什么要把自己做的动作，往被打者面前聚对呢？啊，问得好！看看下面就知道了。

其他组都大叫着，打着，玩得正热闹。而此时的连收这一组，正大声争吵着。"白孬蛋，白孬蛋！"小纵子尖叫着，"大肚子，不要孬蛋！我亲眼看见你把四毛八比成这样的。"小纵子边说着，边把食指与中指张开，连连晃着，给围观的伙伴们看。"你一下子比成二钢叉了，比错了，你还赖什么？白赖蛋，白赖蛋……"

呵，原来，这是来一铜锤的规则之一。打的人，动作做错了，马上就得变为被打者。

"是的，是的，"连收见混不过去了，忙忙连连说道，"是的，是的！尖白脸，你鬼嚎什么？咱大人不见小人怪，宰相肚里能航船。哈哈，尖白脸，我就让你一排，又能怎么样？嘿嘿，我知道，你挨捋急了！哈哈……"

小纵子一见连收承认了，也不还言，逮到他的手，就和小团捋起来。二人笑嘻嘻的，边捋边做着动作。"一铜锤，二钢叉，三零零，四毛八，五老头！嘿嘿。"二人笑着，把大拇指竖起来，往连收前一比划。连连晃了几下，之后，才回来。又边打边说，"捋胡子！哈哈……"说笑着，二人的手不去比划了，而是用手掌，从自己的下巴上往下抹了一下。收回来，又边捋边叫道："济公济公，对上吧！"说毕，二人用手指组成以上五种动作，或图案的任一种——看看是否一样。若一样，便对上了——这一排也就结束了。要来，就再打皮啾。若不一样，那还得边打边说边做动作。"济公济公，对上吧！济公济公，对上吧！济公……"什么时候对上了，什么时候为止。

"嘿嘿——"小纵子、小团二人笑嘻嘻地说了半天——"济公济公，对上吧！济公济公，对上吧！济公济公，对上吧！"这才对上。

再来看看小亚子那一组，此刻，小亚子、小丁两人又打起小凡来。二人边打边做动作边说："一铜锤，二钢叉，三零零，四毛八，五老头，捋胡子！哈哈，济公济公，对上吧！"

孩子们欢笑着，正玩得有劲。来喜这时忽然大叫道："哎，别玩了别玩了！天快晌午了——大人快回家了，会看见，又得挨骂。"小亚子玩得正有劲,一听来喜这样说,上哪愿意,来喜的话音还未落,他就大叫着反对道:"哪了哪了?天还早着嘞!再来!小大人净会胡扯,别听他的,再来!"小凡看了看太阳,一本正经地说:"嗯!天真不早了。愣头青,听!广播都响了——下午再来玩吧。""哎,对对,"小毛蛋叫道,"天真快晌午了。那个那个,下午再来这玩吧,哪也别去!""嗯嗯,行行。"大伙一想,于是,你东我西他北,欢笑着跑向各自家的场上去了……

白亮亮的太阳,挂在正南偏东点的天空上。秋风吹来,枯黄的树叶纷纷往下落。广播里传来那欢快悦耳的歌曲——我们的家乡,在希望的田野上……

篇四 克房

第一节 争着说,抢着讲

下午,孩子们等大人下地干活去了,又都迫不及待地到来喜家场上玩。

大伙玩了一会瞎子摸鱼,厌了。又玩打卡片,还没打多长时间,烦了。又玩一铜锤,才玩两三排,不知怎么的,又不想玩了。

这时,早玩够了一铜锤的小亚子大叫道:"哎不玩了,不玩了!不玩一铜锤了,哼!什么一铜锤两铜锤的,还不如咱们玩克房呢?""哎对!对对!"大伙一听纷纷赞成。

于是,大伙忙着找瓦,画房……

克房这种游戏与玩沙包子,小同大异。玩沙包子太复杂了。不知怎么的,也许是女孩子太聪明了,因为她们都喜欢玩沙包子,而不肯玩克房,男孩子呢,则恰恰相反,都喜欢克房而不肯玩沙包子。用萝卜青菜,各有所爱这句话来解释,恐怕难以服人。那么,这该如何解释呢?各位亲爱的读者,是你们的事了。因为,我说不清楚。

在以上的篇幅里,每遇到一个新的游戏,几乎都是我本人出来,亲自解释。也不知各位能否明白,会不会玩那些小游戏。我以为这种方式,也不见得有多好。我想这次就改变一下,让孩子们自己来给您解释一下吧。我给各位亲爱的读者,献上我亲手画的克房图,并略说一下克房。

克房的规则是这样的,克房得四个人才能玩,两人一组,自愿结合。何为克?单腿跳跃为克。谁先完成那几个步骤,谁为赢。这个没有惩罚,不像老圈十二洞、克橄等游戏。行了,现在,咱们还是来看一看,听一听,孩子们是如何来解说克房的吧。

自由结合好的孩子们,分好头后,忙着画房,不玩的呢,就在旁边观战看热闹。

备房	小八子	备房
克或蹦	小七子	蹦或克
小五子	小六子	小五子
小四子		小四子
小三子		小三子
小二子		小二子
小一子		小一子

克房图

小亚子、小常、小黑、小亮画好房后,正要开始。"哎哎!愣头青,我对你说,瓦压线就为了……"小亮这一句话还没讲完,就被小亚子打断了。"你望你个小样,还要你来给我讲规矩。嘿嘿,假的,假的,假的什么?假得不得了了!"小亚子把双手往腰间一卡,头昂着,眼斜着,轻蔑地看着小亮,紧接着又趾高气扬地说道:"嘿嘿,胆小鬼,你也尿泡尿照照你的影子,哈哈,井里的癞蛤蟆见过几天世面,也来给我讲。嘿嘿,还要你讲,俺早知道了。""这么能的!熊愣头青。"小亮气得手指着小亚子,半天才说话。"熊家伙!你知道还有旁人不知道呢。哼!哼哼!""对对,嗯!讲讲讲。"小黑在旁帮着小亮。"哼!能得头上长好长疙了。"小亮愤愤不平地接着说道,"哼哼!呵呵,这得四个人玩,两人一头,谁先克都行,只讲你两头人愿意,不愿意就打皮啾,呵,到小七子时,得一个克,一个蹦。到头后,不管克还是蹦,都得把瓦盖实,不然为了。哎,还有……""还有,还有胆小鬼!哈哈,"来喜在旁急忙接上大叫道，"听我讲，听我讲！哈哈，你过去！一把火，听我讲！呵，不管蹦的，还是克的，都得把瓦盖实，不然就完蛋了。一个盖实了；一个没盖实。那盖实的，能回来救你一下子。能不能救活，看你的本事。呵，小八子是背房。背房，背房，就是背对着房，把瓦往房里撂。撂外边，瓦压线也不能活；没撂到自己房里就'死'了。一'死'了，都'死'了。这个没法救！背房留该的？哈哈，背房背房，背房背房，就是准备留搁里面歇歇的。哈哈！""过去，过去！小大人，你一边歇着去！哈哈，"小毛蛋大叫道，"听我讲听我讲！啊背房背到别人房里，你就完蛋了！连你一头的也完蛋了。都完蛋了，那就让别人克；都没完蛋呢，你就接着克。不过不从小一子开始，哎！""行了行了！你都可крат？！"小常大叫道，"哼！玩玩玩，赶紧玩，赶紧玩！再不玩，一会天就黑了。"孩子们欢笑着，玩起来了。

小亚子、小常对小黑、小亮；来喜、铁蛋对小纵子、小毛蛋；连收、跃进对小凡、小丁……眨眼工夫，孩子们就纷纷大战起来了……

第二节 大伙一起上战场

上一节说到孩子们一起玩克房。一人之口，难说众人之事。因此，其他人都不说，咱们来看看小亚子、小亮这一组的战况如何。

小亚子、小常俩先克。小常对此不太熟悉，使得小亚子非常谨慎，怕他完了，好去救他。

克着克着，小常一下子把瓦克到线边边了。"哈哈，"小亮一见，大喜过望，大笑着忙跳过去扒巴子，扒巴子？扒巴子就是：当克的人把瓦克到线边边之时，对方人过去，把手指压在线上，鼓起手背。克的人之脚，或瓦不能碰到手，一碰到就不能克了，得让同伴来救。若能救活，当然还能接着克；若救不活，则让对方。

此刻，小亮的手鼓在线上，严阵以待。小常呢，一会儿就急了一身汗，可还在拼死硬撑着。"行了行了！胆小鬼，别扒了别扒了！熊家伙，都那么远了，还扒？""远个屁！嘿嘿，"小亮蹲在那儿，抬脸看着小常笑道，"别扒了？神弹子，不扒不太便宜你了！嘿嘿。"小常没法，只好耐着性子,用脚尖一点一点把瓦扒回安全地带——直到离线远了,小亮才不扒。

到小三子时,小常用劲太大了,一下子把瓦驱到小六子里了。小黑一见忙大叫:"了了!了了!哈哈。""哪完了!哪了?"小常忙大声争辩道,"熊卷毛兽,胡扯!哪了了?"说着,他往地上连连吐了好几口唾沫子,接着又叫道,"赖蛋赖蛋!你先把我'油'喝起来。哼!熊家伙,这么赖蛋的!"

小常接着克起来,克到小五子时,小常的瓦压线了。"哈哈,这下了了!"小黑大笑道,"这下了了!嘿嘿,愣头青,来救神弹子吧。"小亚子克回来,把瓦扔到小常房里,来救小常。一会儿不要,就把小常救活了。"嗯嗯!嘿嘿,"小亮在一旁称赞道,"你别说,愣头青这家伙,还怪可以的!还真把他给救'活'了。"

背房时,小亚子、小常俩人的运气都不好——一个压线了,一个撂到房外了。这下,可真是全完了。

小黑见状大笑道:"快滚过去吧!哈哈,看俺俩的!"说笑间,小黑、小亮二人飞快地克起来了。

小亮克得比小黑快——每次回到头时,腿都不敢放下——怕小黑了了,好救他;腿要一放下,他要完了,想救也救不成。所以,小亮的腿一直不敢放下。确实,小亮还真有先见之明,救活了小黑好几次。

时间不长,就背房了。嘿,他俩的运气都怪好——小黑背的是小四子,小亮背的是小二子。和先头来一样,二人接着又克起来……

到小四子房歇时——把腿放下来歇歇——只有背过房的人才有房歇——小黑大模大样的,在里面歇了老会还不走。"哈哈,"小亚子见状忙跳过来大笑道:"好家伙,歇那么长时间还不走?!你可走?熊卷毛兽,再不走,我就打狗腿了!"说完,举手就要打。"哎哎!"小黑见状,吓得尖叫着,欢笑着,忙一腿离地,弯曲着来克。"哎!我克我克!"

拿着瓦回来时该房歇时,不知怎么的,小黑一下子忘了。"了了,了了!哈哈,"小常笑着大叫道,"没房歇!卷毛兽,你完蛋了!"而已到头了的小亮的腿,偏偏又搁下了——救不成了呀——全完蛋了。

小亚子、小常俩人高兴得大笑不止,而小亮却气得乱跳不止,手指着小黑乱叫道:"你、你、哼!你、你、你,你个熊家伙,头魂掉了?哼、哼哼、哼哼哼!"小黑挠着头讪笑道:"不知怎的,一下子忘了。嘿嘿!""忘了?!吃饭你怎么不忘!吃饭要是忘了才好呢,省得我天天喂你!"小纵子不知从哪儿冒了出来,嘲笑着道。小黑气得二话没说,跳过来就要揍。小纵子那小机灵样,早大笑着转身跑了。他边跑边笑着道:"呵呵,来!卷毛兽,来呀,来呀!"喊完,他又回头,挥手乱招着,装成换猪腔调:"来,卷毛兽!哈哈,哎喽喽喽,喽喽喽喽——"

大伙一见,也都不玩了,大笑着,跟上就撵。这时,汪里的鸭子、鹅,在水里嬉闹着,呱呱叫着。西边的天空中,满天彩霞。广播里传来《步步高啊喜洋洋》那欢快悦耳的乐曲……

篇五 众孩儿欢闹苹果园

第一节 转移

大人们经过了十几天的辛勤劳动,把田野里的玉米都收完了,有的把玉米都砍倒了。黄麻也砍得差不多了。只剩下棉花、白玉,没熟透的大豆等作物,还在地里站着。

大人们的主要精力都放在场上,忙着翻晒大豆、玉米——脱粒。大人们一在家,孩子们可就不大自由了。可是,孩子们的鬼点子多。他们把玩耍的主要地点,转移到田野里去了,还美其名曰,"去割草的"!

第二节 果树园

这天下午,晴空万里,一朵朵白云像盛开的牡丹花似的,悠闲自在地浮在海水般碧蓝的天空中。

孩子们挎着篮子,背着粪箕子,拿着口子、刀、铲,欢笑着奔向着那美丽的田野。

大伙走在路上,说笑个不停。"哎!"小亮大笑道:"咱们到苹果园里割草,割好草后找苹果吃!""对。"大伙听了,一起大笑着赞成,还加快了步伐。

一会儿工夫，孩子们就来到果树园，这个果树园是长方形，有五六十亩地。因为里面的苹果树居多，柳家湾人都叫它苹果园。除苹果树外，里面还有梨树、桃树、杏树等。不过极少。果树都老了，因此挂的果不大多。柳家湾人对它不怎么重视——正准备更新。苹果树、梨树等，长得比大碗口还粗，但并不怎么高。繁茂的枝叶儿，都往四圈长。十来米宽的行距之间，有的栽棉花，有的点豆子，有的栽白玉，有的种黄麻等。以种豆子、棉花、白玉居多。四五米长的株距之间，是原来生产队里栽的金菜，金菜花开的时候，金灿灿的，非常美丽。这会儿，玉米、黄麻都砍得差不多了。棉花呢，开得一片白，人们忙得还没来得及摘。豆叶正变黄着……

第三节 尖白脸智斗飞毛腿

孩子们来到这，时间不长，人们就听得从柳家湾东北角的苹果园里，传来了孩子们那阵阵的欢笑声、叫喊声……

一棵又粗又大的苹果树下，小纵子说道："哎，胆小鬼，你猜这树上可有苹果。""没有！"小亮还没来得及说话，就被树上的小群打断了。说完，小群从树上跳下来，骄横地且斩钉截铁地叫道，"没有、没有、没有，保证没有，绝对没有！要有，我早找到了！嘿嘿，再说了，要有，它可敢不对我说？哼！尖白脸，你还不知道我吗？啊，我的火眼金睛多厉害啦！"小群说了那么多，小团早不耐烦了，没等他笑出第三声就嘲笑道："啊嘻嘻，飞毛腿，这么能的！我看明天赶集买牛肉吧！可对？小丁。""哎，差不多差不多。哈哈！""什么差不多差不多，"小凡叫道，"保证一毛钱一斤，还得饶一斤！哈哈……"

这时，小纵子叫道："哎哎！飞毛腿，你可敢给我俩打赌？""哈哈，"小群的骄横样子，不但没收敛，反而更猖狂了。"怎么不敢？怎么不敢！难道怕你不成，嘿嘿，熊尖白脸，我飞毛腿还能怕你不成？哼！打赌就打赌！你说赌什么吧！不然那个，要有，我给你扇两耳巴子，可行？""不行，不行！"小纵子乱摇着头叫道，"刮你两耳巴子要什么紧？

嘿嘿,让我钻你两下子还差不多。"小群听了,不假思索地叫道:"行行,不过,咱可得打开窗户说亮话,你要蒙不到我,可别怨啊?"小纵子笑道:"行行,蒙不到你,怨我笨蛋!"小群心想:"哼,熊家伙!我处处防着,看你尖白脸能把我怎样。哼!嘿嘿,还有,看你可能在这树上找到——我都找过半天了也没找到。要是找不到,哎……"想到这,他忙着叫道:"哎!尖白脸,要是找不到,怎么办?""随便你!"小纵子好像很有把握找到似的,果断地回答道,"随你便!嘿嘿,咱不会孬蛋!你说怎么办就怎么办。哎,你不要小心眼子多。"小群听到最后一句话后,立即大叫道:"你不要姨乎多。嘿嘿,小尖白脸,想蒙我?鸡蛋吹喇叭——没门!"小纵子眼一瞪道:"疑是怀疑的疑,不是你七大姑八大姨乎的姨!飞毛腿,可听清了?要不要再来一遍?""哈哈,"正在另一棵树上找苹果的小毛蛋见状,大笑道,"哎!你两个黄子,还有完没完?鬼嚎什么?快点儿找吧!你看,嘿嘿,我又找到一个。"小毛蛋说着,把刚找到的苹果朝小纵子这边连连晃着。"我又找到一个,你看,你看!嘿嘿。"小纵子也不理他,也不看他,也不吱声。只是噌的一下蹿上了树,头伸多长,眼睛睁多大——跟酒杯样大,手拔着树叶,观来察去,仔细地认真地找起来了

真是无巧不成书——也许是该小群倒霉,小纵子走运;也许是天意;也许是……反正是时间不长,小纵子在这树上不仅找到了,居然还找到了两个。"哈哈……"得意忘形的小纵子笑够了,两脚一蹬树枝,从树上跳下来,径直去找小群。

其他伙伴们还都正在找着……

小群跟小纵子打过赌后,就到别的树上找去了。找到两个后,他很高兴。接着又找了一会,可再也找不到了。站在树上的小群看了看小纵子,只见小纵子仍在四处乱翻着树叶寻找着……看了一会儿,见小纵子还在找着。这时,小群不知怎么的,倒觉得疲乏了——两个眼皮子直打架。于是,就想歇会儿。他下来,背着粪箕子,找到了一块凉荫地。小群抓点豆叶铺着,又抱了捆玉米秆子当枕头。他歪躺在那儿看小纵子找……可是,一会儿过去,看着看着,小群竟然不觉睡着了……

小纵子找了好半天,才发现小群。只见在一棵苹果树旁,小群头枕着玉米秆子,两手各捂着鼓鼓的小口子,睡得正香。粪箕子放在旁边,一动也不动,好像跟小群一样,也睡着了。

小纵子一转身,忙把其他伙伴们叫起来了。"嘿嘿,"小黑一见就笑道,"飞毛腿这黄子,还怪会享福嘞!""哎,"小胖低声道,"哎,别吱声,让我去吓唬他一下子。"说完,他忙就要过去。小毛蛋忙一把拉住,低声笑道:"别忙别忙,大肥猪。嘿嘿,看我的。"说完,小毛蛋蹑手蹑脚,小心翼翼地来到小群身旁。趴倒,找了个小豆枝条,轻轻地去拨弄小群的右耳。一下、两下、三下……"嘻嘻,嘿嘿,呵呵……"大伙见了,都极力忍着,低低笑个不停。

睡着,睡着,小群忽然觉得右耳痒痒的,像有小毛虫在爬似的。因此,就不由自主地慢慢伸手去拂……嘴里还发出了,"嗯嗯,啧啧——"的声音。拂过后,小群转身又睡起来了……

小毛蛋在旁竭力忍着笑,拿着小豆枝条,又轻轻地拨弄着左耳……小群呢,又伸手去拂……大伙见状,可实在憋不住了,于是就大笑起来。"哈哈……"

小亚子欢笑着,忙一个箭步跳过去,大叫一声:"炸!哈哈……"吓得小群,忙一下子坐了起来。小毛蛋呢,则坐在地上,两手不住地拍着地,大笑不止……这还不行,小毛蛋又在地上滚来滚去地打起滚来。

大伙一见小群那个样子,小毛蛋的那个笑样,就笑得更厉害了!

"哈哈,"小纵子大笑道,"哎呀,飞毛腿,你看你头上,哪来那么多豆草?"小群一听,忙伸手去拂。机不可失,失不再来。有备而来的小纵子一见,立即大叫:"哇哈哈,哈哈……"迷迷糊糊的小群,这才清醒过来——可已吃过亏上过当了!有言在先,也就无话可说了。这才是哑巴吃黄连——有苦说不出。大伙不管他苦不苦,只顾使劲地大笑是了。

正笑着,突然,西北的天空中一片轰响……大伙忙昂头观看,啊!原来有好几架飞机,从西北往东南飞来。小胖仰面朝天,边看着边大叫道:"哎哟!乖乖,这么多飞机,这么多飞机!还有转盘飞机。真好看,真好看！"小黑也昂头大叫："我的乖乖！哈哈，真这么多飞机的！那转盘飞机转得真快呀！啧啧，厉害厉害！"来喜指着转盘飞机大叫道："哎哟——看看！那上面还有两个小滚子，哈哈！"小毛蛋这时昂着头，双手举得高高的，大声叫喊："哎——飞机！快下来，把咱哥几个也装去玩！""哈哈……"大伙听了，又是一阵大笑……

伙伴们的哎哟声，欢笑声，赞叹声使得小群忍不住了。他不由自主地也忙仰头观看。刚一昂头，一边早已等候多时的小纵子，不失时机，又立即大叫道："飞毛腿，飞机拉杠了，屁脸往上了！哈哈……"小群又被说了一下子，心里非常恼怒，可又没法说什么，只好用眼睛狠狠地瞪着小纵子。"嘻嘻，"小纵子呢，满不在乎，反而嬉皮笑脸的，冲着小群一抱拳，"阁下，拜拜了！哈哈……"说完，大笑着跑走了。只留下小群在那干瞪眼，生闷气……

这时，来喜背着粪箕子过来道："哎哎，你们几个熊家伙，回家吧，啊？胡扯什么的，太阳都好落了，还扯！"大伙一看天，哎哟！晚霞都出来了，太阳都快要落下去了。

孩子们忙收拾收拾，背着粪箕子、口子，挎着篮子，迈着矫健的步伐，高高兴兴地回家去了。大地露出了迷人的笑脸，观赏着孩子们那充满着青春活力的飒爽英姿。

卷八　国庆节

篇一　提前准备，各抒己见

时光如流动的水，你要是不想方设法截住它，那它是绝不会等你的——它会不停地向前流逝着。这不，孩子们还没怎么觉着，国庆节到了。

上午，天高云淡，晴空万里，鸟儿欢唱……孩子们精神抖擞地来到小黑家门口。

"嘿嘿，"小纵子笑着尖叫道，"哎！大伙注意啦——听着，咱们今儿个大开杀戒！得好好地闹他一家伙！怎样？""哈哈……"大伙齐声大笑道,"那还用说!""咳!"小群大叫道,"闹新媳妇——我最拿手!回去咱准备好辣椒面子。""蠢猪!"小群还正在笑着,毛眼子就大叫道,"要糖果,要花生,要果子吃!"

这时,来嬉笑着对小团说:"哎,小团,咱可得说好,熊刷把子,咱们闹新媳妇,你可别护着啊!你就是护着也不行。"大伙听了,笑得更厉害了。小团大叫道:"小大人,你个熊家伙,胡说什么啊?净喘倒气!""哈哈,"铁蛋大笑道,"好了好了!都别喘了!走走,上大队看电视去!今天是国庆节,就怕有好电视。嘿嘿,这会,天还早着呢。""哎,对!走,看电视……"说着,孩子们如一群快乐的鸟儿,飞也似的跑了。

天瓦蓝瓦蓝的,白云朵朵飘……

篇二 孩子们检阅"三军仪仗队"

孩子们来到电视室,和其他人一起看起电视来……

时间不长,但见天安门城楼上,党和国家领导人开始讲话了……

不久,就见从天安门里驶过来一辆敞篷轿车,车上站着一位身穿中山装的老人。一会儿,就来到排列得整整齐齐的,中国人民解放军陆海空三军仪仗队前。那位老人,向着队伍,不时挥着手——"同志们好!"三军仪仗队,立即给以震耳欲聋般的回答:"首长好!"若滚滚春雷般的声音,响彻天安门广场……

检阅过后,游行开始了。在欢快雄壮的乐曲声中,天安门前,井然有序的游行队伍,依次英姿勃发地走过来了……有的举着大幅标语,有的不时高呼着口号……唰——唰——唰!陆海空三军的队列,怎么看怎么整齐。呀!真是壮观极了,威武极了,好看极了!

这时,大型牵引车载着长长的庞然大物,缓缓驶过来……"这是我国自行研制的 SIS 车风 21 洲际弹道导弹!"充满了真挚感情与无比自豪的解说员的声音感染了观众,人们热血沸腾……孩子们还看到写有"小平您好!"字样的大幅标语……

阅兵仪式结束之后,孩子们走在回家的路上,说说讲讲,称赞个不停。

"咳咳,"小常笑道,"你看那导弹,这么大家伙!乖乖,真厉害!""嗯,就是的!"跃进道,"就怕三间屋也盛不下。真大啊!""三间屋?"小黑笑道,"哼,就怕八间屋也盛不下,还三间屋。""嗯嗯,"小凡道,"是的,你看那队伍,走得多整齐!唰,唰——真威风啊!太威武了。"小凡说着,还学起仪仗队走路的样子来。"嘿嘿,"小亚子笑道,"那还用说!咱们中国人民解放军——多厉害啦!"

篇三 大闹新媳妇

新娘子来啦,新娘子来啦!没去看电视的小孩子,欢笑着,大叫着,奔跑着……

哇哇哇,咚咚咚,当当当,喤喤喤……欢快的鼓乐声,震耳的鞭炮声,阵阵的欢笑声中,新娘子坐着一辆五彩缤纷的小轿车,来了!

团结家门口,人可真多!车刚一停,欢笑的人们,一拥而上,一下子就把车围了起来。打扮得花枝招展的新娘子,下了车根本没法走。"哈哈,"可爱的孩子们蹦跳着,欢笑着,一起乱叫,"哈哈,新娘子!给糖果吃,给糖果吃。""新娘子!给花生吃,给花生吃。""新娘子!新娘子……"快乐的大人们拦着:"新娘子!新娘子,给烟吃,给烟吃,来了给烟吃!""怎么的?嘻嘻,给烟吃给烟吃,不给烟吃不让走!"

特别是那些小伙子,一个个嬉皮笑脸的,闹得真起劲!"嘻嘻,"这个说,"哎!嫂子,来了给烟吃,来了怎么也得给烟吃,你要不给烟,我就让俺团结哥来管你。嘻嘻……"那个讲:"哎,嫂子,给烟吃给烟吃,快点给烟吃!你要不给也行。咳咳,我这就去揍团结哥,看你可心疼!"另一个叫:"哎,都过去,都过去!闹什么的?哈哈,谁不知道俺这嫂子好?不要她也给。哈哈,你看,我说不错吧——看,嫂子掏烟啦!"

新娘子羞涩地笑着,忙掏烟散给大人……而孩子们可不愿意了,愤愤不平地一起乱叫着:"新娘子新娘子!你别光顾给人烟吃,快拿糖果来给俺们吃!"大人们说道:"去去去,去玩!哪来糖果给你吃?去!"还没讲完,孩子们就一起乱叫道:"哄谁?保证我们要有糖果……"

新娘子的烟,快撒完了一遍,正想走。就在这个当口,一彪军马来到——铁蛋率领大伙正往这跑着。还离老远,铁蛋就使出全力,扯着嗓子大喊道："哎——同志们——闪开喽！咱哥们来啦——看咱哥几个的！哈哈……"

眨眼工夫，大伙就从人空子里挤到新娘子面前。"还想跑？鸡蛋吹喇叭吧——没门！嘿嘿，哎，新娘子新娘子！嘻嘻，给糖果吃给糖果吃。"毛眼子二话没说，笑嘻嘻地就叫："新娘子，给糖果吃，给糖果吃！嘻嘻，不给不行。"小群用手抖抖小口子又道："你瞧，咴——你瞧！看见了吧。咱们小口子里装的什么？"孩子们都笑嘻嘻的，鬼鼻眨眼地看着她，一起乱叫着："快点给！哈哈，快点快点！"尤其是小纵子、小毛蛋、小群、小凡、小丁、毛眼子、小胖等人挤得可热闹了。

新娘子看着四周可爱的孩子们，禁不住甜甜地笑了。来喜一见笑道："哎！新娘子，你笑什么的？快点给！快点给！别拖了！哈哈，你买二两棉花访一访。咳咳，以前来的那几个，先头来都不想给。可咱们把这宝贝一撒，吭吭吭，都给啦！哈哈，都怕辣椒面子这宝贝。哎，你要是识趣点，就赶紧给，省得咱们动手；要不，咱们一动手，哼哼——你吃不了兜着走！哈哈……"

新娘子一见孩子们那可爱的样子，禁不住想逗起他们来，于是说道："我没带糖果来——真的，真的没有。""嘻嘻，哄谁个？"小纵子笑道，"你想哄谁？哪有带烟不带糖果的？嘿嘿，带烟都得带糖果！还想哄我？嘿嘿，鸡蛋吹喇叭——没门！快点给，嘿嘿……"

周围的大人，孩子们前推后拥着，一个劲地直叫唤："哎！快点给快点给，快点快点……"

漂亮的新娘子，看是躲不过去了。尤其是身边这些淘气的孩子们，是打又打不得，骂又不能骂。真拿他们没办法。她还真怕他们撒起辣椒面子来。她心想："幸亏听妈的话，带了糖果；要不然，还真不好办呢。嗯，也累了，赶紧给他们，好歇歇。"想到这，她忙笑道，"哎，行，给你就给你呗——"说完，她从小口子里掏出糖果，及剩余的烟，呜——都往一个方向撒去。她这一撒，可不大要紧，人群可就乱了。人们欢笑着，乱叫着，忙纷纷跑去抢。趁此大好时机，新娘子脚底抹油——溜了。

等人们抢完，再一找新娘子。哪还有？早没影了——早跑到做菜的地方坐着了。

"哎！"铁蛋叫道，"这下毁了——没法闹啦！"小丁接着道："哼！都怨你们，只顾抢了！""哎，"小亮叫道，"你不也抢了吗？熊老扁蛋。""我看你们都抢了，我才抢的。"小丁道，"哼！你看——我才抢几个？熊家伙！"小丁说完，把手里的两三个糖果展示着。"哼！"小纵子叫道，"我早看出来了——新娘子想使调虎离山计。哼哼！你们，你们，你们只顾眼前的，不知道大的还在后头呢。咳！这会儿想再要，那是大大的，不好办了！""哈哈……"孩子们，大人们听了，都一起大笑起来了。

咚咚咚，当当当，噌噌噌……美妙的鼓乐声，又响起来了……

卷九　中秋节

篇一　小孩子胡说八道

两个星期的秋忙假和国庆节，不知不觉就过去了。时间就像河里的水，总是流淌个不停。生活呢，则是芝麻开花——节节高！

到学校还没上几天学，无忧无虑的孩子们，又迎来了一年当中的重大节日——中秋佳节。

虽然是中秋佳节，大人们却仍然在田野里，场上，忙着秋收，准备秋种。孩子们除了上学外，就是肆意意地玩耍。不过，有时也得帮着大人干些力所能及的活。

大人们虽然忙着秋收、秋种，也抽空把家里过节的东西——肉、鱼、月饼、果子、糖、苹果、梨，等等，准备得差不多了。等节日一到，便可一饱口福了。

八月十五日那天傍晚，老天好像是故意和孩子们过不去似的，明明都老长时间了，就是不黑下来。孩子们连玩的心思，都被晚上好吃的东西给勾走了。

绚丽多姿的晚霞，把秋高气爽的天空打扮得格外美丽。不多家南边的大路上，孩子们正在玩耍着……

小团玩着玩着，忽然指着天空："乖！这熊天，叫你黑了，你又不黑了；不叫你黑了，你又抢着黑。哼！""哈哈，"小毛蛋大笑道，"熊刷把子，你真笨蛋！别吱声，看我叫它黑。好吃鬼呢，去去，把卷毛兽给我叫来，他一来就黑了。""哈哈……"大伙听了，一起大笑起来了。毛眼子也不理小毛蛋，却昂着脸，冲着空中一抱拳，大叫道："哎——你听着，快点叫天黑下来，我好吃月饼，吃果子，吃梨，吃苹果。哼哼！要不然，俺上花果山水帘洞，请来齐天大圣，再去揍你！""哈哈，"毛眼子的话还没落音，大伙就大笑起来，"熊好吃鬼，哈哈……"小丁学着京剧里寇准的腔调，尖叫道："嗯！我说好吃鬼，你这个家伙，就知道吃，不……"他还没说完，大伙又欢笑起来了。

孩子们觉得过了老长时间，天才慢慢地黑下来。"走走走，"小常叫道，"不玩了不玩了！回家吃月饼去，还有洋绝蜜果子，还有……"还没有说完，孩子们早欢笑着，跑回各自温暖的家。

这时，啪啪啪！鞭炮声响起来了……这响声如狗喝糖稀——扯扯不断！柳家湾沉浸在浓浓的节日气氛里了。

篇二　大人们忆苦思甜

天黑了，爽气秋来风儿软。一轮清新明亮的圆月，出现在东边的碧空中。

其他人不讲，如今且说跃进回到家里，家里人正忙着往院子里的一棵大枣树下的案桌子上摆东西。

跃进一见，忙跑过去就要帮忙。"去去去！"他姐小丫笑着忙挥着手道，"一边去！也不看看你的手，那么脏的，就要来乱摸！""嘿嘿，"跃进听了忙笑道，"俺姐有理，我得去洗，嘿嘿。"说笑着，忙着就要去洗。"跃进！别忙别忙，"他哥前进拿着炮笑道，"别忙着洗！跃进，来，放过炮再洗。""哎对对，"跃进说着，忙跑过来，拿着炮，系在一根小竹竿上，和他哥俩来到外边，前进用打火机点着了鞭炮，啪啪啪！鞭炮声响起来了……

放过炮，跃进跑屋里来洗手。"呵呵，"他妈笑着说，"跃进，馋了吧?""啊——"跃进边洗手边道,"不馋不馋!俺妈,就是嘴里只顾淌口水。"家里人听了,一起大笑起来。

跃进姥笑道:"不要馋,今晚黑,让你吃个够!哎,吃不了,兜着走!哈哈,你使大劲吃,要使劲吃!""嘿嘿,"跃进笑道,"放电视看,俺哥,今晚电视,保证好看!嘿嘿,一边吃,一边看,多自!""嗯,对对,还是你精!"前进说完,忙跑屋里把金星电视抱出来,放好……

一家人围着桌子,一边吃一边看起电视来……过了会,跃进忽然说道:"哎哎,不能吃了,不能吃了。"他姥忙道:"怎么了,你怎不能吃了?啊你看这月饼,苹果,梨,果子,这么多!吃,吃,再吃再吃!""嘿嘿,"跃进拍着肚子笑道,"俺姥,我这肚子充得怪大了!再吃,里面都盛不下了。嘿嘿,留下回吃吧。"一家人听了跃进的话,又欢笑起来了。

此时,电视里正唱着:"十五的月亮,照在家乡,照在边关……"小丫用手里的月饼,指着天上那一轮玉盘般皎洁的圆月笑道:"呵呵,这才是真正的十五的月亮呢。俺妈,你看,这月儿——真圆!""嗯嗯,是圆是圆,"她妈说着,又吃起月饼来。"那还用说,"她爸喝干杯中的酒说道,"今天的月亮最圆!哪会的都不如今个的。"说完,她爸拿块果子放到嘴里嚼起来。跃进姥爷放下酒杯,捋着花白的胡子,面带笑容地说道:"嗯嗯,姥爷我过了大半辈子,才过上今天这么好的日子。那会儿,想都不敢想啊!唉——每天吃的是什么呀!加工面——就是白秧子面——白秧子晒干了,搁磨上推的。唉!那会儿人吃的,还不如这会儿的猪食!这会儿,大米洋面!就连大地主,也不如这会儿咱们吃得好。唉!你们可不能忘了本啊!"说完,跃进姥爷捡了个果子,放在嘴里,慢慢嚼起来……还不时望着天上那盘明月……

这时,东边银盘似的月亮,渐渐升高了。在凉爽柔和的秋风中,在深蓝的天空里,似雪般洁白的云儿的映衬下,冰清玉洁的圆月,显得分外美丽。她露出洁白、纯真、温柔浪漫而又自然的笑脸,俯视着这充满欢声笑语的柳家湾,俯视着这洋溢着无限生机与活力的地方……

篇三　童话、神话

那空灵秀美，沉静如水，宛若一个十八九岁的，美丽纯洁，又秀气优雅如少女般的圆月儿，吸引了跃进。他痴痴地看了好大一会儿，也看不出个所以然来。

又过了一会儿，跃进指着月亮说道："俺姥，您看，那月亮里面有棵大树呢，看！那儿好像还有一个人在拿什么似的。"跃进姥拍着他的头，望着月亮笑道："傻孩子，那就是棵树，是个又大又粗的桂树。啊，听人讲，很久很久以前，天上有个神仙，不知犯了什么罪，怕是得罪了张玉皇。张玉皇就是玉皇大帝。玉皇大帝就罚他到月宫里，命令他把那棵桂树伐下来。玉皇大帝，谁都得听他的。那神仙呢，又逃不掉；也没有旁的法子，只好飞到月宫里去伐树。他用他那把斧子，对着树，使劲砍了一下，才拔下来。啊！奇了——才砍的那根又长实了。紧接着，他又使大劲去砍。刚拔下来——那根又长实了。砍了，又长实了。砍了，又长实了……他就这样，砍啊，砍啊……那树呢，不但没伐掉，反而还越长越粗，越长越粗……一直砍到这会，他还没伐掉呢。跃进，你看看，那神仙这会还在砍呢。"跃进手托着腮帮子，听迷了——两眼直勾勾地望着那一盘皎洁的明月。过了会，他才道："那、那、那树怎么还越砍越粗呢？俺姥。""哈哈，"他姥大笑着说道，"那谁知道，嘿嘿，快看电视吧！等你长大了，就知道了。"

此刻，新鲜的空气，沁人心脾。清凉的风儿，令人心旷神怡。洁白的月光，轻灵如水，温柔如水。它静静地泻在树上，房屋上，田野上，大地上。天上人间，浑然一体，都在月光那无比宽广的怀抱里了……

这时，升得更高了的月儿，显得更亮了，更圆了，更美了！

海上生明月，天涯共此时。在这个如此美好的团圆之夜，在这个美玉无瑕，令人无限向往的美妙中秋之夜，从柳家湾各家各户的院子里，不时传来一阵阵爽朗、甜蜜、幸福的欢笑声。这笑声是那么香甜、响亮。以至于它惊动、感染、吸引了天上的神仙。他们想想自己这时候的凄惨境况，又忆起在下面——人间的那一段幸福而美好的生活。不禁感慨万千,悲喜交集。不由自主地说道:"唉——还是人间的生活好啊!我们还要继续不断地努力、抗争、拼搏、奋斗,把那美好幸福的生活夺取过来。并且还要帮助那一切勤劳、善良、质朴的人们,让他们都能过上这样幸福美好的生活……"

夜,静下去了,世上万物,所有的一切,都在月光那温柔、凉爽、舒适、宽广的怀抱中睡熟了,睡熟了……

卷一〇 小孩有时也能干大人活

篇一 沤麻

田野里,这会只有零星几块没砍的黄麻,没拔的棉花,没起的白玉。秋收,已基本结束了。秋分早,霜降迟,寒露种麦正当时。秋种,早已拉开了帷幕。

柳家湾,白天黑夜都是人欢、马叫、牛嚎、机子响——忙着耕地,播种。而有些种得早的田,已长出一片嫩黄色的麦芽儿了。

秋末的一天早晨,天怪冷的。

大伙和铁蛋一块来到西汪,沤麻。汪里的水,不知怎么的,直往上冒着白色的热气。汪边都是麻个子,横七竖八的。汪里的麻排,有的已盖上了土,有的还没盖。

孩子们来到后,没有闲着的。有的爬到麻堆上玩;有的在汪旁转悠着——看看可有鱼;有的跳到汪里的麻排上玩……

铁蛋蹲在汪旁的麻跟前,两手抱在一起,两眼直直地、出神地望着,望着汪里那缓缓上升的热气……

这时,早已脱掉长裤的铁蛋爷,下到汪底,来到水边,把袖子卷了卷,手往水里一摸,顿时叫道:"哎哟!乖乖,还怪凉呢!"正在汪边的小黑不大相信,忙道:"凉?真凉吗?俺叔,水上正冒着热气呢!""哈哈,"铁蛋爷笑道,"我还哄你小孩子吗?""嘿嘿!"小东笑道,"凉,凉也不怕!俺大爷,二两大曲一喝,就行了!""嗯,哈哈,"铁蛋爷笑道,"嗯!对对,还是小东这孩子会说话。"他们的话刚落音,就从汪南边传来小凡的尖叫声:"鱼!哎哎,还有鱼呢!""哪了,哪了?"众伙伴尖叫着,忙纷纷跑过来看,小凡用手指着,连连道:"那不的,那不的!嘻嘻,还好几条呢!""哎!真的真的!放学回来逮!还真有!"大伙一起叫嚷个不停。

这时,汪北旁的铁蛋爷,已串好了一个长长的长方形麻框子。"来!铁蛋,来,过来搬几个麻个子,趁着旁沿往我这捅。""噢!"铁蛋爽快地答应一声,忙跑过来干起活来……

过了会,大伙看铁蛋捅麻个子怪好玩的,也都跑过来干,边干还边说笑个不停。"咳咳,还怪好玩呢。""哎,竖起来,使劲往那一捅,就过去了。"

太阳老高了,麻个子也快捅完了。铁蛋爷见状,停下来,蹲在麻排上,点着烟后说:"行了行了!铁蛋,快没有了!去家吃饭上学去吧,天不早了。这一点,我自个就行了。""噢噢!"铁蛋答应两声,就和伙伴们说说笑笑着回去了。

孩子们身上暖暖和和的,走起路来,越发显得雄赳赳,气昂昂。就像这会儿东方的那一轮正往上升着的鲜红的太阳——意气风发,斗志昂扬,充满着无穷的力量。

篇二 逮鱼

下午放学后,孩子们来到家,把书包一放,拿着盆,扛着网,一窝蜂似的纷纷跑去逮鱼了。

大伙到齐后,四下散开,站在岸边,开始逮起鱼来。顿时,汪四周说笑声不断……

不一会儿,东边沿的小纵子就捉了一二十条小草鱼儿。而小亚子逮了半天,也没逮着几个。他一见小纵子逮着这么多,忙拿网来到小纵子跟前逮起来……

小亚子一来,小纵子就没逮到几条。小纵子网往哪,他也忙往那凑。"哎!愣头青,你离我远点儿,哼!我说我怎逮不着呢。""嘿嘿……"

小亚子笑着，忙走远了点。可没过多久，他又到小纵子跟前了。"哎！"小纵子指着小亚子叫道，"愣头青，你怎么又来我跟前呢？熊家伙！不能跑远点吗？""嘿嘿，不碍事，你逮你的……"小亚子讪笑着，就是不离远点儿……

南边沿的小凡，不一会儿，也逮了一二十条小鱼儿。这时，他看见一条大点的鱼儿，正往汪边游来。他忙轻手轻脚地用网去端——身子往前探着，双手尽量往前伸，小心翼翼得很。忽然，岸上一阵风似的跑过来的小常大叫道："哎哎！快捉快捉！大老黑！快捉！"那鱼儿仿佛听见了似的，忙一摆尾，打了个水花，掉头往水中央游去了。小凡转过脸，气得手指着小常大叫道："你个熊家伙，鬼嚎什么的？鱼都叫你吓跑了。哼！神弹子，要不是你，我可逮到了！哼！熊家伙……"小常呢，"嘿嘿……"不好意思地笑着，也不还言，忙跑旁边逮起来……

西边沿的来喜，这时猛地向前一伸网，忙往上又一端。只见那条大点的鱼，在网里不停地欢蹦乱跳着——白亮亮的，亮闪闪的，真好看！他忙把网往岸边一放，跑过去，逮着鱼，哈哈大笑道："可也逮到你啦！哈哈，我叫你跑，我叫你跑，再跑啊……"

来喜的笑声还未停，北边沿的小黑直叫："哎哎！快来看快来看——放屁虫逮了个小金鱼！乖，真好看！"大伙听了，忙跑过来看。果然不假，跃进的盆里，水花四溅着，一条金红色的鱼儿，正在欢快地游着。"怪好看，咳咳！还怪好看呢！""嘿嘿，嗯！真怪好看！"

大伙正赞叹不已……"走！赶紧走。"没有逮多少的连收说完，拿着网就走。接着，孩子们又四下里散开，逮起来……

不一会儿，天上黑影了。一阵风刮来，还冷飕飕的。这时，铁蛋把盆端上岸来叫道："不逮了不逮了！哎，看不见了！天还怪冷呢。""对对，"孩子们纷纷响应着，"回家，回家！明儿再逮。"

大伙也逮够了，也觉着冷了。于是，上了岸，端着盆，扛着网喜气洋洋地，说说笑笑着往家走去。几颗早来的星星，亮晶晶的，在天空中闪烁个不停。

卷一一　雁南飞

　　天高云淡的一天下午，太阳不知上哪走亲戚去了，没有出来接待我们的主人公。孩子们呢，正在玩跑葫头，玩得热火朝天的。

　　玩着玩着，跃进忽听得空中呱唧，呱唧，呱唧的鸣叫声。他抬头一看："呀——哈哈！"忙大叫道，"哎，大雁大雁！"大伙都忙昂头观看——只见高空中，一对大雁排成人字形，在领头雁的率领下，从东北往西南飞过来……孩子们顿时欢笑道："真的真的，大雁大雁！哈哈……"

　　白茫茫的高空中，大雁展翅翱翔着，井然有序，一点点也不乱。还不时传来欢快、清脆、悦耳的鸣叫声："呱唧，呱唧，呱唧……"

　　"哎哟！哈哈，"小黑昂着脸叫道，"哎哟，大雁飞得真高！"小东接着叫道："嗯！哈哈，不只高，飞得还齐呢！"

　　那些展翅飞翔的大雁呢，却根本不管孩子们的欢笑声、尖叫声，仍然保持着原来的队形，欢叫着、欢叫着，一如既往地向前飞着、飞着、飞着……

　　直到大雁飞得越来越远，越来越远……只剩下一个小黑点时，大伙才不看。

　　"哎哟！乖乖——脖子这么酸的。"小丁边说着，边不住地摇着头。"嘿嘿，"铁蛋笑道，"乖！大雁，队排得真齐！一点点也不乱。""嗯！"小亚子接着叫道，"哎！大雁怎么排得这么齐的？""哈哈，笨蛋！"刚说完，来喜就大笑道，"愣头青，你没看见最前边有个大雁在领头飞吗？最前边的那个大雁，是个头领，首领！还没飞的时候，它们就开会讨论、研究、规定好了的，往哪飞；什么时候飞；什么时候落下来歇歇；怎么飞；不敢乱飞；谁要是乱飞，谁就得挨啄死。哎，什么时候飞，什么时候停下来歇息，这些都得由领头雁下达命令才行。哎，还有，在歇息时，怕人偷袭，还有放哨站岗的。一看有人来，它就忙大叫通知……"

　　来喜有声有色，声情并茂地讲述的时候，大伙都迷住了，都静静地听着，都听得津津有味的，觉得挺好玩的。

丰硕的秋天,是充满着欢声笑语的收获季节。收获的季节,自然是值得人们赞美的、歌颂的。可欢笑的春天,快乐的夏天,都是挽留不住的。现在,我们又能挽留得住秋天吗?看样子,也是挽留不住的。此时,秋天要走了,怎么办呢?只有一个法子。我们只有唱起歌儿,跳起舞——来赞美秋天,歌颂秋天,欢送秋天,并相约秋天,明年再相会!

打这以后,秋风是一天比一天凉。树上的叶子,几乎已经掉光了。人们身上的衣服,也是一天比一天多。由薄变厚。北风呼呼地刮着,刮着,把冬天这个来得最迟的季节,也给可爱的孩子们送到了……

第四章　希望的冬天

冬天给人的感觉，就是冷！

寒风刺骨的冬天，千里冰封，万里雪飘，凛冽的寒风呜呜呜地刮着，多冷啊！真的太冷了。

冬天给人的印象，就是一切都是灰色的。

千山鸟飞绝，万径人踪灭的冬天，就像一个离大去之日不远的病人的脸样，苍白苍白的，苍白得可怕！仿佛一切都死气沉沉的，没有一丝活力与生机。但你若到田野里去，在冬天，也有那绿色的麦苗，感觉让在孕育着生机与活力。

冬天也是希望的冬天！英国十九世纪伟大的浪漫主义诗人雪莱就说："要是冬天来了，春天还会远吗？"

有人喜欢春天，有人喜欢夏天，有人喜欢秋天，也有人喜欢冬天。亲爱的读者，你呢？你是喜欢春天、夏天、秋天、或冬天呢？

闲言少叙，咱们还是来看一看，在希望的冬天里，孩子们的生活是个什么样子吧。

卷一　小纵子的馊主意

初冬的一天晚上，深蓝色的天空中，一弯月牙儿斜挂西南，若隐若现的星星像宝石般闪烁着，闪烁着柔和的光芒。

时候不早了，满头大汗的孩子们，在后场上也疯够了，正想往家走。小纵子忽然看到西北角的麦壤垛子前，有个破平车框子。他眼一转，计上心来，眉头一皱，一个馊主意出来了。"哎哎！嘿嘿，哥们，来来，咱们来敲平车框子，哄人听大鼓？"大伙一听，齐声笑应道："好玩，来。"说着，找来小棍，来到平车框子跟，正要敲。"哎！"小毛蛋叫道，

"敲要敲得跟唱大鼓人一样的才行，不然人不信。""咳！那还用说。"齐声回应的大伙，几乎都是听过大鼓，看过人敲的。对这个小小的问题，轻而易举地就解决了。只听得：咚，咚咚，咚，咚咚，咚咚，咚！顿时，后场上鼓声阵阵。在寂静的夜里，清脆悦耳的鼓声，传得很远，很远……

大概有两碗饭的工夫，从东北角，过来三四个大人。他们头缩着，手插在袖笼里——有的胳膊下还夹着小板凳子，正往这来……

来到这，借着月光这么一看：呀——啊！原来是几个小毛孩子在敲平车框子。才知道受了骗——顿时一起骂道："这些小老丈孩子，吃饱了撑的！""这些熊孩子……"老皮子的声音最响，"没事干了？"其次，是老古牛的骂声："嗯！这些小老丈羔子！我都睡倒了。这这……"几个大人骂骂咧咧地回转身，慢慢地晃回去了……

"哈哈！"孩子们早乐得大笑起来。

孩子们边笑着，边往回走。"哈哈，"小纵子笑道，"怎样怎样？""嘿嘿，"铁蛋笑道，"厉害厉害！""哈哈，"小丁笑道，"尖白脸这家伙，把大人都给哄倒了——真厉害！小纵子，我看得奖给你一块金牌！""不行不行！嘿嘿，"小黑笑道，"得奖给他！"小胖边走，边把大拇指一竖，连连晃个不停，笑道："嘿嘿，嗯！尖白脸，得称这个的，厉害！"话未落音，孩子们又开怀大笑起来。欢乐的笑声，在沉静的夜空里，传得很远，很远……

卷二　玩耍

篇一　挤麻油

早饭前，太阳出来了，可天仍旧冷得很。孩子们聚在小常家牛屋前边晒太阳。

孩子们一个个头缩着，腰弯着，手缩在袖笼里。有的不时跺着脚，有的乱转着，扭过来扭过去……不知玩什么好，也不想玩什么。怎么的？都嫌冷呗！

小毛蛋扭着扭着,一下子看到了牛屋的土墙。"哎!"他忽然停下来笑道,"哎哎,对了,咱们来挤麻油,一挤不就暖和了吗?嘿嘿,可对?"说完,啪啪啪——直跺脚。"对对!"大伙欢笑着,一起赞成道,"来挤麻油,来挤麻油。"说笑声中孩子们忙跑到墙根,背贴着墙,一字排开。你捅我的肩膀子,我捅你的肩膀子,他又捅下一个人的肩膀子……两头都一起使劲往当中挤,可就挤下来了……

一会儿,就乱糟糟的,如一团乱麻样。这个挤掉了,马上从后边加上去;那个挤掉了,立即又从后面加上来……众儿郎,嘿嘿,呵呵,嘻嘻,咯咯……欢笑个不停。他们一边不住地嬉笑着,一边还不时地喊着号子——"哈哈,挤麻油啦!""嘿嘿,使劲挤呀!""呵呵,嗨!一挤就不冷了。哎嗨哟!""哈哈,不挤就得冷啊——咯咯。""加把油啦,干到头啊!"

一会儿,大伙就浑身冒汗了。可还是不停地使劲挤呀!挤到高潮处,人都饿起来了。

一直到满头大汗,不想挤的时候,孩子们这才停下来。

天再冷,你想孩子们这时还冷吗?嘿嘿,不但不冷,反而还暖暖和和的。只是有一样美中不足的,就是——孩子们的身上可就好看了——一个个浑身上下全是土。

大伙忙你给他打,他给你打……这样,免得被大人看见又挨吵,或挨揍。

"嘿嘿,"小毛蛋一边给连收打身上的土,一边笑道,"怎么样?嘿嘿,怎么样,我这点子不孬吧?"小亚子叫道:"嗯!好是好,只是我这新棉袄可就不禁穿了。""嘿嘿,愣头青,你真是个笨蛋!"小毛蛋停下来笑道,"它不旧,怎么能烂?它不烂,你上哪去换新的呢?可对?"话未落音,铁蛋就笑道:"鬼点子,嘿嘿,你也是个大笨蛋!你这个小点子也不怎么好——时间一长,还得冷。嗯,还不如搁草屋里待着好!""哎,对了对了!"连收忙叫道,"俺家八月十五那天,杀了两只大公鸡。我看那鸡毛怪好看,就拔了点夹历史书里了。这会咱不如缝个鸡毛毽子踢,可……""不行,不行!"连收还没说完,小团就大叫起来,"那上哪来得及?又得找小线,又得缝。下回来还差不多,嗯……"

停了会,小亚子叫道:"哎对了!那个那个,咱们不如玩跳绳可行?""哎……"你要问小亚子的建议,大伙是否采纳,且看下篇分解。

篇二 跳过绳后就拔河

"哎对了!不然玩跳绳可行?"小亚子的话音还没落,大伙就一起欢笑着赞成。"玩跳绳,玩跳绳!哈哈……"

小常忙跑牛屋里,把一条长绳拿来了。小黑过去,就和他俩揉起来。孩子们嘻嘻哈哈地欢笑着,可就跳起绳来……

跳绳,我想亲爱的读者都会吧。只是其中的规矩,不知你是否清楚。柳家湾的跳绳,是这样跳的——两人抡着,其他伙伴们跳。正跳着的时候,谁的脚踩到绳了,谁就得下来。按先后顺序去换抡绳的人,好让他们也能去跳。跳绳有两种方式:单人跳,多人跳。并且有两种规则:一种叫上"死"绳——即绳未抡时,站在绳前,等绳抡过来跳;一种叫上"活"绳——即绳正抡时,跑过去跳。

如今且说孩子们正欢快地跳着,跳着……小常正卖力地使劲抡着,抡着……"哎!"小常忽然惊叫一声。怎么啦?原来有人踩着绳啦。小常忙把绳一撂,跑过来大叫道:"好吃鬼,你踩着绳啦!哈哈,快去抡!"狡猾的毛眼子,不想去抡,忙连连叫道:"我没踩着绳,是刷把子踩到的。""放屁!"小团立即尖叫道,"熊好吃鬼,明明是你踩到的,还说我,熊家伙!""嘿嘿,"毛眼子又往小凡身上推,然而小凡又是省油的灯吗?"胡扯!熊好吃鬼。"小凡立即指着毛眼子大叫道,"你这个熊家伙,这么赖蛋的!我亲眼看见是你踩到绳的,还往人身上赖。哼!快去抡吧!"毛眼子还想赖,可大伙一起纷纷说道:"白赖蛋!好吃鬼,快去抡,快去抡吧!白……"毛眼子一见实在赖不掉了,只好去抡……

毛眼子一去,绳的速度便加快了。他想尽快把人绊住,好来换他。果然是条妙计,没抡十下,小亮、小亚子俩人踩到绳了。"哈哈,"毛眼子大笑着,把绳一撂,叫道,"胆小鬼,愣头青!哈哈,快过来抡吧!""不行,不行!"小亚子大叫道,"好吃鬼,你个熊家伙,把绳抡那么快?

你抢太快！"小亚子说完，在中间干转圈，就是不去换。小亮一见小亚子不去抢，他也不去。毛眼子呢，则一个劲地狡辩着："谁抢快了谁抢快了？俺没抢快！你不来拉倒。"对立的双方僵持着，僵持着……谁都不愿意妥协。

正僵持不下，小黑忽然乱摇着绳，大笑着尖叫道："不玩了！哎，哥们，别跳绳了！咱们来拔河玩？"大伙一起大笑道："好哇！玩拔河吧，哈哈……"

一会儿，大伙就分好了组。自然，又是铁蛋当裁判。绳两头的孩子们，紧紧拽着绳。铁蛋站在绳中间，举着手，缓缓地高声说道："预——备——"说完"备"字后，他的手猛地用力往下一劈，同时大叫一声："开始！"话音未落，但见两头的孩子们，有的嘻嘻哈哈笑着，有的憋住气，都使劲拽起来了……

东头的不多最卖力！只见他嘴闭得紧紧的，双手死死拽住绳，身子向后尽可能地倾斜着，倾斜着——都要与地面平行了。屁股呢，仍然还在使劲地往后下方拖着，拖着……

正在旁边观战的孩子们，都手舞足蹈地跳跃着，大笑着，欢呼着，一起乱叫着："加油，加油……"

过了一会，势均力敌。又过一会，平分秋色。再过一会，形势变了。虽还未分胜败，但西边小纵子这头，劣势已显。

一会儿不要，形势更恶化了。小纵子这头，眼看要败。小纵子手一松，急忙大叫："松手！"他这头人，眼看都抓不住了。劲呢，几乎全部用完了。一听到小纵子的尖叫声，都忙松开了手。不多这头人，眼看要赢了。胜利在即，拽得正带劲！高兴得没了警惕，也不料想那头人会来这一手。

小纵子这头人一松绳，不大要紧，不多那头人可就惨了。只听得扑通扑通声直响！不多那头人，几乎一个不剩，全倒下了。你压在他身上，他压在我身上……横七竖八的，歪三扭四的。个个动作迅速，干净利落，姿态难看。啊不，那姿态可好看啦！不多摔得最厉害，腚都要摔成三瓣了。

"哈哈——"这下可就热闹啦，小纵子这头人，纷纷大笑着，鬼得踢蹦乱跳，观战的孩子们，手舞足蹈的，一起大笑起来。不多那头人呢，一个劲直叫"哎哟,哎哟,哎哟!"一个个不是揉着屁股,就是拂着腰……干爬爬不起来,在地上乱轱辘……

连收、跃进、小东等人,一起气愤地骂道:"孬蛋!你们怎么这样?""熊东西!真孬熊!哎哟,哎哟,哎哟!"小纵子这头人也不理,只顾大笑着。

过了一会儿,不多觉得好些了,好不容易才爬起来。跌跌撞撞的,手还不停地揉着屁股。哭笑不得的不多,龇牙咧嘴地直叫唤:"哎哟哟哟——孬熊!你、你们怎么这样?!哎哟哟哟……"说完,他又弯着腰揉起屁股来。"哈哈,"小纵子这头人一见,笑得更厉害了!"嘿嘿,"小毛蛋学着不多说话,"手勒、勒、勒得生疼,我、我、我、我们都使劲拽、拽、拽、拽啊,谁、谁、谁知绳、绳子一下子跑、跑了,怨、怨、怨、怨谁?""哈哈……"大伙还没听完,就大笑起来了。

"来来来!再来,再来,哼!哪黄子要不来!"不多气得没法,只是一个劲地直叫。

一听说要再来,小纵子这头的人,不要说小纵子了,小毛蛋了,就是其他人,也知道他们怎么样。"嘻嘻,"小纵子笑道,"行,来就来!谁怕谁?嘻嘻……"于是,双方又拔起河来了……

不多这头的人,拔了好几次,也没拔倒人家,反而还差点险些又被小纵子这头给拔倒了。不多没法,也就只好作罢了。

以后几天,不多总是想报复一下小纵子。可几乎回回都是竹篮打水——一场空!小纵子多狡猾。不多一做什么,他就能看出来。就像他在背地里对来喜等人所说的样——"哈哈,熊刷把子,还禁我玩吗?还是秋后的冬呼——毛嫩!嘿嘿,他还想赢我?他一张嘴,我就知道他想干啥!"

都已到了山穷水尽的地步了,可不多还是不死心。不过,这会儿谁也不敢打包票会赢。

篇三 军旗、象棋、扑克

早饭后,寒风凛冽。树上早已是光秃秃的了,房屋害怕似的缩在那里。田野里，除了那极浅的麦苗外，一片萧瑟的样子。

柳家湾的冬天是四季中最轻松、最愉快的一个季节，也是最受人们欢迎、喜爱的一个季节。天虽然这么冷，可对人们来说，无所谓！人们根本不把它放在眼里。大人们，尤其是那些六七十岁，七八十岁上了年纪的人。吃过饭后，东遛西逛，整天待在屋里——烤火，啦呱（聊天），玩牌，打老翘或者聚在一起，蹲在墙根晒太阳等。这些咱不讲，俺还是来说一说咱们的小孩子们吧。

在寒冷的冬天里，孩子们比大人还活跃。真的吗？可不！你看，今天尽管这么冷，可小常家喂牛盛草的屋子里，却热火朝天，欢声笑语的。

孩子们个个把棉鞋脱下来，搁麻杆子旁边，在草堆里扒个窝，往里一坐。嘿嘿，比搁被窝里还暖和、还舒服呢，你说他们能不欢声笑语的。有几回，大肚子连收，坐在这里连晌午饭也不想去吃。

光在外边听不行，还是进来仔细看看吧。一进来，就见一个石槽在中间，槽北边用成捆的麻杆子挡着的草堆里坐着好多小孩。他们在干嘛呢？他们呀——有的在打扑克，有的在玩军旗，有的在下象棋，有的在旁观战……叽叽喳喳，说笑声此起彼伏。

此时，这边的小纵子玩了会军旗，有点厌了。他把两个棋子猛地用力一碰，大叫道："咳！唉——乖，玩军旗一点也不好玩！不就是那个军师旅团营，连排小工兵，地雷和炸弹，还有个总司令吗？嗯——不玩！"话音刚落就有响应的了。那边的小丁随之也尖叫道："咳！下象棋也不玩！不就是那个马走日，象飞田，小卒子过河没人拦吗？不玩不玩！""哈哈，"来喜听了大笑道，"哼！这个也不玩，那个也不玩！一个尖白脸，一个老扁蛋！嘿嘿，你俩都能得头上长疮，脚上长刺了。哼！就知道一点个皮毛，就觉得好上天了！可要是一到真会下的高手面前，就现原形了，脚上拴绳——拉倒了。""对对，"来喜刚说完，小毛蛋就急不可耐地笑着叫道，"哈哈，不假不假！一到高手面前，就骚毛狗不能见大场了。一到高手我面前，就疤眼照镜子，二大人肿脸——难看了！""嘿嘿——"铁蛋用手指着小毛蛋，欢笑了半天，才说出话来。"小鬼点子，你算熊！连我都打不过，还高手呢！""哈哈……"铁蛋的话音未落，大伙早已欢笑起来了。调皮的欢笑声,顺着空隙,争先恐后地往外钻。刹那间,牛屋就被欢乐的笑声包围起来了。

这时,小团叫道:"哎!别笑了。依我说,大伙还是好生来一会。这会外边也没什么好玩的。天又冷,哪有这里面得劲?""嗯嗯,"连收附和道,"嗯!对对,赶紧玩,赶紧玩。这会再不玩,明天一上学,想搁这玩也捞不倒了!""哎对对……"大伙一想,也是。于是,又继续安心地玩起来了,期间不停地说笑着。

"哎,走,将一军!哈哈,你完蛋啦!""快走!哈哈,好——炸司令!哈哈……""三三四四姊妹对,可有人打?嘿嘿,没有人打,我赢啦!哈哈……"

整整一天,除了吃饭,孩子们都是在草堆里玩的。

卷三 毽子

篇一 踢毽子

这天早饭前,鲜红的太阳,从东方地平线上,冉冉升起。刹那间,温暖的阳光普照着刚刚苏醒过来的大地。天不怎么太冷了,不过,要是不动动,也还会冷得缩成一团的。

小毛蛋家门口,大黄牛在安闲地吃着草,几只母鸡低头找着食,一只大红公鸡扑棱棱地飞到牛棚上,迎着东方,张了两下翅膀,喔喔喔……高声鸣叫起来了。而此时却无人来欣赏它那美妙的歌,人们的注意力都集中在来喜家门口了。

来喜家门口,有好多大人、小孩在看孩子们踢毽子。一阵一阵欢笑声,时不时地传过来。

男孩一头,女孩一头,都是十个人,人数是一般多。首先彼此来找对,找到了就看人家怎么弄,人家怎么弄,你也得怎么弄。若弄不上来,就得给人"喝"。所谓的"喝"就是,恭恭敬敬地把毽子往赢者脚前头的上方摺。来了两三排,男孩子是孔老二搬家——净是输。

此刻,女孩先找男孩。只见大兰找了一个前搬,紧接着又上了两个脚。何为前搬?前搬就是,把毽子往空中一撩,一腿向前弯曲,脚底往上接住毽子。紧接着把脚底的毽子往上一掀,毽子落下来,用膝盖一捣,毽子落在脚面上不掉。这,是为了上一个脚。

接下来,小溪腿向后弯曲,脚底向上,接住落下来的毽子,来了个后搬。紧接着,脚往上一掀,又用两腿轮换踢了三十下。

其他女孩都不找了。她们心想,不找了——他们也得给"喝"。

女孩子,真的料敌如神。你再一看男孩,可就秃头不叫秃头,叫傻眼了。他们根本不会什么前搬后搬。上脚呢,他们中间,要是谁能上二个,那他就是他们之间的冠军啦。

"唉!"小凡叹了口气道,"给'喝'吧,给'喝'吧,给人'喝'吧!小黄毛丫头还怪厉害的——一上来就赢了好几排。"小亮见跃进拿着毽子还想弄,忙道:"哎,跃进,别弄了,别要弄了!给人'喝'吧,给人'喝'吧。唉!咱们净吃亏!"跃进拿着毽子,还一副跃跃欲试的样子。其实,他知道自己实在不行。一听小亮这么一说,也就不想再打肿脸充胖子了,忙下了台阶道:"嗯,对对,唉!给人'喝'吧。""哎!"小群大叫道,"小玲,咱先说好,咱们要是回倒,你们得给俺'喝'一圈啊?""行!"小玲这头人都笑着,齐声答应道,"行!只讲你们有本事回倒。哈哈……"

这时,连收大叫道:"跃进!把毽子给我,让我来给她'喝'。嘿嘿,她们都不照闲。一个一个都是三脚猫,两脚腔。""大胆!"连收的话音还没落,小溪就尖叫道:"死小连收,你想死啦?敢说你大姐我了。哼!看我不使劲罚你。""呵呵,"小兰笑道,"俺小姐,别给他小孩子俩一般见。""嘿嘿,"小亚子笑道,"哎!咱们可说好了啊?一人回倒,得给'喝'一圈!""呵呵,"大玲笑道,"行行!只讲你们能有本事回倒。哎!俺也有一条。哎!还有,你们回倒。""行行!"小胖连连叫道,"不要逞能!哼哼!你们、你们、你们可得小着点!不要偷鸡不成反蚀把米。哈哈……"

男孩子们摆好了阵势,看哪一个不要命的敢受。

女孩子这头似乎都不要命，胆子都不小，受了两三排。唯独小玲，偏偏受了四排了还没完呢。

连收给"喝"急了！一急了，什么孬点子都用上了。他故意不给人家好好撂毽子。小玲呢，针锋相对，她不但不踢还嘲笑着说："哎！连收，你输急了。哼！输不起啊！"连收的嘴还怪硬，回道："哎哟！谁输不起？谁输谁赢还说不好呢……"

这一次，小玲把毽子踢多高，欢笑着跑上前，跳起来，啪的一声，把毽子打得又高又远。男孩子们一见，纷纷乱叫着，忙跑去接。"哎！快点快点……"而在附近的小丁、小团，忙一起跑去回，可是，快到跟前时，他俩不知怎么的，竟然都停住了。就在这一刹那，毽子落地了。小团指着小丁大叫道："嗯！都怨你！熊老扁蛋。哼！要不是你，我可回倒了？你……""放屁！"小团还没说完，小丁就指着他叫道："怨我？哼，我看怨你呢！熊刷把子，你要是不来，说不定我还能让她给俺们'喝'一圈呢！哼，熊家伙，非往这……""哈哈，"围观的大人们、孩子们见了，一起高声大笑起来。小娟笑道："可丢人现眼了，还一头的呢，就互咬起来了……"

男孩子们吸取教训，商量后一致决定，实行人人联防承包责任制——就是大伙散开，毽子落到哪儿，由哪儿的人去回。其他人，不能越俎代庖。

咳咳，你还别说，这种方法还真有效，过了会，小玲这个难缠户，终于'喝'完了。男孩子却还没回倒，只有一次小胖回倒了。唉，可惜了可惜了！

这下，该男孩子找了，老是输，怎么办？他们正在一起商量着，怎么才能赢？

正在这时，从东边一溜烟似的跑过来一个小孩，边跑边叫着："我也来，我也来！"说着，已到跟前。"哎哎！来毽子，怎么也不找我？""熊家伙，"跃进叫道，"找你？熊家伙！你死哪去了？好吃鬼，咱们都输了好几排了。""嘿嘿，忘了忘了！"小东笑道，"行了行了，这下行了！好吃鬼，赶紧来！你不知道，唉，咱们输得太惨了！""哈哈，"毛眼子大笑道，"我一来就行了！你都不要找了。看我的！我保管让这些小黄毛丫头给咱们'喝'"。话刚落音,铁蛋就笑道:"嘿嘿,小好吃鬼,你别喘了!人那头都那么会,你指什么赢人的?""哎!"小亚子气得大叫道,"小黑胖鬼,你可别长他人志气,灭咱哥们威风。啊,说不定人毛眼子真行呢?!""哈哈,"毛眼子摇头大笑道,"蠢猪黑胖鬼!耳听为虚眼见为实。嘿嘿,你看着吧!不叫她们给'喝',我就不叫好吃鬼!"说完,毛眼子转脸对着女孩那边喊道:"喂!你那头可看清了啊。哈哈,看我使宝贝赢你!"说毕,鸡毛毽子往上一撂,蹦起来,跳跃个不停。啪啪啪,打起来了。一个平跳——左腿或右腿向后弯曲,另一脚点地跳起来,侧身用脚后跟或脚底打倒;一个跪跳——左腿或右腿,一点地,蹦起来。另一腿蜷起来一点,用脚邦子打倒,姿势仿佛跪着似的;一个绕鹰跳——一腿弯曲着,绕了两下后,另一腿点地蹦起来,踢到毽子的;一个喇叭跳——毽子撂起来,从裆部落下去,左腿点地跃起来,而用右腿踢倒毽子的。

毛眼子四个跳子,如行云流水般,一气呵成。男孩子们这头一见,蹦跳着,大笑着,欢呼雷动。"哈哈,好!好好!哈哈……"

女孩子这头呢,如水般平静。过会儿,才有了动静。咯咯地一个接着一个笑起来了。小丫笑道:"死小毛眼子,这么会的!还真怪会嘞……"

再说女孩子这头,只见过平跳,跪跳。压根儿就不知道,还有什么绕鹰跳,还有什么喇叭跳……最后,不得不认输。

小亮笑道,"可也赢一排了!哈哈,该给咱们'喝'了。""哈哈,"跃进笑道,"嗯,这还怪得呢!哈哈,行了!咱们就这样,一人对一排'喝',谁也不吃亏,谁也不占便宜……"

"喝"完了。男孩子这头,只有毛眼子受了三四下,其他人都不敢受——恐怕被逮到,赔老本,再给人家"喝"。

"哈哈,"女孩子们给他们"喝"过后,连收大笑道:"黑胖鬼,熊家伙,你看怎么样?俺这头也有能人。小毛蛋还没来呢!小毛蛋要一来,那更厉害呢!"说完,仰天大笑不止。

小常这时也累了,又怕女孩子一找,他们又要输。想到这,他忙大叫道:"哎!不来找的了,不来找的了!都淌汗了。那个咱们来掺毽子?"

他刚说完,大伙都忙笑着,一起纷纷赞成道:"对对,掺毽子,掺毽子!找得太累人了,来掺毽子,来掺毽子!"

何为掺毽子呢?要知端倪的,且看下篇分解。

篇二 掺毽子

话说孩子们一听掺毽子,忙纷纷响应着。大伙叫喊着,欢笑着,胡跑着,乱站一气。两个人之间的距离,等等不一,差不多都有六七步,八九步,十来步远。

大伙都站好后,此时的鸡毛毽子,在小玲手里。玩这个是不分组的,只讲逮着一个,那一个就走运了!不过走的是倒霉运!他得一个一个,轮流给大伙"喝"一遍。

掺毽子开始了!小玲见大伙都站好了,手拿着毽子遮挡了一下,对着小溪一挤眼,忙弯着腰,手一伸一缩地来回运动着,吓唬站在她南边的小溪。实际上,眼里正在密切地注意着,站在她东南边的小常。小溪呢,见她一挤眼,顿时就明白了。忙笑着,假装在认真配合。右腿乱摆个不停,胡乱踢着,一伸一缩。

而这时,站在小玲东南角的小常呢,偏偏这会儿又变成了笨蛋!开始他还有警惕性,后来一看小玲只顾她旁边的小溪了。于是不知不觉就放松了警惕,毫不在乎地左顾右盼。谁知小玲趁他不注意,冷不防,突然猛转身,手一松,毽子一下子便到了小常的脚跟前了。毽子离脚跟有一步远,就得给"喝"。这都到脚跟前了,那还用说吗?

毽子都到脚跟前了,小常呢,还不知道。他的眼只顾看着屋顶上一灰一白的两只小鸽子,在蹦跳着,追逐着。嘴里还自言自语道:"嘿嘿,乖!这两只小鸽子还怪好的。"还没说完,只听得欢叫声,大笑声响起:"啊!哈哈,给'喝',给'喝'!"大伙欢笑着,乱叫着纷纷跑过来⋯⋯刹那间,轰的一声,就把小常围了起来。

小常大叫道,直到这会,他还不知道,一个劲儿地说:"该的?该的?""该的?你说该的!哈哈。"大伙欢笑着,大叫道,"还该的!小蠢猪,给'喝'吧!"小常忙低头一看,毽子不知何时到自己脚跟前了。

他这才明白，自己大意失荆州了。早知道不看鸽子了，唉！惜已晚矣。

"哈哈，给我'喝'！"大伙围着小常，一起乱嚷着。

"哈哈，来！"毛眼子大笑道，"给我'喝'，这了，这了！神弹子，给我'喝'！"话音未落，就被铁蛋推了过去。"嘿嘿，好吃鬼，你过去！给我'喝'给我'喝'，神弹子，快快！给我'喝'。"他还没站稳脚跟，小凡就捅着道："哈哈，小黑胖鬼，你过去等会儿，先给我'喝'！哈哈，快点个。"

"咯咯……"小玲见了，只顾笑。小溪忙上前说道："过去过去，都过去！得先给咱们'喝'——这是咱们女孩赢的，该先给咱们'喝'！"女孩子们一听，忙一起纷纷喊："对对！得先给咱们'喝'！""不行不行！你们赢的就有理了？"男孩子们一起乱叫，"赢了也不行！谁先抢到，先给谁'喝'！"

孩子们乱嚷着，欢叫着，都一起往前凑。这下，被围在里边的小常可毁了！他手拿毽子，被大伙弄得干转圈。这个拽过来，那个拉过去，给这个"喝"，不行；给那个"喝"，又不行……

被大伙拉扯得焦头烂额的、乱转圈的小常，气得把鸡毛毽子往地上使劲一摔，大叫道："哎！都鬼嚎什么的，啊？这有什么好'喝'的？烦我劲，一个都不给'喝'了！"话音还没落，小亚子就叫道："哼！不给'喝'可行？熊家伙，不要你神弹子不神弹子的。咱们这么多人治你，可跟玩似的！想赖蛋？不行！""对对，"大伙齐叫道，"快给'喝'！快点个……"

终于，还是先给女孩子们'喝'过后，才轮到男孩子……

喝到还剩两个人时，小常听到他娘在家喊："小常，小常，回家吃饭了！饭都凉了，跑哪去了。小常——吃饭啦——"小常听到后，忙把毽子一撂，一溜烟跑了……

小黑、小亮一见，忙大叫道："哎！还没'喝'了呢？神弹子，还没'喝'了呢！""哈哈，"小常边跑边摆着手大笑道，"拜拜了！没'喝'了，留给你俩'喝'吧！我得吃饭啦！"大伙听了，纷纷大笑着走开了，也各自回家吃饭去了……

可小黑却气得很，骂道："哼！孬蛋。还没'喝'了就跑了。哼，这个熊东西！下回他逮到俺俩，俺俩也不给喝。""对！"小亮气得更厉害，"对对！熊神弹子，真孬蛋！"

二人气鼓鼓地边说，边往家走去。一只金红色的大公鸡，此时却仿佛很高兴，扑棱棱地飞到柴垛上，朝着东方，高声欢唱起来：喔喔喔……

卷四 大雪

篇一 快要下雪了吧

夜是一天比一天的长，天呢，则是一天比一天的冷。田野里的小麦苗、油菜，虽然都绿绿的，但总是看不见长。一天是那个样，两天是那个样，三天还是那个样——真不知道它们在搞什么名堂。

这一天，太阳也不知上哪去了，任哪也找不着。天空灰灰的，显得模糊，低矮。天气呢，还不错——好像比先前暖和了些。

一会儿，风慢慢地刮了起来。呼呼、呜呜地越刮越大，越刮越大……

又一会儿，柳家湾人所说的"盐粒"，随着风从天上掉下来了。落在地上的"盐粒"，蹦蹦跳跳的，如顽皮的孩子一样滚动着，滚动着。一会儿，就找到了自己的家，静悄悄地坐在那儿，等着伙伴们的到来。

"嘈嘈切切错杂弹，大珠小珠落玉盘。"不错的！"盐粒"打在瓦上，当当直响。那响声真是太美妙了！宛若成千上万颗珍珠，落在玉盘里那样清脆，圆润。天，风，仿佛小泽征尔似的，指挥着"盐粒"在演奏贝多芬的《田园交响曲》抑或刘明源的《喜洋洋》那么悦耳、动听、和谐；又如小提琴上奏着的名曲，真是如听仙乐，耳暂明。

风越刮越大，"盐粒"越来越多。地面上，到处都是些白色的小颗粒。

接着，落下来的是五角形，六角形，八角形，十角形，等等形状各异的小颗。嘻嘻，挺好看的！倘若你把它拿在手中，想仔细鉴赏一下，那可不大容易——你还没怎么看清，它就融化了。你的手上，就只剩下一点点湿的痕迹。大人们，有经验的孩子们知道：这是快要下雪了。自从"盐粒"这个可爱的小精灵,从天上跑下来后,孩子们非常欢迎他们,欢笑着就和它们玩开了。

孩子们欢笑着,跑来跑去,跑去跑来……

跑够了,孩子们笑嘻嘻的,有的去接那正落下来的"盐粒";有的仔细看着手中的"盐粒";有的直勾勾地望着地上正滚动着的"盐粒";有的昂着脸,伸着舌头,去等着那落下来的"盐粒";有的则侧耳倾听着——那"盐粒"掉在瓦上发出的圆润而清脆的响声;有的……

"哈哈,怪好玩,怪好玩!"欢笑声不断,孩子们都觉得怪好玩的。

"盐粒"下得大时,孩子们呢,也不管。欢笑着,从这个屋跑到那个屋。没看一会,又从那个屋跑回这个屋……啊!真是一刻也不闲着。

篇二 大人们与雪

第一节 谈雪、评雪

"盐粒"下过一阵后,不多久便让位了。让位了?让给谁?让位给雪花了。

只见小片小片的洁白的雪花,争先恐后地从空中飘下来,飘下来……有的落在树上,有的落在屋上,有的落在柴垛上,有的落在地上,还有的,则落在了孩子们那张开的小嘴里。落在孩子们小嘴里的雪花,则非常倒霉——它还没有欣赏够这人间的美景,也还没——还不知怎么回事,就完了——真可惜呀!

又过了一会儿,大片大片的雪,风扯棉絮般,在灰白的天空中,漫天飞舞起来。风越刮越猛,越猛越刮。雪越下越大,越大越下……啊!漫天飘舞的雪花,下得真紧。

大雪纷纷何所似,正如柳絮因风起。古人云,"忽如一夜春风来,千树万树梨花开"。在这儿,却是忽如一会大雪来,万事万物雪花开。天地间,琼花碎玉,一片银色的世界。

树上,屋上,地上的雪都老厚了。可天公赌气般,还是一直没有显露出一点将要停止,甚至下小些的姿态。

屋外，白茫茫的，雪花漫天飞舞，映得屋里亮堂堂的。

大人们正在屋里烤火，拉呱儿。小凡爷从门缝里看了一眼外边漫天飞舞的大雪，直起腰来笑道："嘿嘿，乖！这雪下得真厉害！好雪啊，好雪！来得正是时候！""嗯嗯，"跃进姥爷接着道，"嗯！可不是？这会儿，小麦正缺这个。啊，好雪好雪！"小黑爷道："哎！看样子，这几年的雪，都不如今年的厉害！今年小麦有大被盖了。""吓吓吓，"坐在火边的老皮子叫道，"我的个小乖乖，这雪下得可真厉害！头年没有雪，就搁过年中二月。看样子，过年子是没有什么雪了。过年还是天晴的好！""嗯——"铁蛋爷吐出一口烟道，"这是个好兆头。瑞雪兆丰年哪！看样子，明年会有个好收成。""不假不假。"老古牛吸了口烟，嘴里鼻孔里正往外冒着烟。他用手按了按烟袋窝里发红的烟，接着道："吭吭吭，好雪啊好雪！嗯，今年小麦有白大被；明年我老头就枕着又大又白的馒头睡！""哈哈。"一屋人听了，都一起大笑起来。

他们可真自在！不假不假。可那也是应该的！勤劳的人们嘛。冬天本来就是他们最愉快、最舒服、最高兴、最清闲、最喜欢、最盼望、最爱过的一个季节嘛。

篇三　孩子们与雪

第一节　扫雪、谈雪

鹅毛般纷纷扬扬的大雪，整整下了两天半，才渐渐地小些了，小些了……

被大雪困了两天多的孩子们，这下可憋不住了！雪虽然小了些，可仍在下着。孩子们可不管这些，在雪地里跑来跑去。一见大人们去扫雪，他们也忙着去凑热闹，拿着木锨、铁锨、扫帚也去，还没三戳两捣子几下，就没影了——早跑田野里玩去了。

田野里，到处都是雪，白茫茫的一片。偶尔，从树上飞走一两只小麻雀，叽叽喳喳地叫两声，把树上的积雪带下来一点，砸到地面的雪上，使平坦的积雪上平添了一两个新的小凹窝。

大路两旁的树上，银白色的枝条，晶莹夺目，美丽奇异，甚是好看。路上，孩子们边走着，边不停地胡扯着。

"哎！"来喜一本正经地叫道，"这头一场雪，是王母娘娘洗脚的水，可不能吃噢！""胡扯！"来喜的话音还未落，跃进就连连大叫着反对道："胡扯！大小人，你别哄人。吃就是了，大伙吃就是了。谁要是吃死了，我给他抵命。大伙都别听小大人胡扯！小大人能讲这么好话。"说完，他一弯腰，伸手从地上抓了把雪，往嘴里送。"哎呀！这么扎牙的，这么扎牙的！啊——真凉啊！"大伙一看跃进那个苦相，早大笑起来："哈哈……"吐又吐不出来，咽又咽不下去的跃进，边说边忙嘴乱动着，眼乱眨着。过了会，才把雪咽下去。"哎，真香！哥们，你们看可不碍事。我说得没错吧。小大人懂什么，小大人能说什么好话？净会胡扯！咳咳，没旁的本事。"

想尝尝雪的滋味，到底可有跃进所说的那么香的大伙见了，有的也忙抓雪往嘴里按，顿时被雪扎得一起乱叫："哎哟！乖乖，啊呸呸！这么凉的！"大伙脸苦着，都忙把手插到袖笼里去焐……过了一会，还不顶事——手冰扎凉，透骨凉！

小亮头缩着，腰弓着叫道："唉唉唉，回家吧？这怪冷了！"刚说完，小亚子就大叫着反对道："就回家？熊胆小鬼，能有多冷！这会儿雪不下了，正好玩！""哈哈，"小毛蛋笑道："哎对了！天这么冷，咱们也这么冷。咱们来玩打雪仗不就暖和了吗？""哈哈，"大伙还没等小毛蛋的话音落，就一起大笑道，"对对！""来打雪仗，打雪仗！""哈哈，打雪仗有多好玩啊！"

于是，孩子们就分组，玩起打雪仗来。

第二节 打雪仗

话体烦叙，且说孩子们分好头后，打雪仗也就正式开始了。

任哪都是雪，"子弹"可就不用愁了。真可谓取之不竭，用之不尽哪！战场呢，先是在大路上。路上哪够？对喽，根本跑不下啊！那田野里可大多了，够了吧。是的，后来，不由得就移到广阔的田野里去了。

一打起来，顿时，孩子们可就乱了套。你撵我，我追你，他又撵他……你抓雪撒我，我抓雪撒你，他又抓雪撒他……一个个来回奔跑着……有的跑着跑着，还摔倒了。孩子们哈哈大笑着，也不管是头是脸是腔，还是身子，抓起雪就撒，就掺，就搜。同时还高声乱叫着，乱喊着，乱嚷着。"我叫你跑，我叫你跑，嗯！哈哈。""站住站住！跑啥？有胆子别跑，胆小鬼，可敢站住？哈哈，你跑也跑不掉！""我叫你来！哈哈，再来？嗯，嘿嘿。""来呀，来呀！哈哈，小结巴子，你也敢来给我神弹子俩打？真是，秋后的冬乎，你还毛嫩！""哈哈，卷毛兽，快跑！黑胖鬼撵去了。""我叫你鬼嚎，我叫你鬼嚎！哈哈，可鬼嚎了？"

这时，小丁一弯腰，抓起一把雪，就去撵连收，边跑边叫道："熊大肚子，熊家伙！打过我就跑，想得倒美！哈哈，看你往哪跑，看你往哪跑？站住站住！"可连收就是不站住，哈哈大笑着，直往大路上跑去。

连收想，跑到路上，就好跑些了。可是，他想错了。路和田地间，隔着一条一丈来宽的沟。他跑到田地边一看，心想坏了——不好过去。沟里的雪怪深了，他不敢往沟里跑，再想往边逃，可惜已晚矣。小丁哈哈大笑着，已撵到跟前了。"我叫你跑，我叫你跑！哈哈，再跑啊，再跑啊！"连收忙抓起雪朝小丁撒去。小丁呢，立即还击。两条好汉，在沟旁就大战起来了。

连收一下连一下，一下连一下，只顾撒着，不让小丁靠近。小丁呢，则竭尽全力往跟前冲，不顾雪林雪雨。

战了一会，小丁主动出击，冒着雪林雪雨，冲到跟前。一到跟前，便用不上雪了，两人哈哈笑着，扭打在一起。

两条好汉战了一会，未分胜败。这时，连收叫道："不打了，不打了！不打了，老扁蛋，不打了！""不打了？想得倒美！哈哈，大肚子，在那边你怎么不打了！啊？哈哈……"小丁上哪愿意，边说着边一招紧似一招，一招紧似招。"这会儿想不打了，哼！想得真美。嘿嘿，我非把你打倒不可！"没有商量的余地，二人又扭打起来了，全力以赴，不分个上下高低，决不收兵。

打着打着，忽然，连收的脚一滑，一下子跪倒在沟边。小丁一见，喜出望外。得势不饶人的小丁想把连收压在身底,往他的脖子里塞点雪。只见他一个纵身,猛扑上去,一下子把连收压在身底。底下的连收,一见形势太危险了,与自己太不利了。形势危急,使得他抱着同归于尽的心态,猛一用劲,就拽小丁的棉袄,想把小丁拽下沟去。小丁一手和大半个身子,压着连收,另一只手忙去抓雪了。连收这一用力拽,小丁上哪稳住,一下子往下滑去。但他也非等闲之辈,两只手赶忙死死拽着连收的棉袄。咕溜溜,俩人一起翻滚到沟里去了。"哈哈……"其他伙伴们,欢笑着,乱叫着,打得正欢呢……

孩子们打仗,全靠灵活。不大灵活的,可就倒霉了。

孩子们直打得天又昏来地又暗,灰蒙蒙地看不见。打到末了,也不分头了,胡打一气。呀!真打得一个个歪戴帽子斜眯眼,鼻子和嘴一起喘。大伙都累得呼呼直喘,连铁蛋也不例外——气喘如牛。

这么冷的大雪天,孩子们身上不但暖暖和和的,还浑身是汗呢!

小胖累得上气不接下气,气喘吁吁地说:"嗯——哼——嗯——哼——嗯——哼——乖,这么热的!这么热的,嗯——哼——嗯——哼——累死了!累死了……"小凡叫道:"唉——不来了,不来了!唉——不来了,怪累了!"

此时,大伙都累得连话也不想说,都慢慢往大路上晃去,找地方歇歇……

第三节 滚雪球

孩子们来到大路上,刚歇了没多会,小黑就大叫道:"哎!来来,来滚个大雪球玩。""哎,对对,"大伙一起欢笑着赞成,"哈哈,来滚雪球,滚雪球。"说着,孩子们一个个立刻动手,可就干起来了。

不一会儿,孩子们的身后,就留下了一道道很深很深的痕迹。

小黑挪了个雪团,找到一个雪厚的地方,把雪团放到雪上,滚过来滚过去,滚过去滚过来……"哎!滚得越大越好哦——"小黑一边说着,一边不停地滚着……

一会儿,雪球渐渐地越来越大,越来越大……后来,小黑就用两手推着雪球往前滚。还没推多会,就推不动了。小黑使出了九牛二虎之力,又推了两下,实在推不动了。小黑叫道:"快来,快来!哎——我的推不动了。"

其他伙伴们,有的正在滚动着,有的正在推着,有的对自己滚的雪球不大满意,正想重滚一个。一听小黑叫喊,转脸一看,忙纷纷叫道:"哎哟哟!这么大的,这么大的!卷毛兽这家伙滚得这么大的,真厉害!"边说着,边一起跑过来,帮小黑又往前推起来了……

一会儿,三四个人又推不动了。于是,又添了三四个。还没推两下,又推不动了。又试了几次,人都累得脸憋通红,还是推不动。

大伙正要不推了,一旁的连收,跳过来叫道:"哎呀,这么笨蛋的!这么多人还推不动。过去过去,都过去!看我的!"说着,来到雪球跟前,他两手伸开,弯着腰,撅着腚,两腿抵着雪球推起来……可鼓捣了半天,连显形也不显形。"别推了,别推了,"大伙乱叫道,"大肚子,别推了!你推不动。"连收还不死心,也不服气。他直起腰来,略歇了一会,一弯腰,伸开两手,猛地用力就推,可雪球仍是纹丝不动。

小纵子指着连收大笑道:"熊大肚子,你不愿意,还推个啥?""哈哈……"大伙听了,笑得可就更厉害了。就连连收自己也忍不住笑了起来:"嘿嘿……"

铁蛋大笑道,"熊大肚子,你还行吗?让我来,让我来,让我来推给你看看!你还逞能吗?看我的!"小亮忙连连摆手,上前拦着道:"别推了!推不动!""你懂个屁!"铁蛋一伸手,一下子就把小亮推了过去。他今天不知怎么想的,非要推不可。"嘿嘿,熊胆小鬼,我还推不动?来玩的!推不动?哼哼,看我的!"说着,铁蛋过来,站在雪球跟前,闭目养神了一会,突然深吸了一口气,大叫一声:"啊!"伸开两手,弯着腰,可就猛力掀起来。铁蛋牙咬着,脸憋得通红。"咦!动了动了,动了动了!再推,再推,再推!"大伙正高声欢叫着。忽然,扑通一声,铁蛋一下子跪在雪地上,身子一下子趴在雪球上了——弄得一头一脸都是雪。"哈哈,怎么啦,怎么啦,怎么会这样?原来,他两手的雪,被他用力掀掉了。""哈哈……"大伙一见,立即大笑起来。

"呵呵,"小毛蛋大笑道,"黑胖鬼,你该的,饿了还是渴了,怎么连雪都吃起来了?"

过了会,来喜道:"哼!这雪球多大了?就跟神弹子家的那个大磨盘似的。嗯,就怕大磨盘也没这么粗。嘿嘿,你上哪推动?哎!来来,把这个雪球抬上去,摆在上面就更大了。""哎对对,嘿嘿,"大伙欢笑着,齐声赞成。"来来,来抬上去!"大伙忙过来,七手八脚地来抬小黑刚才滚的那个雪球。

孩子们使出了吃奶的力气,勉勉强强地才把雪球抬上去,放好。大伙再一看,都哈哈大笑起来。"嘿嘿,"铁蛋笑道,"哎,就跟个雪人样。哈哈,你看可像?""嗯,不大像,就是不大像……"站在一旁的跃进,端详了半天说道,"嗯,还就是不大像……"

第四节 雪人

且说众孩子,正在说雪球。有的说像个雪人,有的说不像。正争论不休,小纵子这时手里拿着一根不知从哪儿找来的小棍,跳了过来,笑呵呵地尖叫道:"像个屁!像?不像不像!像什么雪人?嘿嘿,过去过去,都过去!看我来把它变成个雪人。"说着,他拿着小棍,就在大雪球上画了起来。先画眉毛,接着画眼、鼻子、嘴……

大伙站在旁边观看着,议论着,"嘿嘿,怪像怪像,嗯!怪像怪像……"

这时,站在一边的小毛蛋大叫道:"哎!尖白脸,再搁肚子上画个肚眼子,就好看啦!""哈哈,对!还是小毛蛋鬼点子多!"小纵子说笑着,忙又跑过去,添上了个大大的肚眼子,还没画好,大伙就都一起哈哈大笑起来了。

离远一看,嘿嘿,你别说,还真怪像。不过,不像家里人,倒像一个坐在地上的出家人——大胖和尚。

第五节 雪地嬉戏

此刻,大伙站在离大雪人有六七步远的地方,看着,笑着。"怪像怪像,真怪像!""嘻嘻,像!""嗯,真怪像……"

小丁在旁边,突然双手合十,低着头,嘴里胡乱嘟哝着:"嗯嗯,哼哼哼,阿弥陀佛。妙妙妙,善哉善哉!咕噜噜嘟噜噜……"大伙一见小丁的那个鬼样子,顿时欢笑起来了。"哈哈!熊老扁蛋,你讲个什么?啊?"

大伙的笑声还未落,小亚子不知为什么,忽然大叫一声:"呀——哈!"扑过去,腿一抬,就往大雪人踢去。小亚子想一下子把大雪人踢倒,抖抖威风。哪料想——只听得他,"哎哟,哎哟,哎哟!"直叫。他忙蹲倒,用手不住地乱拂着棉鞋头,杀猪般,一个劲叫:"这么疼的,这么疼的!哎哟哎哟……""哈哈……"大伙一见,早大笑起来了。大雪人呢,跟没觉着似的,依然稳稳当当地坐在那儿,正笑眯眯地看着小亚子,和他的伙伴们。

"哎哟,哎哟,"小亚子仍蹲在那儿,不停地叫唤着,不住地捂着脚前头。"哎!嘿嘿,大雪人还怪结实呢。""嗯,怪结实!""嘿嘿,要不结实,愣头青会……"伙伴们正议论不休。

小亚子听了,气又上来了。他狠狠地瞪了一眼大雪人后,直起腰来大叫道:"结实?结实,我瞧你有多结实!哼!胆大鬼,胆小鬼,你俩过来,瞧咱们三个可能打倒它。哼哼!我倒不信呢,我瞧你倒有多结实。"小亮忙摆手叫道:"别忙别忙,看我跟放屁虫要劲!哈哈……"说着,他右手一举,拖着长音,可就大声叫喊起来:"我——是——西——瑞——赐——给——我——力——量——吧!""哈哈……"大伙一见小亮那个样子,又大笑起来了。"哈哈,"跃进大笑道,"熊胆小鬼,还怪会捣呢!哈哈,这个熊家伙……"

再看小亚子、小东、小亮三个人,身子乱动着——又伸胳膊又踢腿,脚使劲跺着地,把雪跺得四下里飞溅着,嘴里还不住地喊叫着:"哈!哈哈!哈哈!哈!哈哈!"三条好汉,还练起来了……大伙在旁观看着,欢笑个不停。

准备好之后,来到离大雪人有三四步远的地方,三条好汉并排站在一起:小亚子居中,左边小东,右边小亮。三条好汉双手合十,低着头,嘴里乱咕叽,忽然大喝一声:"阿弥陀佛,俺们送你上西天!啊——哈!"

三条好汉齐跑过去,同时一招龙凤连环腿,直向大雪人踹去。这一招,确实怪厉害。只听得——"哎哟,哎哟,哎哟……"直叫唤。三条好汉抱着右腿乱蹦着,龇牙咧嘴的,乱叫个不停。"哎哟,哎哟!这么疼的,这么疼的!""哎哟,哎哟,哎哟!乖乖!脚后跟好像掉了!"

"哈哈,"大伙这时笑得更厉害了。而大雪人呢,只是受了点皮外伤——肚眼子下面有三个不太深的脚印子——可它仍然稳稳当当地坐在那儿,没事人似的,笑眯眯地看着,看着——乱叫着的三条好汉和欢笑着的孩子们。

"哈哈,"小毛蛋大笑道,"哎!愣头青,俺看你们三个练得可以呢,怎么一个个都是鬼嚎狼叫的?"大伙听了,只顾大笑!

"嘿嘿,"小纵子又接着嘲笑道,"愣头青,还有你两个鬼。俺看你们三个,又伸胳膊又踢腿,俺心话能打倒呢。谁知不但没打倒,一个个还鬼哭狼嚎的!真厉害!你三个真厉害!哈哈……"小纵子说完,仰天大笑。

"哈哈,"小常用手一个一个指着小亚子、小东、小亮三个人,笑道,"你,你,你,三个大笨蛋,连这个点小本事都没有。"小东没等小常笑出第三声,就指着他大叫道:"熊神弹子,你,哎哟!你讲话的吗?剃头的还是捣蛋的?你行?你来试试?熊家伙,那会搁老古牛家戳马蜂,你又忘了?哼!哎哟,还怪疼。"说完,他蹲倒,又捂起脚来。小亚子、小亮及大伙听小东说小常戳马蜂窝,马上想到了那时的情景。一想到,立即又大笑起来。

"嘿嘿,"小常忙讪笑道,"杀猪还用宰牛刀?这点小事,不用本大人动手。嘿嘿,等太阳一出来,它马上就得给我完蛋!""你哈哈个屁!熊神弹子,"小亚子指着小常大叫道,"你本小人还差不多!还本大人?哼!熊家伙,哼……"

第六节 小哈利

不知何时,小纵子家的小黑狗,名字叫小哈利的也来了。

此时,哈利围着雪人转起来了。它边走边用鼻子嗅着,尾巴不时摇着。转了两圈后,不转了。它来到雪人面前,两眼直勾勾地望着,望着,尾巴时不时地摇着,摇着……还没过一分钟,哈利忽然头伸着,扑上扑下的,冲着大雪人大叫起来:"汪!汪汪!汪汪汪!汪!"

"哈哈……"孩子们一见,顿时又一起大笑起来了。

第七节 野兔子

风力减弱了些,可是,灰白色的天空中,又飘起雪花来了。

孩子们玩够了,正向家走。眼四下里乱看着,说笑个不停。

走着走着,毛眼子忽然指着东边的田野尖叫道:"哎!那是什么?哎哎,快看快看!那是什么?"说完,撒腿就往跟跑。大伙一听,也不顾什么沟不沟了,也不管什么雪不雪了,都忙一起往那跑。

小毛蛋一到跟前就叫道:"哎那个那个,是兔子脚印!""嗯,差不多,差不多。"毛眼子嘴上说着,心里似乎还有点怀疑。小东大叫道:"就是的,就是的,就是兔子脚印!""嘿嘿,"小丁笑道,"真的真的,有野兔子!嘿嘿。"这时,小团顺着兔子脚印,往南一看,哎呀!只见一条灰色的野兔子,一蹦一跳的,正飞速地奔跑着。他忙用手指着大叫:"哎,野兔子,野兔子!"说着,忙撒开蹦子就去撵。大伙往东南一看:哎哟!只见那条野兔子,箭一般飞跑着。忙得大伙随后就撵,边奔跑着,边一起乱叫:"哎,快撵,快撵!哈哈,快撵,快撵!"小纵子早用手往南一指,大叫一声:"哈利,上!"话音未落,就见哈利噌的一下蹿了出去。你看这条狗,四蹄蹬开,翻蹄撩掌,风驰电掣般扑向野兔子。眨眼工夫,就蹿到孩子们前面去了。

孩子们欢笑着,在雪地上使劲奔跑着,一起乱叫:"快快快,啊快快快!哈哈,快点个,快点个!哈哈,快点,快点,快点个……"

撵了一会儿,大伙在后面见那条野兔子到了一块高岗地——坟跟前就不见了……

等到孩子们气喘吁吁地撵到那几座坟前时,野兔子早已消失得无影无踪。大伙任哪看也没有,任哪找也找不着。纷纷乱嚷道:"哎!跑哪去了?""哎!跑哪去了?""怎没有了呢?""哎,怎没有了呢?""唉——

乖乖！好累死了，怎跑到这就没有了呢？怎没有呢？"

大伙边说着，边围着坟打圈找。但是，任哪也没有兔子的踪迹。只是在东边的那座坟南旁，有个洞，洞里面黑咕隆咚的。这时，小哈利用爪子正在不停地扒着，扒着。扒着扒着，扒着扒着，突然，咴的一声响，围在四周的大伙，仔细一看：啊——原来是块木板——都朽了！小亮一见，忙后退着，吓得尖叫道："啊，有鬼！"说完，撒腿就往家跑。大伙一听，也吓得纷纷赶紧就跑。就连平常最不信鬼的来喜，最不怕鬼的跃进也不例外。

刚开始，大伙的头都嗡地一下发蒙。直到跑了五六十步，才略微好了些。头不怎么蒙了，可心里却扑通扑通直跳。但是，仍在跑着。

这时候，后面的小亚子、小东俩好汉一起大叫道："哎，别跑了，别跑了！跑什么的，跑什么的？啊，哪有鬼，哪有鬼，哪有鬼！别听熊小亮胡扯。哎！等我一会儿，等我一会儿！"大伙听了，这才渐渐地停下来不跑了。回头看看，又慢慢地向前走起来……

小亚子一撵上来就叫道："跑什么的，跑什么的？熊家伙！一个一个都是熊小亮——胆小鬼！哼！哪来的鬼？别听熊小亮胡扯！哈哈，他自己就是个鬼！还鬼鬼鬼的。嘿嘿，你看俺跟小东都不怕。""嘿嘿……"大伙听了，都一起笑了，说说讲讲着，继续前进。

雪，还在飘着，飘着。远远望去，天地间成了一片银色的世界。

卷五　冷也不怕冷

篇一　雪停了

第二天早晨，雪不知什么时候停了。北风呜呜地刮着，天气冷得发了狂。

孩子们躲在暖暖和和的被窝里，早醒了，可就是一点也不想起床。但是，不行！一个冒失鬼——跃进，他今天不知哪一股子劲，起得特别的早。他挨家挨户地去闹腾，一个一个把孩子们捣腾起来。倘若不愿意呢？那可好办得很！跟吃糖果样，简单极了，容易极了。真的——只要他把一双冰凉的小手，往被窝里你那热乎乎的身上一搁。嘿嘿，你说你可起来——不由得你不起，而且动作还很快。

这会，跃进一阵风似的又钻进了小凡家。人还未到小凡的床前，声音就到了。"哎！懒猪，起来，起来！快点个，快点个！哎，小凡，你不知道，北汪的冰冻子冻得有多厚了！嘿嘿，乖！我到那用东西使劲一砸！咳咳，你猜怎么着。没显形！乖乖，一点也没显形。只搋了个大白印子。边沿都那么厚，中央就别说了。哎！起来起来，快起来！快点快点，起来起来，跑冻子去！"

小凡本来就喜欢跑冻子的，哪经跃进这么一说一怂恿。他一咬牙欠起身来，可马上又缩进去了。"嘿嘿，放屁虫，你不是哄我的吧？嘿嘿，我知道了，你想哄我起来。熊家伙，还怪会编呢！嘿嘿，我才不上你的当呢！""哎！"跃进忙叫道，"哎哎！熊家伙，我哄你该的？真的真的，一点也不哄你！起来起来，起来起来。"可是，小凡仍然不相信，躲在被窝里就是不想起来。不论跃进怎么说，他就是不起来。

跃进见软的不行，就来硬的。"嘿嘿，"只听得跃进笑道，"大老黑，我看你是敬酒不吃吃罚酒。嘿嘿，你说你可起来。快点个起来！要不然，那你就给我捂捂手吧！哈哈。"说着，两手就往被窝里伸。小凡见状，慌了！忙边躲边叫道："哎！呵呵，别别！我起来，我起来！"说着，忙坐起来穿衣服。"哈哈，这还差不多！快点起来，跑冻子去！"跃进笑道，说个不停，"呵呵，胆大鬼，黑胖鬼，好吃鬼，飞毛腿，嗯！还有好几个，都过去了。"小丁穿好了棉袄又问道："真的？冻得很厚吗？""真的，真的，咳！我哄你该的？"跃进叫道："哄你是这个！行了吧？熊家伙，真是的。"跃进说着，伸出了一个小拇指。小丁看见了，这才相信。因为小拇指，就是代表小子的意思——肯定是贬义的。

这会，小丁可顾不得冷了。被子一掀，蹬上了毛裤……三下五除二，一会儿就穿好了衣服，麻利得很。

二人来到门口，只见西边和东边，有好几个小孩，正往他这向北的巷口子跟来……于是，他们兵在一处，将打一家，直奔北汪，可就闯将下来了……

屋外,一片白茫茫的。几只麻雀冻得叽叽叫着,北风呼呼地刮得正紧。

篇二 怕冷的不算好汉

刺骨的寒风中,跃进、小凡等人,来到北汪。与先期抵达的铁蛋、毛眼子等人汇合。

刚住脚,呼地一阵寒风,扑面而来。孩子们顿时打了个寒战,一起叫道:"哎哟!这么冷的,这么冷的!乖乖,这么冷的!啊啊——"孩子们上牙不住地打着下牙,不时吹着手,一个个都缩着头,弓着背,手插在袖笼里,在汪边扭过来扭过去。不时跺着脚,不时把手放在嘴边吹着。哈了两下,又忙着缩进袖笼里,还不时把头使劲往下缩着,缩着——要是能缩到肚子里,仿佛才是他们的心愿似的。两只耳朵冰冰凉,虽然戴着帽子,也不顶事。鼻子也被风吹得酸酸的——有的眼泪满眼框转,有的差点掉下来了,有的已经掉下来了,正用手擦着……

"哎哟!乖乖,我的个亲乖乖,这么冷的!啊——"连收说着,哈了下手,又忙不住地跺着脚。"冷,哪冷?一点也不冷!"小亚子叫道,"冷什么的?一点也不冷!哈哈,怕冷的不算好汉!"小亚子说着,把手伸出袖笼外。可是,眨眼工夫,他又把手缩回去了。大伙见了,一起哈哈大笑起来了。

此刻,小胖叫道:"哎哎!来来,攒冻子玩。"说完,不等大伙回答,就忙找起来了。大伙也都忙找起来。可四下里找了半天,也没找到几个。

过了会,小胖在养鸡房前,好容易才发现了一个。他高兴得忙用脚就去磕,顿时只听得:"哎哟,哎哟,哎哟——"怎么啦?这时,小胖也顾不得冷了,忙蹲下来,用手不停地拂着棉鞋头。"哎哟,哎哟!呼呼呼,哎哟哟!乖乖,这么疼的,这么疼的!哎哟,哎哟,疼死了,疼死了!哎哟——冻得这么结实!哎哟,哎哟,我的脚都被冻掉了!哎呼呼呼,哎哟,哎哟……"大伙见了,早一起大笑起来了:"哈哈……"

过了老会,小胖才站起来。这下,他不敢踢了。而是用脚后跟,猛地使劲往后一蹬,那堁头就像一个还熟睡的小孩样,这才懒洋洋的,极不情愿地翻了个身,又睡下了。小胖见了大叫道:"哼!我叫你睡,我叫你睡!"说完,小胖一弯腰,手一伸,拾在手里,掂了掂,握住。右手甩了两下后,再一松手,就往汪里去了。只听得,啾啾啾……清脆的声音响起来了。声音还未落,那坯头,离弦的箭一般,早到北岸了。一时,大伙儿也都找着小土块、小石块,纷纷攒起来。啾啾啾,啾啾啾,啾啾啾……刹那间,汪里"啾啾"声不断——充盈着汪,溢出了汪。那响声可真是太美妙了!清脆,圆润,悦耳动听。听起来,还怪好听的。

汪边的孩子们,笑声不断。

篇三　跑冻子

第一节 这铁蛋不是那铁蛋

过了一会,大伙还在攒着小土块,小石块,只是不大好找了。

小黑把坯头扔出去后,忙把两手放在嘴边,用嘴不停地吹着:"呼——呼——呼——哈哈——还怪冻手呢!乖乖,这么冻手的!走走走,下汪跑冻子去!反正放屁虫说过——用东西使劲砸也没显形!哈哈……"说笑着,忙把手相插在袖笼里焐着。"熊卷毛兽!"铁蛋手指着小黑叫道,"你个熊家伙!皮子痒痒了?哼!我搓你个赖皮就好了。""哈哈——"大伙听了,大笑起来。

这没笑完,大伙就往汪底下去。"可能跑?"小亮在后边叫道,"哎!可能跑?哎!冻子上得了厚?""胆小鬼,你嚎什么?!""哈哈,"小纵子刚说完,大伙就大笑起来。"你嚎什么!熊尖白脸,你……"小亮还没说完,小毛蛋就笑道:"嘻嘻,胆小鬼,你别怕!你要是掉里边了,我一定把你救上来!"小亮连连大叫道,"熊鬼点子,讲话的吗?你喘什么?喘什么?净喘倒气!哼!"大伙听了,又大笑起来了。

此刻,走在最前面的小凡大叫道:"别笑了,别笑了!都别笑了,也都别喘了!走,快下汪里跑冻子去!"说完,他带头向汪里走去。大伙跟在后边,小心翼翼地下到汪里的冻子跟前。正要跑,来喜急忙拦着道:"哎哎!别忙别忙,大伙都别忙!放屁虫,再使铁蛋试试,看到底有多厚？！""嘿嘿，"跃进笑道，"小大人，你真是个笨蛋！这不有现成的铁蛋吗？还要我的干嘛？"跃进的话还未落音，铁蛋就指着跃进大叫道："你这个小放屁虫，你这个小尖耳子，小尖耳子，小尖耳子！哈哈，想挨揍了！熊家伙。哼！喘什么倒气！试试好！免得掉下去见阎王。你去见阎王还不大要紧，可咱们哥几个，还不想去见那个小臭阎王呢。快试快试！"大伙听了，都一起笑道："快试，快试！哈哈……"

跃进笑着，忙从棉袄口袋里掏出铁蛋，在冻子上砸起来了。砸了好几下，都是白印子。换了好几个地方，还是白印子。铁蛋、来喜、小亮、连收等人，又试了好几下，结果跟跃进说的一样——冻子上得太厚了！

第二节 结巴子报仇雪恨

大伙这下放了心，都站在边沿的冻子上，准备准备——好跑冻子。

这会儿，小纵子只顾不停地吹着手。没料想——就是做梦也没想到——结巴子小不多这会要算计他。

不多见时机已到，偷偷地来到小纵子身后，张开两掌，对准他的后背，啪！就是一下子——用力推去。顿时，小纵子可就出去了。而此刻的小纵子，确确实实实做梦也没想到，不多会对他来这一手。吓得他——"哎呀"一声尖叫，不由自主地身子赶忙往下蹲，同时，忙伸开两臂，竭力保持着身体的平衡——有好几次，两手都按着冻子了——不让自己摔倒……就这样，他一下子滑到汪中央，才渐渐地停下来。

小纵子刚开始要吓死了——非常害怕！后来，渐渐地不怕了，心绪也逐渐平稳下来。再后来，反而还十分高兴起来。"哈哈……"站在汪中央的小纵子，仰天大笑道，"不多，不多，小不多，结巴子，结巴子，你个小结巴子！嘿嘿，你看我老头这技术如何！啊？哈哈，熊结巴子，你也不撒泡尿照照自己！哼哼！你还嫩着呢！算了，不多，咱大人不见小人怪，宰相肚子能撑船。咳咳，咱不和你一般见！小结巴子，拜拜了！"说完，小纵子大笑着，跑跑，突然猛一蹲身，两手臂伸开，向远处滑去……

此刻，不多脸红红的。对于小纵子的嘲笑一声也不吱声。他本来是想叫小纵子趴下的，可万万没想到会这样。不但没达到目的，反而被他取笑了一阵子，真是……

大伙呢，先头来都非常替小纵子担心，指责不多，后来一见这样。早又哈哈大笑起来了，纷纷乱叫着，在冻子上滑起来了。

一霎时，北汪里笑声不断，此起彼伏，真是热闹非凡。

孩子们这会也不嫌冷了！他们有的从这边滑到那边，有的在冻子上打着滚儿，有的互相追逐着，有的跑跑跑，猛一蹲身，一下子滑出去老远。有的呢，跑跑，咕咚一声，一下子摔倒了，屁股摔成三瓣了——疼得他手不停地揉着屁股，嘴里小声地叫着，眼泪满眼眶转……可过了一会儿，又欢笑着跑起来。

"哈哈，看我的，看我的！""哈哈，看你的，你还行吗？哈哈，还是看我的吧！""哈哈，你看大肥猪——挨摔的！哈哈，腚摔成三瓣了！"

太阳这时也露出了红红的脸蛋，一点儿也不害羞，跷着脚儿往这儿看。

又玩了一会儿，小凡爷叫吃饭，发现孩子们在汪里跑冻子，气得他顿时指着他们大骂道："快给我死上来！这些小孬老丈孩子，活够了！哪里不能玩，非跑这玩？掉下去可不得了！下次再跑这儿玩，腿给你拧断！哼，这些小孬老丈孩子！"

大伙刚才的高兴劲儿，全给骂跑了。一个个像霜打的茄子样，头低着，不声不响晃到家。家里大人知道了，又严厉地训开了……

篇四　踩雪水

霜前暖，雪后寒。果然不假，午饭时，冰雪开始融化。这时，天气更冷了！

屋檐上，挂起了长长的，晶莹透亮的冰溜子，不时往下滴着水。地上的雪、水，到处都是——几乎没有干净的地方。

孩子们穿着胶鞋，或者皮棉鞋，乱跑着玩。在那即将融化的雪上，抬起脚，猛地使劲一踩！扑哧一声，雪水混合物，四下里飞溅开来。"哈哈，怪好玩，怪好玩……"孩子们都故意找这样的似融化似没融化的雪来踩。

太阳家里好像有亲戚在等它似的,一会儿又回去了。

午饭后,孩子们又把早晨挨吵的事,忘到月球上去了,纷纷来到北汪砸冻子玩。

此时,只见小凡、小丁二人,从汪里捞了块又大又厚的冻子,正往岸上抬呢。"哎哎!"小丁走着走着,忽然脚下打起滑来。他忙两脚一用力,好容易才止住。快到岸上时,小凡忽然脚下一打滑,"哎呀"一声尖叫,一下子跪在地上。可他的两手,还是死死地紧紧捏住冻子。"嘿嘿,没烂没烂!"幸亏地上的雪没化多少。不然,棉裤可就好看了。

小团、毛眼子在上边接着。四个人费了老大的劲,才把冻子安全运到岸上。

小团、毛眼子趴下来,头伸着,腚撅着,拿着早准备好的麦秸管,对准冻子边,用嘴使劲地吹着……不一会儿,就吹了个眼,毛眼子拿着早准备好的绳子,从眼里——小孔里穿过来,系住。系好后,毛眼子笑道:"行了!嘿嘿,走,回家去!"说完,两人在前边拽着。左右两边,各有一人,保驾护航——看着。其他伙伴们也都这样做着……

路上化冻了,不大好走。小凡、小丁,在前面小心翼翼地拉着,拉着……

快到家门口时,只听得哗啦一声,冻子忽然烂了。小凡、小丁忙转过头来,一起叫道:"哎哎!怎么烂了,怎么烂了?"小丁一见旁边的小团手里拿着的棍,顿时明白了,气得他指着小团大叫道:"熊刷把子,你个熊家伙,你怎么把冻子打烂了?""嘿嘿,"小团笑道,"我打烂的,我……""什么?"小凡也指着小团大叫,"熊刷把子!你这黄子,怎么把冻子打烂了?""嘿嘿,"小团道,"那个那个,我打烂的,这样好玩。来来来,来!来搁陆地上滑冰玩。"说罢,他一脚踏在一块小冻子上,往前一用力,冻子飞快地向前跑去;后脚立即上前紧紧地跟上……"嘿嘿,还怪快嘞!"说完,小凡也忙照着小团那样玩起来。"哎!"小丁叫道,"哎,呵呵,还怪好玩嘞!"说着,他也忙过去滑起来了……

其他伙伴们到来后,见这样怪好玩,也都这样玩起来。铁蛋却不这样玩,他呢,助人为乐——两手拖着小黑,小黑的两脚踩在冻子上。铁蛋推着小黑往前跑……孩子们都欢欢喜喜的,快快乐乐地玩起来了。

小团玩着玩着,后腿没跟上,也许是太快了,扑哧一声,一下子来了个大拍叉。大伙见了,一起笑起来。而地上的小团呢,不但没法笑,反而连声叫着:"哎哟,哎哟,哎哟……"他眼泪满眼转。听声音,是带着哭腔——都快哭出来了。但又怕大伙笑话,只好强忍着。真是哭笑不得!

大伙不管,仍在欢笑着,玩耍着。有的跟小团一样,也来了个大拍叉;有的一下子跪倒了;有的慢慢也劈起叉来;有的吓得不敢玩了,站在一边看别人玩……

小东玩着玩着,突然一下子也来了个劈叉——只听得哧的一声响,怎么啦?原来是裤裆上的线断了——他忙站起来,往家跑去。大伙见了,都乐翻了。"哈哈,胆大鬼,你个熊家伙,往家跑啥的?哈哈……"

不多久,小亚子一下子跪到了地上,膝盖被垫得生疼。气得他爬起来,噌!一脚把冻子踢多远。"哼!哎哟,哎哟……"说着,他忙弯下腰,手不停地摸着膝盖。"哈哈,"小纵子见了,顿时大笑起来,"愣头青,你这一招,哈哈,厉害厉害,真厉害!"

篇五　打冰溜子、吃冰溜子

玩着玩着,小毛蛋也滑倒了。你看他起来,抬起一脚,就把冻子踢粪池里去了。不知怎么的,也许是气太大了吧。气得他连连往后退,连连往后退……两眼只顾看别人玩。忽然,就觉得脖子里一凉!"哎哟!"他忙一侧身抬脸往上看去,啊!原来是屋檐上长的冰溜子化了,正往下滴水呢。"哈哈,"小毛蛋此时不恼,反而还大笑道,"大伙快来啊,来打冰溜子玩!"大伙听了,纷纷嚷着:"对对,哈哈,来打冰溜子玩,来打冰溜子玩!哈哈……"大伙弃了冻子,忙纷纷跑过来……

小毛蛋说完,忙找来麻秆,打起冰溜子来。啪啪啪……冰溜子掉在地上哗哗哗直响。

这时,来喜正拿着麻秆,左右开弓,正打得高兴呢。晶莹、闪亮的长长的冰溜子,掉在地上,断为两三截。哗啦哗啦哗啦……响个不停。

毛眼子忙跑过去接，一接到，就往嘴里送。咯吧咯吧，窟窟……嚼得直响。仿佛那冰溜子真好吃似的。"哈哈，"毛眼子吃完了笑道，"好吃好吃，真好吃！"说完，忙又去接那长长冰溜子……

小凡见不大好接，忙跑屋里，端了个团匾出来接……好不容易才等到几个，大伙欢笑着蜂拥上去，一起争抢着。还有没抢到的。只听得咯吧咯吧，咯吧咯吧，窟窟……一片声响。"嘿嘿，好吃好吃！""呵呵，怪好吃怪好吃！""嘻嘻，真好吃真好吃！"大伙一边吃，一边不住地赞扬着……

这时，连收忽然跑过来叫道："哎！不能吃不能吃。你不知道，我听大人说——吃雪屙沫；吃冰溜子屙棒头子。哈哈！"小纵子笑道："真的吗？大肚子。""昂！"连收的话音还未落，小纵子就大叫道："牙疼，吃面疙子屙长虫！"大伙听了，都一起大笑起来了。

此时，天也快黑了。好像有什么使了法术，又把大地给冻住了。

卷六 闹翻江

篇一 多事

一天下午，孩子们正在来喜家门口玩毽子。大伙都不怎么精通，也不大感兴趣。于是就来掺毽子。

还没玩两排，小胖就叫道："不玩了，不玩了！掺毽子不好，天怪冷了。""嘿嘿，"小常笑道，"对了对了，哎！不如玩多事有事？""哎对对，哈哈，来玩多事有事，玩多事有事！"大伙欢笑着，一起赞成。于是，大伙站成一个圆形，玩起了多事有事。

何谓多事有事？这可简单得很！就是站成一圈，一人踢起来后，他下边紧接着的那个人不等毽子落地就得踢。其他人不能踢！为什么？因为是按顺序来的。其他人一踢，就多事了。一多事，就有事了。有什么事？就是得给人"喝"。那么，要是紧接着的那个人踢不到呢？踢不到，就得给"喝"。为什么？因为你踢了。照你这样说，那还不如不踢了。

不踢也不好,因为事不过三呀——连续三次不踢;或踢不到的,就得给"喝"。这些小小的规定,孩子们就是闭着眼睛,都能说得头头是道的。

话不多说,且说孩子们正玩着多事有事。大伙先头玩站的还是圆形,一圈还不到,就乱了套!队形一会儿扁,一会儿尖,一会儿又成了姜子牙的坐骑——四不像了。这,还是次要的。主要的是,孩子们的叫喊声、欢笑声、脚步声等混杂在一起,显得非常热闹。

这会儿,小胖踢过后,下面是小纵子。小纵子跑上前,啪!猛一使劲,一下子把毽子踢得又高又远。来喜怕毽子落地,忙往跟跑去踢。可惜差了一步——快到跟时,毽子落地上了。来喜呢,右脚尖在后边突着地,差点就踢了。"哎!尖白脸,你个熊家伙!这么孬蛋的。使么大劲该的?哼!真是个小坏蛋。""哈哈,"小纵子大笑道,"小大人,这下你差点给'喝'了!""哎!"此刻,来喜拿着毽子道,说完,踢起来,给铁蛋,铁蛋过后是小黑。

这一下,一气踢到不多跟前,都是平平安安的。不多过后,小群见毽子不远不近,忙猛一使劲就去踢。他想踢给下边的小团。也不知怎么的,都有十二分把握的小群,竟然没踢倒。"哈哈,给'喝'给'喝',给'喝'给'喝'!""哈哈,你个熊家伙!"欢笑着的孩子们,一起乱叫着,"给'喝'给'喝'!""哈哈,熊飞毛腿,下次我看你怎么踢了?!"

小群给"喝"过后,又接着来。这会是小毛蛋踢,小毛蛋踢过后,下面该不多踢。小亚子不知怎么的,他急忙跑去踢起来,还一下子把毽子踢得好高。"哈哈……"小亚子高兴得哈哈大笑。"给'喝'给'喝'!哈哈,给'喝'给'喝'!"大伙欢笑着,一起跑过来,围着小亚子乱叫。小亚子蒙了,忙叫道:"该的该的?我踢到了!怎么给'喝'?我踢到了,我踢到了!""哈哈,"小毛蛋大笑道,"笨蛋!愣头青,你多事了!我踢过该不多踢,不多踢过才该你。哈哈,多事有事!给'喝'给'喝',哈哈。"小亚子这下才明白过来,可惜已晚矣!只好给"喝"……

正给小毛蛋"喝"着,跃进忽然连连摆手大叫道:"哎!别吱声,别吱声,大伙都别吱声。听!听听,后庄好像有锣鼓甲子响。"小亚子忙停下来,手拿着毽子,支着耳朵听着……

大伙支着耳朵听了一会,什么也没听见。"哪了,哪了?没有,没有!这会儿哪来的锣鼓甲子?放屁虫净胡扯。给'喝'给'喝'!愣头青。"小毛蛋早不耐烦地叫道,"快点个给'喝',快点个!""别忙,别忙,"小亚子不想给"喝",忙装着仔细听的样子,接着又胡扯道,"嗯!有!有锣鼓甲子响。"其实,他一点也没听见。

过了会,跃进这下听清了,忙大叫:"走!走走走,快快,后庄真有锣鼓甲子响。"接着,他手一挥大喊道:"冲啊!冲啊!冲啊!同志们冲啊!哈哈……"说完,大笑着,转脸就往家后跑去。小亚子拿着毽子,哈哈大笑着,忙也跟着跑去。大伙这会也听清了,边跑边挥手大叫道:"冲啊!冲啊!同志们冲啊!前进!前进!前进!"

篇二 拉鼓腔

兴高采烈的孩子们,兴致勃勃地跑到那一看,顿时蔫了!大伙的脸上马上露出了后悔的神色,浑身上下没有一点劲。刚才的高兴劲儿,早跑得无影无踪。怎么了,到底怎么了?原来是唱泗州戏的——孩子们都叫它拉鼓腔。

"哎哟——"小团叫道,"乖乖,早知不来了!""哎哟!哼——"小黑接着说道,"拉鼓腔有什么听头!回去吧!"小亮叹着气道:"唉!都到跟前了,还怎么回去?""唉——"连收长叹了一口气道,"早知不来了,搁家玩得多自?哼!都怨熊放屁虫。"小常无可奈何地说道:"唉!听会吧。""哼!"小毛蛋气愤地叫道,"都怨熊放屁虫!忙往这跑。哼!搁家玩得正欢呢。唉!走,回家吧!""哎,"小亚子忙叫道,"哎哎!别忙别忙,听会儿,说不定有翻跟子的。哎,听会儿,听会儿。"

孩子们有想回去的,又有不想回去的,只好听了。先是细嗓子咿咿呀呀地唱,尖溜溜的小腔。接着不粗不细的腔,粗长的老憨腔,又是细腔,又是咿咿呀呀的,又……呀……唉……

干急不淌汗的孩子们,早已不耐烦了。一个个急得抓耳挠腮,站也不是,走也不是……干着急,乱转圈……

好不容易才熬到最末了,只见一个五十多岁的唱戏的人来到场中央,满脸笑道:"各位老少爷们今晚接着唱!欢迎大家吃过饭再来听。嗯那——不肯听的也来凑凑热闹。反正……"

散场时,天已黄昏了。人们说讲着,有的已往家走去……

小纵子听了那人的话,尖叫道:"再来听?哼哼,再来听个屁!还再来听?"

孩子们大笑着往家跑去。这会儿,天已上黑影了。几颗早来的星星,在美丽的空中不停地闪烁着,闪烁着……

篇三 明知山有虎,偏向虎山行

第一节 "划拳、喝酒"齐商议

晚饭后,大人们几乎全都去听戏了。孩子们呢,几乎都没去。

今晚黑,孩子们不知是什么想的——也许是鬼使神差吧——都聚在毛眼子家写作业。还没写一会会,手脚都冻麻了。

小团放下笔,吹了吹手道:"乖乖,这灯怪暗了!看不清。哎!好吃鬼,把电棒拽亮。""啊对对!拽电棒,拽电棒!"大伙一起叫着。毛眼子过去,把电棒拽亮了。"哈哈,这多亮这多亮!""乖,这多亮!"大伙说笑着,赞叹了一番,又接着写起来……

还没写多长时间,小团放下笔,吹了吹手,又叫道:"哎哟,还怪冷呢!呼呼,这么冻手的,这么冻手的!""嗯,就是就是!怪冷怪冷。"小常跺着脚,响应着。"就是冷啊!哈——"跺过脚后,他又吹起手来。"哎!"小凡叫道,"来,咱们来烤会火?"话音未落,小亮就叫道:"不行不行,家里大人会知道,怎……""怎么不行?家里大人知道,碍什么事?你个熊家伙,真是个胆小鬼!""行行行。""不行,不行,不行!"孩子们有的同意,有的不同意。

正争论着,连忙忽然笑着对小黑道:"哎,嘿嘿,卷毛兽,你不知道,俺大姨哥在他那庄是最会划拳的。""最会划拳,真的?"小黑不大相信,问道,"不一定。哼!嘿嘿,那他怕也划不过老皮子。我亲眼看见的——那会在团结家喝酒,老皮子一连个人赢了六七个人。嘿嘿,他那一桌,差不多都被他给灌趴下了。他那一桌,哈哈,哈哈……""哎对了!"小黑笑声未停,小毛蛋就大叫道,"哎对了,嘿嘿,大伙都别吱声,别吱声,大伙都别吱声!大伙都别吱声,听我讲。"大伙都看着小毛蛋问道:"听你讲,讲什么?"小毛蛋放下笔,吹了吹手笑道:"嘿嘿,那个,咱们来划拳可行?"毛眼子等他刚一讲完,就大叫道:"不行不行,人划拳得有酒有菜。咱们这会上哪给你拿弄酒弄菜?又没有酒又没有菜怎么划?不行不行!"说完,他头摇着跟拨浪鼓一样反对着。"嘿嘿,"小丁笑道,"哎,毛眼子,你这个小好吃鬼,还非得要真酒真菜吗?""呵呵,"小凡笑道:"哎!好吃鬼,你可能喝酒?嘻嘻,两口下去,就叫你不知东西南北了。你还——哈哈!"小亚子大叫道:"毛眼子,你不知道,那酒不好喝,真的!真不好喝。乖,先头来我听老古牛说,那酒啊,可真好!又香又甜的。有一天,我就偷偷喝一口。哎哟!乖乖,呸呸!——火辣辣!一点也不甜,一点也不香!哎呀呀——一点点也不好喝!老古牛还说真香,香个屁!乖,嘿嘿,那会我眼泪都辣出来了。""哈哈,"小黑笑着道,"哎对了!那个,咱们不能喝假酒吗?""假酒?"小常带着满脸疑惑的神色问道,"假酒?什么假酒,哪有假酒?"小毛蛋这时大笑着站起来道:"哈哈,笨蛋笨蛋!这样,咱们用萝卜、豆子当菜,用水当酒,不就行了吗?可行?"笑声未停,大伙就一起欢笑着,大叫道:"行!哈哈,行行!来来来!"

第二节 老虎杠子闹翻天

说来就来,孩子们欢笑着忙收拾书籍、本子,摆上碗、菜、筷子……

一切准备好之后,刚坐下来,小纵子就拿着筷子大叫道:"哎!嘿嘿,怎么来呢?要是来三星呀,五魁首呀、八匹马呀,又什么巧七,都到,桃园啦,咱们都不大会。啊哎!不如来老虎杠子,咱们都会!""哈哈,对!"大伙欢笑着,一起乱叫道,"对对对!来老虎杠子,来老虎杠子!"

话休絮烦,孩子们"划拳喝酒"同时进行。于是,可就玩起来了。一霎时,叫喊声、欢笑声,筷子打击桌子声,哈哈,啪啪!响成一片。顿时,屋子里可就热闹起来了。

这边的小纵子、小群,手拿着筷子,使劲敲着桌子边,同时大叫道:"虫,虫!不来不来,虫,老虎!不来不来,哈哈,虫,杠子!""哈哈,"小纵子大笑道,"虫缝杠子!哈哈,飞毛腿,喝!哈哈……"

小群端起碗,才刚刚呡了一点点,就忙连连叫着:"啊,哎哟,乖!这么扎牙的,这么扎牙的!哎哟哟,真凉!哎哟哟……"小群一脸的苦相,小纵子也不管,反而还一个劲地叫道:"不行不行!飞毛腿,得喝一口!你就喝那一点点,不行不行,再喝再喝!白赖蛋白赖蛋,先前说好了的,输了喝一口。不行不行!再喝再喝……"小群没法,只好硬着头皮又喝了点。不知怎么的,水里竟然还有薄冰片。"哎哟哎哟!"小群喝过后,一个劲地叫,"哎哟哎哟,真凉啊!哈哈,再来再来!这局,我非赢你尖白脸不可!嘿嘿,来来……"说着,二人又接着战将下来了……

那边的铁蛋、小毛蛋,用筷子使劲砸着桌子,一起大叫道:"杠子!杠子!不来不来,杠子!杠子!嘿嘿,不来不来,杠子!鸡!"

"喝喝喝,"铁蛋大笑着喊道,"哈哈,鬼点子,该你喝该你喝!""哪了哪了!"小毛蛋忙大叫道,"笨蛋!杠子打鸡飞,杠子打鸡飞,鸡会飞!笨蛋!鸡会飞!蠢猪!""哎对对,"铁蛋笑道,"听错了,听错了!重来重来,嘿嘿……"于是二人又砸桌子,同时大叫道:"杠子!鸡!不来不来,老虎!虫!不来不来,老虎!鸡!""哈哈,"小毛蛋欢笑着大叫道,"老虎吃鸡!哈哈,喝喝喝,喝!黑胖鬼,喝喝喝!"铁蛋端起碗,喝了一口。"哎哟,哎哟!怪凉呢!哎哟……"嘴说怪凉,忙用筷子去捯萝卜菜吃——想吃块萝卜来去去凉。哪知一块萝卜放到嘴里,刚嚼一点,忙低头吐了出来。"哎呀,哎呀,呸呸呸!这么扎牙的!真凉啊!""哈哈,"小毛蛋见了,早大笑起来了。"来!来来,再来再来!来,快点快点——快点个!嘿嘿,这下我非得赢你个小鬼点子不可!嘿嘿……"说罢,二人砸着桌子,又接着大战起来了……

左边的跃进和连收,用力砸着桌子,同时大叫道:"鸡!鸡!不来不来,嘿嘿,鸡!杠子!不来不来,老虎!虫!不来不来,鸡!虫!""鸡吃虫!哈哈,"跃进大笑道,"大肚子,你给我好生喝吧!"连收端起碗,刚沾碗沿就叫:"哎哟哟——凉!凉!这么凉的!""嘿嘿,"跃进笑道,"熊家伙!还没沾到就凉凉,哪凉?嘿嘿,快给我喝吧!熊大肚子。"连收只好喝了一口,水一到嘴里,早闭上了眼的连收,忙不住地摇着头,鼻子嗯嗯叫个不停。"嗯嗯……"过了老大会儿,才咽下去。"哎呀!这么凉的——我的个乖乖!"说完,又去挟了块萝卜放到嘴里,忙嚼起来。"哎呀——俺妈呢!这么凉的……"可是,想吐又吐不出来了。他只好两眼乱眨着,一会儿又闭上眼,同时,头乱摇了一会,头猛往上一伸,这才咽下去。"哈哈……"跃进在旁,早笑得坐不住了。"来!来——"连收砸着桌子大叫道,"快点个!放屁虫,这局该我赢你了!"说着,二人接着擂起战鼓,又厮杀起来……

右边的小亚子和毛眼子,用力砸着桌子,使劲大喊道:"杠子!杠子!不来不来,老虎!老虎!不来不来,虫!虫!不来不来,嘿嘿,虫!老虎!""呵呵,"毛眼子停下来大笑道,"愣头青,喝喝!快给我喝吧!""放屁!"小亚子用筷子砸着桌子,连连大叫道,"老虎吃虫吗?老虎吃虫吗?熊好吃鬼,老虎吃虫吗?哼哼——笨猪笨猪!""哎,对对,嘻嘻,"毛眼子笑道,"听错了,听错了,从来从来!"二人又敲桌子大战起来。"老虎!老虎!不来,不来,杠子!杠子!不来不来,杠子!鸡!不来不来,嘿嘿,老虎!虫!呵呵,不来不来,杠子!老虎!""哈哈,"小亚子停下来大笑道,"好了好了,杠子打老虎!本大人高低打过你了!上局我喝,这局,下雨不打伞——淋到你了!哈哈,好吃鬼,这下你给我变成好喝鬼吧!快喝快喝!好喝鬼。你别要作假?别要作假!啊有酒有菜的,你还作什么假?"小亚子说到这,仰天大笑起来了。

孩子们欢笑着,叫喊着,互换着来,轮流着喝,没有一个不喝的。屋子里就像一锅反开的水,真是热闹非凡!

孩子们的大笑声,欢闹声,砸桌子声,把屋子充得满满的——都往外淌了。呀!这房子幸亏是新盖的,要不是新盖的,早被孩子们的砸桌子声,欢闹声,大笑声撑破了。

第三节 跃进通风报信,大伙逃之夭夭

大伙来得正高兴!啊,说来也巧,不该他们倒霉。一个伙伴——尖

耳子跃进到外边办私事。忽听得屋后人说狗叫声——原来是戏散场了,人们正往家走。

只见跃进快速办完私事,提着裤子就跑,还没跑到屋里就连连叫道:"快快快,快快快!哥们,大人听拉鼓腔回来了!赶紧收拾收拾,等会儿大人回来看见,会挨揍的。快点!快点收拾回家睡觉。"大伙一听,都慌了,忙站起来乱叫道:"真的吗,真的吗?可是真的?"小黑来得正有劲——正在高兴头上,一听跃进这么一说,上哪愿意,忙连连大叫道:"哪了哪了,才多会?大伙别听他尖耳子胡扯,再来再来!"小团也忙附和着:"对对!这会上哪回来?再来再来,大伙别听熊放屁虫胡扯!再来再来,再来会!"说着,又和小黑俩站起来:"杠子!杠子!老……""哼!"跃进大叫道:"哼哼!你两个黄子不信?不信上外边听听瞧瞧,听听瞧瞧?哼哼!"有几个伙伴,忙跑外边去听。一到外边,只听得后边狗乱叫,隐隐约约的还能听见人声……

一会儿后,来喜跑进来叫道:"就是的,就是的!听拉鼓腔的大人回来啦。快快快!尖耳子说得不错,大人都快到家后子了。赶紧收拾收拾,快快!快……"

其他伙伴,这时也跑过来纷纷乱叫道:"快快快!快快快!大人快回来了!快快快……"

大伙这下可相信了。一相信,可不大要紧。你看把大伙忙得——火烧屁股般,赶紧七手八脚,把划拳喝酒的工具收拾好,赶紧跑回各自的家。回到家,三下两下,脱掉衣服,赶紧钻到被窝里,蒙着头装睡起来……

卷七 新年到了

篇一 迎春

时间过得真快!孩子们到学校上了十来天学,不久,便放寒假了。寒假一到,离新年可就不远了。孩子们呢,高兴极了,更是激动了!天气呢,也不再像以前那么寒冷了。大概也是快到年底的缘故吧。

柳家湾的新年，对大人们来说是一个欢乐幸福的节日；对小孩子们呢，那就更不用说了——他们早就等不及了。真的！这几天，有趣的事，好多好多！待我慢慢向你道来。且不可性急，因为性急喝不了热稀饭嘛。况且，一口馍也吃不成个胖子哦。

人们一年忙到头，快过年了，也不闲着。不过，是为了办年货。鸡鱼肉蛋，不用说了。青菜水果，也不用谈了。还有什么瓜籽啦，转莲啦，花生啦，糖板啦，花猴子啦，还有什么各种各样的吃食。

快过年了，各家各户，还得提前蒸年馍——都是卡笼阁蒸的——还一蒸就是七八锅，八九锅，十来锅的。蒸馍还得挑好日子，一般都是在腊月二十五、二十六这两天。

蒸馍时节，要饭的特别多，还有贴财神的。财神呢，就是在一张小红纸上，印着一个头戴乌纱帽，身穿蟒袍的大官人。有人说他是孔方兄，有人说他是赵公元帅。来人把它贴在门左边，或右边。不过，贴可不是白贴的。贴过后不长时间，就会来要馍，或者要钱。

篇二　小年

第一节　腊月二十四

我们都知道，除夕也叫大年夜。既然有大年，那就得有小年。不知你们那的小年，在哪一天。柳家湾的小年，是腊月二十四。

小年这一天，临近晌午时，柳家湾的鞭炮声就响个不停。啪啪啪……这跟不响那跟响，那跟不响这跟响。噼里啪啦，响个不停。

吃晌午饭时，鞭炮声可就更多了，更响了。放炮的人的家门口，总是小孩子们在旁边看的多。啪啪啪！刚放了，硝烟还未散尽，硝烟底下，便是这些欢笑着的孩子们，在争抢着，寻找着没炸的炮……

这边正找着，啪啪啪！那边又响起来了。孩子们忙跳起来，欢笑着，撒开腿就往那边跑去……

第二节 淘气的孩子

晌午,放过炮后,跃进家里人,正在堂屋吃着饭。

不多一会儿,从大门外忽然传来一阵又像大人又像小孩的声音:"大娘大娘!找点吃吧,找点吃吧。唉!大娘,找点吃吧,给我点吧,大娘大娘!大娘,多少都行,水过地皮湿,多少都行。唉!大娘大娘,行行好吧!唉——大娘大娘……"只听得外面有人说话,就是没人进门。跃进娘听了,忙搁下碗,走出来,边走边说:"唉唉——快过年了,赶年饭的真多!"说着,来到锅前,拿块馍。走到门旁,一边开门一边说:"来来,把碗拿来,我再给你盛点汤,唉——"门刚一开开。"哈哈……"一阵欢快的大笑声,如暴风骤雨般响起来了。

怎么了?啊!原来是小纵子、小毛蛋、小凡、小丁、小胖等几个小孩,捏着大人腔说的——装要饭的。"哈哈,"跃进娘顿时大笑道,"咳咳,你们这些熊孩子,也真太捣了!你看,把你大娘我都给哄了!真是的真是的。""哈哈……"孩子们大笑着,忙一溜烟儿飞跑了。

第三节 说说笑笑

午饭后,不用说,孩子们又聚在一块玩。"哎!"小纵子叫道,"大肥猪,你晌午吃多少,可喝酒了?""一碗半!没喝酒。"小胖回答道,"一碗半米饭,可不多吧?我吃的肥肉多!吃了有十好几片子!""嘿嘿,"毛眼子笑道,"大肥猪,肥肉不好吃,哪有瘦肉好吃?我净吃瘦肉!""你懂什么?"毛眼子的话还没落音,连收就道,"好吃鬼,你懂什么!我……"他拍拍肚子,还想往下说,可是,突然身子往下缩着,腰弯着,两手捂着肚子,小声说:"哎哟,不好了。"连收说完,忙弯着腰,两手捂着小肚子,快速往茅厕跑去。"哈哈……"大伙一见,顿时大笑起来了。

跃进一见他往那个茅厕跑,忙叫道:"哎哟!大伙快看,大肚子又'吃饭'去了。""哈哈,"大伙听了,笑得可就更厉害了。

连收迅速跑了十好几步,马上停下来又慢慢走着,边走边回过头来说道:"放屁虫,我给你做饭去,等会儿回来你好吃。""哈哈,你是大肚子，你好生吃吧！大肚子，吃饱后，上后边大队去找我们啊？咱们拜拜了！"说完，忙和大伙一起，一溜烟似的往大队跑去。

第四节 看人打球

大队门口的球场上，这时早已围了一些人在打篮球。现在是胡打的，还没分组。孩子们偶尔也能撂两球。不过，不是从旁人那儿偷来的，就是拾漏子。要搁跟抢，到天黑，孩子们就怕连球都摸不到一下。

打球的胡打一气，篮板被砸得哐啷哐啷直响。孩子们抢不到球，只有在旁边看热闹的份儿了。你想，他们愿意吗？那他们上哪愿意！还没看一会，小纵子就叫："走走，搁这算熊！干看着又捞不到打。看着手就痒痒，痒痒又捞不倒打。唉——走走！看看可能捞到打乒乓球。""对对！走走走，走走走……"大伙早就想走了，于是就纷纷响应着。

就这样，孩子们边说着，边往乒乓球室走去。一到那，坏了！乒乓球室也有一些人在打球。在篮球场，孩子们偶尔还能捡个漏子。在这，连个漏子也拾不上。"走走！"还没看一会，小亚子就连连跺着脚叫道："走走走，搁这该的？干看着！干看着还不如去家玩。搁这还清冷，我脚都冻麻了。""嗯！嗯嗯……"大伙没法，只好垂头丧气地回家。

天仿佛也遇到什么不顺心的事似的，变得隐晦寒冷起来……

第五节 大肚子炸倒了愣头青

话说孩子们看球归来，快要到小凡的家。大伙本来就不大高兴，也没想到——也没注意到——连收躲在巷口子头的墙根，探了一下头，立即闪电般又缩了回去。大伙只顾往前走，往前走。走在最前面的小亚子，刚到巷口子头。"炸！"连收突然一声大叫，顿时，小亚子就觉得脑袋嗡的一声，不知上哪去了。同时，心里只觉得咯噔一下，身子猛地一颤，一下子愣住了——就像被孙大圣用定身法定住了似的。其他伙伴们的脑袋里，心里，都不同程度地嗡了一声，咯噔了一下，都呆住了……

铁蛋在最后头，清醒得早。你看他蹿过去，一把扭住连收的耳朵，连连叫道："你这个熊大肚子！小坏蛋，小尖蛋！熊家伙，你看人都让你吓死了,怎么办吧?这么六的!你个熊东西,真六,真六!"话未落音,来喜、小常、小黑、小亮等人,一起纷纷乱叫道:"哼!这个熊东西,真六!""逮到揍,逮到揍!"

连收再一看,傻眼了,吓懵了!只见小亚子两眼睁得圆圆的,手脚一前一后,一动不动站在那,跟木雕泥塑似的。连收忙过来,轻轻一推小亚子,小亚子跟没觉着似的,还是原来那个样子。吓糊涂了的连收,这下可真的吓坏了——吓懵了——吓傻了!干站在那,不知怎么办好……

这时,来喜忙过来,用手使劲一捶小亚子大腿上的酸肉。"哎呀——"一声,小亚子这才从月球上面回到地球上。

此刻,大伙纷纷蹿上蹿下,想上去揍连收,嘴里还同时不停地乱叫着:"逮到揍逮到揍,逮到揍逮到揍!"

小纵子、小毛蛋、不多、小团、跃进等人,蹿得最凶,最积极,最踊跃,叫得也最响亮,最多。来喜、小胖、毛眼子等人,忙拦着笑道:"算了算了,嘿嘿,算了算了……"

连收呢,站在那儿,一动也不动,一声也不哼,浑身上下直淌汗。两眼露出自惭又自愧,后悔又内疚,还有很想请求别人原谅的目光——那目光又有点呆滞。他心想:"唉!我也该挨揍,太——那个了!嗯,早知不干了。唉!谁叫我干的?怎么把他们吓成那样?哎!我怎么?真?唉!早知……"连收这会儿一副任由处置,可怜巴巴的样子。

这时,小亚子蹿上蹿下得更厉害了,非要揍连收不可!"不行不行,我非揍他不可!哼!这个熊大肚子,这么六的!熊东西,好把我吓死了。不行不行!不行不行……"小亚子边嚷着边往上扑。"嘻嘻,"来喜赶忙拉住小亚子笑道,"行了行了,嘻嘻,按说大肚子也该挨揍,可他本来是想和咱们大伙俩捣着玩的,没想到会这样。哎哎,吓也吓过了。嘿嘿,依我说就饶他这一回吧。啊?"大伙听了,也觉得有理,只是又不大情愿。再一看连收,站在那儿,一副可怜巴巴的样子。大伙又不大想去揍了,可还是不大情愿。没有法,怎么办呢?只好拿鼻子出气了。"哼哼哼!"

此时,小亚子指着连收大叫道:"哼!熊大肚子,这次要不是来喜,哼！我非揍你不可。哼！熊东西，哼！""嘿嘿，"铁蛋笑道，"大肚子，饶是饶了，只是揍罪饶了，罚罪不免。大肚子，你得拿点东西来，给咱们大伙压压惊。""行！嘿嘿，"连收忙讪笑道，"行行！保证拿，保证拿！嘿嘿……""哎！"毛眼子大叫道，"大肚子，你可得多拿点好吃的。要不然，哼！那你还得挨揍。""是是是！一定多拿，一定多拿！多拿。嘿嘿……"连收忙点头哈腰地笑着说。说到这，他又忙用脚后跟使劲一碰，右手往额上一搭，大叫道："嗨咿！嘿嘿……""哈哈，"大伙一看连收那个样子，顿时大笑起来了。

还没过多会，孩子们又重新和好如初了。那件不愉快的事，就跟没发生一样。

篇三 老拇

第一节 略说老拇

上篇说过，一快到过年时，要饭的就特别多。

在这众多来要饭的人当中，有一个赫赫有名的大人物。柳家湾的人们，对于这个大人物，是了如指掌。他的名声，简直可以说是如雷贯耳。

这个大人物，每年都到快过年时——正蒸馍的时候，来要。还净要麦面的！给其他面，他一概不要。你要不给他，他就不走。过一会还不给的话，他就直接上屋里自己去拿。死皮赖脸的不算，还嬉皮笑脸的呢。

这个大人物的家，就在离柳家湾不远的张大庄子。柳家湾的人们，不论大人还是小孩，几乎全都认识他。

他五十来岁左右，个子不高，脸上的肉，多得都往下嘟着。两个小眼睛，被多肉的脸一挤，便显得更小了——露出一点呆滞的目光。这种目光也许是真的，也许是假装的。油亮亮的脑门上边，没有一点毛，光溜水滑的。和有头发的地方一衬，便是个扇形。往下面看，肚大腰圆的。身子胖胖的他，走起路来，拇里拇出的。于是柳家湾人就送他一个外号——老拇！这，就是老拇的由来。

在这柳家湾，老拇无论到谁家要饭，人们都会笑着说："吆！老拇，你又来了。嘿嘿，熊家伙，这年头都这么好，你干嘛还来要饭？"他每年都是嬉皮笑脸地说："嘿嘿，要有吃的，请花轿来抬，俺也不来。"人们一听，顿时就哈哈大笑起来了。

熟络了，孩子们就和他捣起来。先文捣——和他一溜胡扒扯——也不问谁家麦壤垛子。后武捣——趁他不防，你推一下，我捅他一下，他戳一下。把点着的炮，悄悄地摆到他脚跟，放到他小口子里，扔到他要饭的破篮子里，口子里等等。反正是想点子和他捣乱。老拇到哪，孩子们就跟到哪。总之，在要饭的老拇身后，总少不了孩子们在跟他打闹。

第二节 详说老拇

腊月二十六晌午，风和日丽。太阳照在身上，暖融融的，使你以为这是阳春三月。

这时，小黑家门口来了个要饭的。不用说，我们也知道，是大名鼎鼎的老拇来了。因为他身后有一窝小孩子——欢笑着，对他指指戳戳个不停。

"呦！老拇，你又来了。"小黑爷一见就笑着说，"咳咳，我说熊老拇，你这个家伙，也真是的。这年头这么好，你干嘛还出来要饭？嘿嘿，真是的。""嘿嘿，"老拇嬉皮笑脸地回答道，"这年头好吗，我咋没吃的？嘿嘿，要有吃的，你请大花轿来抬俺，俺也不来！给找块馍，要麦面的！"大人小孩听了，早一起大笑起来："哈哈……"

"呵呵，"小黑娘在屋里边和着面，边笑着说，"哪来个麦面馍？这会连蒸都还没蒸呢！你还麦面馍，给你个黑窝窝头都不错了！死老拇，你别头伸着看，真没蒸！你看，我才使碱。""哄谁个？"老拇叫道，"哄谁个！咳咳咳，这会哪有不蒸馍的？哎哎，给找块。""嘿嘿，"小黑爷又笑道，"老拇，老拇！你望你吃的，你望你吃得多胖了，还来要。你脸上的肉嘟着，都好掉下来了。""嘻嘻，"老拇又嬉皮笑脸地说，"胖？我胖吗？我不胖！我还胖吗？咳咳，再说，那是它自个长的，不是吃的。嘿嘿，找块找块。""哈哈……"大人小孩听了，又大笑起来了。

此时，小黑的小姑笑着走过来，把一块大秫面窝头递过去。"捻！

呵呵……"老拇一见,不但不接,反而嬉皮笑脸地说道,"给麦面的,给麦面的!嘻嘻,这会谁还吃大秫面?""呵呵,捻!你可要?不要拉倒!""嘻嘻,这会谁还吃这个?""哟!老拇,行了。"在小黑家帮忙的小毛蛋娘,在案桌子跟前,一边揉着面,一边笑着说:"行了行了,大秫面也行了。要饭的还挑什么——不给你,你也干看着!可对?老拇?"可老拇根本不听,只是嬉皮笑脸的一个劲儿地说:"给找块,嘻嘻。""呵呵,"小黑娘笑道,"真没蒸好,你看,还没上锅呢,上哪找块?不然过会儿再来吧。"老拇听了不但不相信,反而头伸多长往堂屋里看。"哎哎,我看看,我看看。"看到后,又嬉皮笑脸地说,"嘿嘿,你那堂屋里的是什么?一大些些!还说没上锅。给找块给找块,快点个快点个!你要不得闲,我自个去拿。"说着,就要往堂屋里去。小黑笑着忙跑过来,捅着老拇道:"走开!熊老拇,你看看你吃的,多胖,跟个猪样!""嘿嘿,"铁蛋笑道,"哎!小老拇,你看你要多少了,还要?""嘻嘻,"来喜笑道,"哎!老拇,你媳妇呢?""哈哈……"大伙听了,一起大笑道:"你媳妇呢?老拇,啊,老拇,你媳妇呢?""哈哈,"小纵子笑道,"哎,老拇,你怎么没有媳妇的?包许挨人拐跑了啊?!""哈哈——"人们听了,笑得可就更厉害了。"去去去!"老拇说着转过脸来,扬起手中的小棍,吓唬着,"去去去!小孩眼子。"孩子们见状,忙欢笑着往后退。

这时,小黑爷上屋里,拿了快麦面馍,出来递给他道:"哎,老拇,下回不行再来要了啊?""嘿嘿,嗯!"老拇笑眯眯地边接馍,边笑道。接到手后,老拇又笑道:"嗯,小气拉拉的!"人们听了,又大笑起来:"哈哈。"小黑爷笑道:"你这个熊家伙,过了河就拆桥,早知不给你了!"

趁着人们都大笑的工夫,躲在老拇身后的小纵子,拿着炮,对小毛蛋轻轻地说:"对着对着,快对着快对着,快点快点!""噢噢,"小毛蛋道,"哎,尖白脸,往他篮子里撂。"说着,哧啦一声,擦着火柴,点着了炮。小纵子忙灵巧地往老拇篮子里一撂,又忙转身跑了。老拇这时正往口子里装馍,根本没注意到。啪!一声响,吓得老拇手忙脚乱的,忙乱拂个不停——差点把篮子撂了。"哈哈——"孩子们见了,可笑死了。

老拇生气了:"哼哼!熊孩子,皮什么的?想挨揍了!"说完,拿着棍就要来撵。正在这时,啪!又是一声响。一个炮在老拇的脚下炸响了,老拇吓得跳了起来。大家见他那个害怕的样子,惊慌的神态,大笑起来了。也许你要问——这后一个炮是怎么响的?嘿嘿,这是小胖、小团两个的杰作。原来,他俩趁老拇说话生气的时候,绕在他身后。小胖点着后,小团迅速地把炮往老拇脚跟一撂,忙跑开了……

这下,老拇可真的生气了。"哼!这些小熊孩子,逮到我非揍你不可!"说着,拿着棍就跑过来撵。孩子们一见,忙欢笑着忙四下里跑开了。

孩子们根本不怕他。不一会儿,老拇身后,又是一大窝小孩,欢笑着,和他捣蛋,给他闹……

篇四 大年三十

第一节 白天

两种美景

在人们的期盼中,大年三十这天,终于到了。

天公也作美,风和日丽的。幽蓝幽蓝的天空中,云姑娘在欢快地翩翩起舞。柔和温暖的阳光普照着大地。风儿用她那柔和的手儿,轻轻的轻轻的,抚摸着人世间的一切事物。

柳家湾欢声笑语,鞭炮声此起彼伏。家家户户的院子里,都是香气扑鼻!啊,真是太香了!你不闻也不行。怎么啦?哎呀——那香气直往你鼻孔里钻。院子里都盛不下了——那浓浓的香气只好飘出来,飘出来……汇合在一起,把美丽的柳家湾裹在里面了。

广播里,欢快的乐曲声,就像汪里泛头的鱼儿样,不停地欢腾跳跃着!惹得人们哈哈大笑。人们的脸上全是笑意——不论是眉毛,眼睛,鼻子,还是嘴,下巴。就连那头发,也摇摇晃晃地摆动起来,欢笑不止。至于孩子们的那高兴劲儿,就别提了。

柳家湾充满了浓浓的节日气氛,呈现出一派浓郁的节日景象。

看春联

　　碧空如洗，艳阳高照着欢乐的柳家湾。

　　上午十一点多，随着广播里欢快的乐曲声，人们迫不及待地开始贴春联了！门上，水缸上，压井上，猪圈上，槽上，牛身上……都有。哎呀！等等，任哪贴的都是。

　　门上的横批，有的写春回大地，有的是吉祥如意，有的写前程似锦，有的写……哎呀！等等。还有五六个，七八个，八九个，十来个斗大的福字。也有写其他内容的，但还是写福的多。

　　水缸上，压井上，都是福水长流。猪圈上，是六畜兴旺。槽上呢，是槽头兴旺。牛的两个疙上，也贴着福字。嘿嘿，连牛也福起来了……

　　来喜家门口，孩子们欢笑着，蹦跳着，看春联来了。"哈哈，"来喜大笑着，指着大门上鲜红的隶书对联叫道："哎！哈哈，看俺家的对子，看俺家的对联！多好！""好好！哈哈。"大伙一起笑道。"嘿嘿，"小常笑道，"走，挨排看！走，上大老黑家看去！嘿嘿，看他家写的对联。""嗯！对对，走走走，上他家看去。"

　　说着，孩子们已到小凡家门口了。小常念叨："福如东海长流水，寿比南山不老松。横批是福禄寿都有。""不好，不好，"小亚子乱摇着头连连叫道，"不好，这是老对子！走！上小丁家看去。"说笑间，人早到小丁家门口了，只听得小凡念道："改革开放，国富民强；物华天宝，人杰地灵。"刚念完，小东就叫道："啧啧，这字写得真大！怪厉害，啧啧啧……""走走走，走走走……"大伙叫着，说话间又来到小黑家门口了。大伙一看，"啊？！"都惊叫起来了。怎么啦？傻眼了！怎么了？那字龙飞凤舞的，大伙都不认识，更念不成句了。还没看一会，就厌了。"哼，哼哼，"小纵子叫道，"这是什么熊字？跟蛐蛐爬的样！""嘿嘿，"小黑笑道，"哎！我听俺小爷说，这叫什么草书。""倒书！什么倒书？"小毛蛋还没怎么听清，就忙叫道，"什么倒书？噢——包许是趴倒写的。""哈哈……"大伙听了，早一起大笑起来了。"哎哎！"小常往西指着连连叫道，"哎哎，走走，大伙快走！看，小团家正贴着呢！"

说着,就忙往那跑去。大伙一看,果然不假,顿时一起欢笑着,忙往那跑去了……

团结家门口,小团和他哥俩正贴着福字。大伙一窝蜂似的跑到后,来喜念道:"万两黄金不为贵,一家欢乐值钱多。"横批还没贴,这会,团结正拿着鲜红的大福字贴着。"哎哎!"小丁忙叫起来,"哈哈,大伙快看——俺团结哥把福字贴倒了!""哈哈,"团结转过脸来大笑道,"你们不知道,福子倒着贴就是福到了的意思。""哈哈,"大伙这才一下子明白过来,一起蹦跳着,欢笑着道:"对对对!就是福到了,就是福到了!哈哈……"

噼里啪啦的鞭炮声,炸开了花!

老古牛

大红大红的春联,贴好后不多久,鞭炮声便此起彼伏地响起来了。

鞭炮声响过后,便让位于欢笑声了。各家各户院子里,屋子里。"五啊,六啊,八啊,杠子,老虎,鸡,虫!哈哈……"划拳声,欢笑声,响彻柳家湾。

这时的柳家湾,成了欢乐的海洋。鞭炮声不断,欢笑声连连。家家户户都是莺歌燕舞,欢声笑语的。所有的一切,都沉入那欢笑的海洋里去了。

饭后,兴高采烈的孩子们,欢笑着,胡跑着玩。"哎,"小毛蛋这时说道,"走!上老古牛那玩啊!他那跟人多。""哎对!对对,"来喜笑道,"走,让老古牛教咱们划大拳。""哎,对对对!哈哈……"大伙欢笑着,齐声答应着。不一会儿,孩子们就到了。

老古牛家门口,人可真不少。大人们有的站着,有的蹲着,有的坐着,有的倚着,有的靠着……他们有的啦呱,有的打牌,有的观战,有的不声不响地晒太阳。不知怎么的,就是不见了老古牛。

大伙找了半天,也没找到。"哎!"小东叫道,"老古牛跑哪去了,老古牛跑哪去了?怎没有了呢?哎!老古牛跑哪去了?"大伙一起乱叫着,团团转,就是找不到……

铁蛋见老皮子正在打牌，忙过去问道："老皮子，哎！老皮子，老古牛上哪去了？""老K三带一，可有人打？"老皮子正玩着牌，哪有闲心来回答他。"没有人打，我可……"

"哈哈，那不！哈哈……"到底是小纵子眼尖，看见老古牛躺在东边的麦壤垛子跟前晒太阳。

孩子们哈哈笑着，忙跑过来。可老古牛跟没觉着似的，仍然一动不动地躺在那儿。"嘿嘿，"小东笑道，"老古牛怕是喝多了，让我来吓唬他一家伙！"说着，就要跑过去。来喜忙一把拉住道："别别别，他会生气的！一生气，他就不教咱们划大拳了。""对！"小毛蛋这时非常想学划拳，不然早跑过去了。小纵子可不管这些。"嘿嘿，不碍事，看我的！"说完，他弯着腰，轻轻的，轻轻的，蹑手蹑脚地来到老古牛身边，拿了根细麦秸，趴倒，对着老古牛的耳朵，可就拨弄起来了。还没拔几下子，老古牛就睡不着了——身子乱动着，嘴里哼哼着……小纵子一见，就实在憋不住了。"哈哈……"他大笑了起来，一边笑着，一边爬起来就跑。如此响亮的欢笑声，让老古牛更加清醒过来。"嗯——嗯——嗯，皮子痒痒了！熊小纵子，嗯，嗯，嗯——等我起来，非逮到揍你不可！哼哼哼……"老古牛一边说着，一边身子乱动——想爬起来……可磨蹭了半天，也爬不起来——啊，原来，他早已喝得迷迷糊糊的喽。

"哈哈……"孩子们一见老古牛想爬起来的样子，都吓得大笑着，忙跑开了……

第二节 夜晚

放炮

年三十晚上，柳家湾欢笑声络绎不绝，鞭炮声接连不断。大雷炮，小雷炮，花炮，钻天炮，彩炮等，与满天晶莹闪亮的繁星一起，点缀着深蓝色的夜空。呀，真美啊！

在这辞旧迎新的除夕，大人小孩最喜欢的莫过于看电视了。因为在咱们中国,每年的这一天晚上,都有春节联欢晚会。联欢晚会上,有许多极其精彩的节目,比如京剧、豫剧、黄梅戏,相声、小品与杂技。大江南北,长城内外的各种各样的民歌。甜美的歌曲,优美的舞蹈等。呀!真是古今中外,应有尽有。那节目精彩得很哪!

这不,晚饭后,孩子们你找我,我找你……不一会儿,便聚在一起,去看电视去了。

孩子们家里几乎都有电视,但都不想在家看。一者,因为家里的电视黑白的多,二者,村里的是大彩电。更主要的是三者,家里人少,不如村里的人多——热闹!

可不,你看孩子们聚在一起,急急忙忙地就跑去看电视了。其实,这会儿才刚刚七点。

路上,铁蛋边走边笑道:"快快!快快快,嘿嘿,联欢晚会快开始了。走,快点快点!""哈哈,"大伙欢笑着,一起应道,"快点快点,快点个!"

除了看春节联欢晚会之外,孩子们还有一件最喜欢的事——放炮!

到了北汪沿,小纵子停下来叫道:"哎!别忙别忙,还早着嘞!嘿嘿,来!来放炮!我带了五六个钻天炮。""对对!"毛眼子笑道,"嘿嘿,我还带了一个'地老鼠'呢。""哈哈,好!"小亚子忙掏出火柴大笑道,"来来来,我来点火!先放钻天炮。"小纵子这时拿着钻天炮,小亚子对着了念子。只见哧哧哧……火花飞溅着。小纵子忙把炮往上举着,哧哧哧——嗖!呜——一下子钻到半天空。紧接着,火光一闪,啪!钻天炮在美丽的星空,炸响了!"哈哈——"大伙一见,一起大笑起来。

小丁、小毛蛋、连收、跃进、不多等人,也放起来了。一霎时,只听得哧哧哧……嗖嗖嗖……呜——啪啪啪!响声接二连三。只见火花闪亮着,映衬着本来就非常美丽的夜空。此时的夜空,显得更加妩媚了,孩子们的欢笑声不绝于耳。

最后,放"地老鼠"。毛眼子把"地老鼠"放在地上,小亮忙过来,擦火柴点。可点了两三次,都没点着。"过去!熊胆小鬼——那么笨蛋的,点了那么多次也点不着。呵呵,看我的!"小纵子说着,忙过来接过火柴,蹲在"地老鼠"跟前,哧的一声擦着了,往念子跟一搁,忙跳开了。

只见哧哧哧，哧哧哧……火花闪亮着，飞溅着——"地老鼠"喷着鲜红的火花儿，四下里飞速地转着圈儿……"哈哈……"大伙见了，早欢笑起来了。"嘿嘿，乖！真好看，真好看。""咯咯，怪好看啊，怪好看啊！""嘻嘻，乖！转这么快的，转这么快的！"

"地老鼠"都不转了，已粉身碎骨了，孩子们仍围在那儿赞叹不已……

这时，来喜大叫道："哎哟！——快点快点！联欢晚会开始了。""噢！对对，快跑快跑快跑！哈哈……"大伙这才想起来，顿时大笑着，乱叫着，忙一窝蜂似的往电视室跑去……

祝福

春节联欢晚会结束后，欢笑的人们一起乱嚷着往外走。

走着走着，连收没注意，一下子踩到了小溪的脚上。小溪叫道："哎哟——俺妈呢！"小纵子在旁忙接着道："叫妈？叫奶奶也不行了。"人们听了，一起大笑起来了，"哈哈……"看电视时的笑声，大概也没这么响。

来到外面，新鲜的空气扑面而来。呀——真舒服啊！碧空中，繁星点点，亮晶晶地闪烁着。这时从柳家湾，邻村，接二连三地不时传来噼里啪啦的鞭炮声。欢笑声、鞭炮声中，大人们，可爱的孩子们，迎来了新的一年。啊！祝福你——我可爱的孩子们！

卷八　从表面上看是对的，从本质上看是错的

新年里还有许多有趣的事儿呢，得继续说下去，倘若到此结束，那就很遗憾了！

篇一　风车子

年初一下午，孩子们不去看人打球了。大伙嘴上都说，那打球有什么好看的？不好看！其实，心里想说的是，到那俺又捞不到打，去该的？

211

也是……

那他们干什么呢？孩子们在家，找几张写春联、扎花灯剩下的纸——有红的，有黄的，有绿的，有蓝的，来糊风车子。

这风车子，孩子们几乎都会做。把一个麻杆子从中间劈开。分别刮好后，在中央钻个眼。用两张四方四正的纸，使浆糊，一边贴在上面，一边贴在下面。然后找个带疙子的扫帚枝，从眼里传过来，再插在一根长麻秆上就齐了。

拿着麻秆，你使劲一跑，滴溜溜，呜——那风车子转得可快了！要是在纸上多添点颜色，那转起来，嘿嘿，可就更好看啦！还有做"猫耳子"的，只是'猫耳子'不大好做，孩子们也都做得少。

这会儿，只见铁蛋、来喜率领大伙，拿着风车子，少量的"猫耳子"，往田野里跑去——看谁的风车转得快。田野里绿绿的麦苗，还是不怎么见长。天空中不时有几只鸟雀飞过，留下几声清脆的鸣叫声……

风不大，可是一跑起来，也了不得。孩子们如一群快乐的鸟儿，欢笑着，欢叫个不停呢。

"哈哈，"小纵子站住笑道，"看俺的，看俺的！嘿嘿，看俺的风车子——转得多快！哈哈，熊结巴子，你那还行吗？""嘿嘿，"小常笑道，"卷毛兽，你看俺的——站着不动，也转得飞快！""神弹子，"小黑叫道，"你那算个啥！哪有我的转得快？嘿嘿，还看你的？""呵呵，"毛眼子笑道，"老扁蛋，把你那风车子撂了吧！哈哈，你看俺的！你也看看俺的。"小丁连连叫道："熊好吃鬼，嘿嘿，你那风车子，你那风车子，你那个破风车子给我拾鞋我也不要！哈哈——"

大伙一起乱叫着，都说自己的风车子好。正玩着，小毛蛋忽然叫道："哎对了！回家糊风筝去。这风车子太小了，不如风筝飞到天上好看。嘿嘿，风筝飞到天上，那有多好看啦！""哎对对，对对！回家糊风筝去。""走糊风筝去！哈哈……"大伙听了，一起赞成，欢笑着往家跑去。各人回到家，有的自己糊，有的则缠着大人们，叫他们给糊风筝。大人们拗不过，而这会又没什么事，就答应了。于是，孩子们欢天喜地地忙起来了……

篇二 玩会

第一节 有关压岁钱的妙论

年初三这天,早饭后,晴空万里。孩子们正在一起玩着……

小群一边嗑着转莲,一边笑道:"上天我磕头,俺妈给我十块钱。""嘿嘿,"话音未落,一边剥花生的小常笑道,"熊飞毛腿,我还没磕,俺爸就给了我十块钱呢!"这时,小团忙把嘴里的转莲咽下去。从口袋里掏出那崭新的十块钱票子,拿在手中,连连晃着道:"看,看!哈哈,看俺的!看俺的,看俺的!嘿嘿,看俺这票子多新!""我我我……"不多忙把嘴里的花生飞速咽下,忙说,可还没我出来,小亮就大叫道:"新有什么用?十块钱还是十块钱,又不能当二十块钱使。""哼!"小团忙还击道,"哼,不能当二十块钱使,反正比旧的好!咳咳。"正剥着花生的毛眼子笑道:"啧啧啧!嘿嘿,我这十块钱,得留着买点好东西吃。""呵呵,买什么好东西吃?"毛眼子话音刚落,小胖就笑道:"好吃鬼,我天天都吃够了!买什么好东西吃?还不如买几本画书看嘞。""对对,"来喜忙接着道:"对!买几本画书看多自!那《孙悟空三打白骨精》《地道战》《地雷战》《平原游击队》《渡江侦察记》《七剑下天山》。""行了行了!"来喜还想往下说,却被小毛蛋打断了,"行了行了,小大人,嘻嘻,你真是狗喝糖稀——扯扯不断!""哈哈……"大伙听了,都一起欢笑起来了。

此时,铁蛋道:"对了,留买画书看,赶集买去!下边没有好的。"话音还没落,小亚子就大叫道:"熊黑胖鬼,你赶集买去吧。俺不去!那年赶集,你又忘了?"哎,怎么了?原来那年暑假,从来没赶过集的孩子们,看大人赶集都高高兴兴的。心想,赶集一定怪好玩,怪得劲。于是,大伙聚在一起,偷偷去赶集。可一到集上,坏了!怎么啦?一到集上,顿时就像到了刚出过砖的窑里一样。啊那个热呀!简直没法说。又挨晒!毒毒的白花的太阳,火球般,烤得他们直淌油。热晒还不算,还挤呢!孩子们被挤得都好喘不过气来。要不是手拉着手,恐怕就被人流给冲散了。回来的路上,孩子们一起发了誓:"下次再也不赶集了!"

现在,大伙经小亚子一提醒,想到这,都心有余悸地纷纷说:"对对对……""对对对,对个屁!"小东大叫道,"笨蛋笨蛋!那会是什么天,这会是什么天?那会是热天,这会是冷天。怕?"他还未讲完,小凡就大叫道:"管他什么热天冷天。"

大伙一想起来,顿时哈哈大笑起来了。"哎!别笑了,"小丁这时大叫道,"别吱声,都别吱声。听!哎,后边跟有锣鼓甲子响的。"跃进手上一边不停地剥着花生,一边嘴里不时嚼着。咽下去后,他才慢条斯理地说道:"哪了,哪了,哪了,哪了?没有,没有,没有,没有!熊老扁蛋,净胡扯!我尖耳子都没听见,你上哪听见。"说完,他又把花生米撂进嘴里,嚼起来。小亚子歪着头,仔细的听了一会,刚听见,就忙大叫道:"有!有有!真有真有!真的有!哈哈,熊放屁虫,你耳子塞驴毛了!"小亚子说到这里,把手一挥,撒腿就往后跑,边跑,边大喊道:"跑步前进!冲啊——哥们,向后庄进军!哈哈……"

孩子们一起大笑着,一窝蜂似的叫喊着,飞也似的朝后跑去……

第二节 场上的欢笑声

看表演

半路上,孩子们就看见许多人正往后庄的场上去。

咚咚咚,咚咚咚……喤喤喤,喤喤喤……锣鼓声不停地响着。"玩会(民间的一种晚会)啰,哈哈……"孩子们欢叫着,大笑着,跑得更快了。还没到跟前,就见后场上已聚了一圈人了。四周还有不少人,拿着板子,提着椅子什么的,正往这来……

孩子们来到跟前,忙从人空子钻到里面,看起来了。

只见场中央,一个中年人开始表演起来了。他浑身穿得破破烂烂的,脸上的表情很是酸苦,怀里抱着两个小孩,身旁还有三四个小孩——都是假的——塑料做的玩具。只听得那人捏着心酸的哭腔道:"哼,哼,唉,唉,唉!各位老少爷们,娘儿们,都看看,都看看!唉——俺也不知哪一辈子干坏事了，养了这么多小孬老丈孩子！哼，哼，唉！少吃无穿的。唉——俺天天都累死了，还弄不上吃的，哼，哼，唉就是有点吃的，还都是少油无盐的。哼，哼，唉——都叫俺愁死了！哼，哼，唉！哼，哼，哼……"那人"哭"了起来。

假哭了一会，那人仰天大喊起来："天啊天啊！唉，老天啊老天！这日子可让俺怎么过啊！哼，哼，哼……"说到这儿，那人蹲下来，装着大哭起来，还用袖子不时擦着眼。"小孩"呢，一见大人"哭"，也跟着"哭"了起来……

唢呐、琵琶、扬琴等乐器，也跟着大"哭"起来了。

玩旱船

踩过高跷后，旱船上场了。顿时，锣、鼓、扬琴、琵琶、笛子、唢呐、口琴、梆子、箫等乐器，一起演奏起来……

随着那悠扬的乐曲，旱船在场里的四周行驶起来——煞是好看。那旱船，可真漂亮！但见红的，绿的，黄的，白的，紫的等，五颜六色的纸花。各种各样图案的剪纸，与其他的鲜艳的装饰拼一起，组成了一个美丽的大花船。船舱的门两边，贴着红纸黑字的一幅行书对联。上联是：改革开放政策好；下联配：国富民强干劲高。横批是：喜迎新春。

花船里，一个脸庞俊俏的姑娘驾着船。花船轻轻的，一摇一摆的，悄无声息的，缓缓地向前行驶着……

花船两边，各有两位腰中勒有鲜红，天蓝，鹅黄，嫩绿这四种色彩鲜艳的丝纱巾。其年龄在十八九岁之间的漂亮姑娘，她们的两手把丝纱巾摆过来摆过去；两脚呢，则走一步退两步，在不停地扭着……

花船前边，有两个棒小伙子，口中含着哨子，手里拿着细长的竹竿，在引着船往前行驶着……

花船后边呢，则是一对老两口。最有趣的，要数他们俩了。但见，老头子头戴黑礼帽，嘴唇上按着的假胡子，足足有一指长。据小纵子说，那是猪毛的。他上身穿一件露着棉花的小破袄，外罩着一件不大新的黑色的小皮马甲。下身套件灰裤子，脚上一双青布鞋。手中拿着一把不知用了多少年的破扇子。走路跟喝醉酒似的,三歪四斜的,没有个正形。边走着,边不住地扇着——好像他很热似的。老嬷嬷呢,头裹个黑纱巾,上身穿着一件蓝色的大襟小褂,下身着青裤子,脚上一双尖尖的黑布鞋儿——鞋前头,鞋帮子上还绣着鲜红的荷花儿。她手里提着个线陀子,还不停地捻着……眼睛呢,眨巴着,走路还一扭一扭的——一步挪步过三指……

"哈哈……"还没正式表演,大人小孩,一见老两口子的那个滑稽样子,都忍不住大笑起来。

"哈哈,"小纵子指着老头子大笑道,"看那老头子,多会捣!""呵呵,"小毛蛋笑道,"老头子会捣,老嬷嬷呢?更会捣!"大伙都说不出话来,只顾欢笑着。

这时,婉转悠扬的乐曲又响起来了。在乐曲的伴奏下,驾船的姑娘开始唱起来:"正月里来是新年,一来玩会儿宣传!"此刻,其他所有玩会的人,都接着齐唱:"正月里来是新年,一来玩会二宣传……"

只见老嬷嬷唱罢,一手拿着线陀子,一手抹了一下嘴后,紧接着向观众一指,眼睛眨巴着,捏着尖细的腔说道:"就是的,正月里来是新年,不假不假!"说完,又忙捻着线,一步挪不过三指地扭起来。"哈哈,"人们一见老嬷嬷那么个鬼样子,笑得更厉害了!

此时,众多的乐器演奏着悠扬,婉转,舒缓的乐曲。花船随之左一摇,右一摆,缓缓而平稳地行驶着。驾船的姑娘又接着唱道:"改革开放政策好!"姑娘们,小伙们,老头老嬷嬷,又紧接着一起合唱:"政策好!"驾船的那个姑娘,又开始唱起来:"国家富强人欢笑!"姑娘们,小伙们,老头老嬷嬷,又紧接着一起合唱:"人欢笑!"合唱毕,又一起合唱道:"正月里来是新年,是新年!一来玩会二宣传,二宣传!改革开放政策好,政策好!政策好呀,国家富强人欢笑,人欢笑!人欢笑呀人欢笑……"

合唱毕,花船前,背对着背的两个棒小伙子,一边两手握着竹竿,一划一划地往前引着船,一边立即接着唱道:"改革开放政策好!政策好,小康生活跑不了!跑不了。"姑娘们,老头老嬷嬷接着一起唱道:"改革开放政策好!政策好,小康生活跑不了!跑不了。"唱毕,其他乐器停止演奏,只有梆子伴奏着。只见一个小伙子引着船,另一个小伙子,拖着竹竿来到场中央。他一手不时摆着,两眼不时对着四周的观众说道:"正月里,是新年!一来玩会,二宣传!今天我不谈别的事,单把那,计划生育来宣传……"唱完,两个小伙子嘟嘟一声长哨,啪啪!竹竿使劲一砸地,往后推去。到船后,又忙一溜小跑着回到船前。而花船却飞快地行驶起来了……乐曲声也同时欢快地响起来了。姑娘们、老头老嬷嬷的脚步,动作也同时加快起来了……

花船行驶了两圈后,下雨了!——这下,下雨不打伞——淋到船后的老头老嬷嬷俩了。

船速一快起来,老头子的神乎劲就来了,仿佛一个调皮淘气正玩耍的孩子样,蹦跳个不停。他一边扭着,一边还不住地用破扇子扇着——呼呼呼……而老嬷嬷呢,先头来也快快乐乐地扭着。后来呢,速度一加快,她渐渐地好像跟不上了。一跟不上,老嬷嬷就叫起来了:"老头子?""哎!""等着我?""噢!"对答完毕,紧接着,老头老嬷嬷一起合唱道:"快快快,看个俺俩一块去拾麦穗。哎呀咿呀咿呀咿呀嘿……"大人们,特别是小孩子们一看,一听,早乐得大笑起来。

老头老嬷嬷唱完,不多久,花船突然剧烈地摇晃起来了——东一头,西一头,左歪右斜的。一会儿不要,花船竟趴下了——原来,船触地了。花船一剧烈地摇晃,船两边五个姑娘们,船前头的两个小毛头小伙子,可就慌了!都不知怎么办好,只好蹲在那儿了。

姜,还是老的辣。一点也不假!你瞧,此刻船后的老头老嬷嬷俩,又神气起来了。

在梆子的伴奏下,头点腚撅的老头子,一边不停地扭着,一边用破扇子呼呼呼不停地扇着,一边还说起来:"哎哎,这阵风,还真不小!一下子刮毁了我的新棉袄。"说到这,他忙用手抖抖身上的破棉袄。接着又说:"哎哎,这阵风,还真怪大!哎一下子刮烂了我的新小褂。"说到此,又忙用手去摸摸身上的旧小褂。接着又说:"哎哎,这阵风,还真怪厉害!厉害,真厉——害呀!"说到这,唢呐、扬琴、琵琶、笛子等乐器,与梆子一块,演奏起悠扬的曲子来。而老头子则欢唱个不停。

"三朵花儿开呀！哎一朵小梅花啊——呀啊啊！哎咿嗨咿嗨咿吗嗨……"

在老头子表演的同时，老嬷嬷也没闲着。她一边扭着，一边不时捻着线，一边用眨巴着眼睛，不时看着观众，还不时停下来，偷偷地对着老头子，指指戳戳的，小声对观众说："你看看，俺家个小死老头子。"说完，"她"忙扭起来，又接着捻起线来。大人小孩见了，顿时欢笑起来了。

"三朵花儿开呀，哎一朵小梅花，呀啊啊，哎咿嗨咿嗨咿吗嗨！"老头子唱到这，不唱了，只顾扭起来了。这时，老嬷嬷与所有玩会的人，紧接着合唱道："三朵花儿开呀，哎一朵小梅花，呀啊啊，哎咿嗨咿嗨咿吗嗨。"不停地扇着风，又不停地扭着的老头子，等他们刚一唱毕，又接着说起来了——还是只有梆子伴奏。只听得他说道："哎哎，这阵风，刮得个还真不小！啊我看见，那个往西——"说到这，老头子把破扇子往西一指，忙收回来，继续扇着，接下来又边扭着边说——（东南西北上下几个方位，依方位不同而依次用破扇子分别去指）——"刮到雷音寺，往南刮到落伽山，哎这个往东刮到集冬庙，往北刮到了醉北庵，哎这个往上刮到了灵霄殿，往下刮到了鬼门关。直刮得大鬼找小鬼，直刮得牛头找马——面哪！啊三朵花儿开呀，哎一朵小梅花，呀啊啊，哎咿嗨咿嗨咿吗嗨！"老头子说唱到这，又不唱了，只顾扭起来了。老嬷嬷与其他所有玩会的人，又早接过来唱道："三朵花儿开呀，哎一朵小梅花，呀啊啊！哎咿嗨咿嗨咿吗嗨！"刚唱完，扭得正欢的老头子，忙又接过来了——又是只有梆子伴奏。只听得他说道："哎哎，土地老爷来管风，蛋壳刮得上了天。"说到此，他把自己头上戴的礼帽拿下来，使劲往上一撂。人们见了，早一起大笑起来了。老头子不管，接着落下来的帽子，戴上后，又接着道："土地奶奶来管风，一下子刮得个狗晒蛋！"说到这，他忙就去推老嬷嬷，想把老嬷嬷推得个狗晒蛋。"哈哈……"人们还没笑结束，一见那个样子，紧接着又大笑起来了。可老嬷嬷呢，这下却玩得相当灵活，不但轻巧地躲了过去，反而还一下子把老头子推了过去——推得老头子踉踉跄跄的，还差点倒了。"哎！你个小死老头子，老不死的，想死了？！哼——不想好喽！"话未落音，人们笑得可就更厉害了！

而老头子呢，还在不停地扭着、扇着，说道："哎又刮得，那个鸡毛沉地，石磙飘噢——摇呀！三朵花儿开呀，哎一朵小梅花，呀啊啊，哎咿嗨咿嗨咿嗨咿吗嗨……"

老嬷嬷此时比老头子还忙！不停地扭着，时不时地捻着线，不时地鬼鼻眨眼地看着，不时地对着老头子指指戳戳着，不时地说道："你看看，你看看，俺家这个小死老头子，还怪会唱呢！"不用说，观众早已拼命般大笑起来了。

老嬷嬷说完，忙和其他玩会的一起合唱起来："三朵花儿开呀，哎一朵小梅花，呀啊啊，哎咿嗨咿嗨咿吗嗨……"场上的欢笑声，自老头老嬷嬷这两个老家伙一上来就从未停止过。

这会儿，老头子也不唱了，也不扭了，却用破扇子指着蹲在那儿的姑娘，小伙子说："哎，你看看，到底是些小毛头孩子，一点个小风小浪就把你们吓倒了。不知怎么办了。唉唉！船触地了，把它推过去不就行了嘛。哎哎！真是的，有什么大不了的？唉唉！来，来！老嬷么，来，看俺两个老家伙的！来，来推船。"说完，他把破扇子往腰带里一插，卷起了袖子……

老嬷嬷这时发表了重要讲话："唉！他们哪——还都是秋后的冬乎——唉，毛还嫩着呢！都没经过大风大浪的。唉，不像俺们两个老家伙！什么大风大浪没见过？唉！姜——还是老的辣！"说完，她把线陀子往怀里一揣。"呸呸！"往手掌上吐了点唾沫，两手互相造造。"来！老头子——你这个小老东西，使劲！"说完，老两口开始装着推起船来……"哈哈……"人们见了，早就都大笑起来了。

一会儿，船推起来了。可老头子，却扑通一声，累得一下子坐在了地上——帽子都累掉了，他忙拿起来戴上。

观众一见，又都大笑起来了。

"哎哟！哎哟，"老头子摸着屁股叫道，"哎哟，哎哟！死老嬷嬷，我都好摔死了，你还不快拉我起来？！哎哟，哎哟……""嗯——拉你起来？"老嬷嬷话音还没落，人们早一起大笑起来了。

"哈哈……"场子东北角，这时，站在大板子上观看的老皮子正大笑着,忽然他尖叫起来,两手乱摆,想拉住什么,竭力想保持身体的平衡。怎么啦?原来,老皮子开怀大笑时,脚底下的大板子不大稳,再一高声大笑,大板子站不住了——导致老皮子也站不稳了——他一站不稳了,两手就乱摇着,想拽住拉着什么。虽然拽住身旁的小凡爷了,但人也倒了。他一倒下来,可不大要紧,他的前后左右邻居,可就倒霉了——都被他给带倒了。呼啦一大片,全倒了!"哈哈……"人们见了,笑得可就更厉害了。

这时,美丽的大花船,又在场中欢快地驶起来了,伴随着欢快悠扬的乐曲声,花船转了两三圈。之后,两个引船的小伙子,嘟——嘟——同时两声长哨响:啪啪!竹竿用力一砸地,拿起来往圈外引去。两个小伙子跟前的观众,忙纷纷向两边让着,往后退着……啪啪啪!外边的鞭炮声,不断地响起来了。

铁蛋一见,忙连连叫道:"哎,该的该的?怎么弄的?哎!怎么弄的,怎么弄的?"来喜笑道:"笨蛋!没有了还怎么弄的。没有了!"

此刻,场上顿时又热闹起来了。欢笑声,说话声,叫喊声,鞭炮声交织在一起。人们一边说笑着,一边纷纷往家走去。抬头一看,啊——美丽可爱的太阳,挂在正南。温暖的阳光,照在人们身上——暖暖和和的,一点也不冷。啊,天儿真好!

议论

回家的路上,孩子们纷纷议论开了。"嘿嘿,"铁蛋笑道,"还没看过瘾,就没了。啧啧……"说着,他不停地咂着嘴。"嘻嘻,"来喜笑道,"怪好看,真怪好看!""哈哈,"连收大笑道,"乖!那个老头子——真怪会捣!"刚说完,跃进忙笑道:"老头子会捣,俺看还不如老嬷嬷会捣呢。""哎哎,"小黑叫道,"哎,老头子会捣,可一比老嬷嬷,就差点了。"笑声未停,小常就笑道:"哎哎,还是那个老嬷嬷会捣!你看她那眼,眨巴眨巴的,就像这样的。"小常说着,学起了老嬷嬷眨眼的神态来。孩子们听了,看了小常的话,眨眼的姿态,顿时欢笑起来了。小纵子大笑着反对道:"哪了哪了?老头子会捣,老嬷嬷会捣,俺看他俩还都不如老皮子会捣!哈哈,老皮子一捣就倒一大片。"大伙听了小纵子的话,再想起当时的情形,笑得可就更厉害啦!"哈哈,对对,还是老皮子会捣!""哈哈,老皮子一倒就倒一大片!"欢乐的笑声,在碧蓝的天空中飘荡着,飘荡着,飘荡着……

篇三　放风筝猜谜语

下午三点多钟,风和日丽的天空,一碧万顷。美丽可爱的鸟儿欢唱着,不时从空中飞过。瞧它们那欢乐的样子,仿佛看到了什么喜事似的。

柳家湾南边的麦地里,孩子们正在放风筝。有小燕子,有花蝴蝶,有大老鹰,有五角星,有八角星等,色彩各异,鲜艳美丽。

这时,大伙的风筝,有的正在放着,有的已飞到了空中,有的正在寻找着风筝的毛病……

此刻,小纵子和他的弟弟小省子,拿着白天鹅来了。大伙一见,忙围过来看。"哎!好家伙!这风筝,这么好看的!""啧啧,真好看!""嘻嘻,好看好看!""怪好看,怪好看……"个个人脸上,都露出了羡慕的神色。

正在放的,也不放了;风筝已在天上的,忙拽着线往这来;正检查毛病的,也不找了……都忙过来看……

"哎!"小常叫道,"这风筝,真怪好看!嘿嘿,怪好看!"小毛蛋刚跑到跟,就连连叫着:"哟呵,好家伙!还真怪好看呢。""哎!谁做的?"来喜连连问道,"谁做的?哎!尖白脸,谁做的?让他给我也糊一个。"跃进头伸多长叫道:"吓吓吓,这风筝,这风筝做得这么好看的!啧啧……"小东垂头丧气地说道:"好家伙!尖白脸,你这怪好看啊!我这算个熊!"说完,他举起自己的风筝就想往下摔——可到半路上,又停住了。"唉——"垂头丧气的小东,长叹了一声,满脸露出无可奈何的神色。大伙一见小东那个样子,都大笑起来:"哈哈……"

此刻,小凡边看着天上自己的风筝,边说道:"嗯,好看是好看,不知可能飞起来;要飞不起来,光好看有什么用?"小凡刚说完,就见小纵子翻白眼瞅了他一下。而小丁也接着立即说起来:"嗯!对对,要飞不起来，嘿嘿，那有什么用？"小纵子又翻白眼，使劲瞅了他一下。小丁见了，忙嘿嘿笑着，看起天上的风筝来。小亚子也忙跟着大叫道："对对，不假不假！嗯，嘿嘿，别是驴屎蛋——外面光吧？哈哈……"

小纵子先头来听大伙都一起称赞自己的风筝，十分高兴。后来见小凡、小丁，说那样不吉利的话，生起气来了。因此，小亚子还没笑出第二声，小纵子就翻白眼，狠狠地使大劲地瞅了他一下。紧接着，从鼻子里发出了最强烈的抗议："哼！小省子，拿住线棒子，一点一点松线，别要胡跑。""噢！"小省子边回答，边慢慢地松着线。小纵子拿着"白天鹅"来到麦地里边。过会儿，见时机来了。但见，小纵子双手举着"白天鹅"，往上使劲一蹦，紧接着，双手轻轻地往上一送。只见"白天鹅"冲天而起，渐渐地越来越高，越来越高……"成功喽！哈哈，飞起来了！哈哈……"小纵子见状，手舞足蹈，哈哈大笑。接着，高兴万分的他，在麦地上连连翻跟头，打滚儿。之后，小纵子坐在麦地上，往上看着，拍着手大笑道："看俺的！哈哈，看俺的！怎样怎样？怎样？哈哈……"小纵子说完，身子往后一仰，躺在麦地上，仰天狂笑不止。大伙见了，早都一起大笑起来了。"哈哈，你看，熊尖白脸鬼的，哈哈……"

不一会儿，天上就有十好几个风筝在飞翔着了。可是，这会小东、小亮两人却都急得一身汗。怎么弄的？原来他俩的五角星风筝，放了好几次，都没飞起来。只飞有屋檐高，就直往下栽。他俩找了半天，也没找出毛病在哪儿——干着急！一见别人的风筝都飞起来了，他俩的心里更急了！一急了，就手忙脚乱的。

此刻，小东站起来，擦了擦额头上的汗，叫道："哼！这算熊，撂了吧！"说完，抬脚就想要踢，可到半路上又停下来了——终究有点舍不得——忙又蹲下来，和小亮俩找起来……

"哈哈，"正在放风筝的小亚子见状，大笑道，"你两个鬼，把它撂了拉倒吧！放了半天，咳咳，直往地上飞！""笨蛋！再找找再找找，再好生找找！"拿着线棒子的小群叫道，"再找找！说不定能弄好。""对对，"站在一旁正看着自己风筝的小团也说，"再找找再找找，别听愣头青胡扯！说不定能调好。"正抽着线的铁蛋道："哎！说不定原来就没做好。别弄了，咳咳，你两个家伙还瞎弄什么的？赶紧撂了吧！"跃进在一边笑道："哪了哪了？不是的，都怨他俩笨蛋！不会放。哈哈！"小亮听了，转过脸来叫道："你才笨蛋呢！熊放屁虫。"说完，忙又回头找起毛病来。

"哈哈，"正拽着自己风筝的小常大笑道："笨蛋，都是笨蛋！你也不看看，那个熊尾巴有多重了？这么重！它上哪飞起来？把它去掉点，保管飞起来。哼！""哈哈，对了对了！"小东、小亮一听，茅塞顿开，一下子明白过来，也不管小常骂他了，忙照着小常说的一做，再一放。嘿嘿，红五星腾空而起。小东、小亮一见，顿时欢笑起来了。

这时，麦地里的孩子们，有的坐着，有的站着，有的蹲着。手里拿着线棒子，都昂着脸看着天上那飞翔的风筝。

小东这会大叫道："谁的高？哈哈，我的高！大肚子，你那不行！""胆大鬼，嘿嘿，"连收忙笑道，"你那还行吗？你看我这，都看不见影了！你那不行！"小东看了，觉得大肚子的比自己的略高点，忙叫小亮松线。小东这，本来就怪高的了。再一松线，巧了，一阵劲风刮来，线断了。那"红五星"迅速往后退去。眨眼之间，飘飘摇摇的，变成一个黑影。还没怎么看清，又成了一个黑点——有鸡蛋那么大。再一眨眼，连黑点也没有了。

线一断，"哎呀！"小亮惊叫一声，拔腿就去追。小东见了，"哎哎……"也忙跟上就撵。"哈哈，"小纵子大笑道，"乖乖！你俩还追——就让你追十年，也撵不上。哈哈，赶紧别去了。"小亮、小东根本不听，只顾使劲跑着。先头来还能看见，还没跑出二十步，那风筝已是没有影了。大伙一见小东的风筝没了，忙七手八脚，纷纷收回自己的风筝。

再说小亮、小东，一见风筝没有影了，只好垂头丧气地回来了。来喜一本正经地说："哎，不能追！你两个熊家伙不知道——那风筝要是落到人家屋上，人就会找你的麻烦。""找麻烦？"小东惊叫道，"找什么麻烦？""找什么麻烦？"来喜道，"你那风筝是红的吧？要是红的，那人家就得失火；要是白的，那人家就得死人。"大伙一听，忙问道："啊，真的吗？可是真的？""哈哈，"小团大笑道，"哄你的！哈哈。"

大伙听了,乱叫着忙上去要揍小团。"啊?你个小刷把子,敢钻咱们,想挨揍了!""别忙别忙!"来喜急忙摆手道,"别忙别忙,嘿嘿,我破几个命让他猜。猜对就拉倒;猜不对,再揍也不晚。"说着,他转过脸来对小团道:"刷把子,熊家伙,你听着!第一个,从小青,长大白。张开嘴,给人摘。"刚说完,小团就笑道:"棉花!嘿嘿,这谁不知道?再破再破!"来喜又道:"一点一横长,口子在当央,子子去拉仗,耳子拽多长。"话音还没落,小团又笑道:"郭字!这谁不摘掉?哈哈,再破再破!"来喜又道:"土子头,田子腰,共产党,扛大刀。"话还没落音,小团又大笑道:"戴字!小大人,别破了,别破了!净破这些,破什么的?别破了,别破了!哈哈……"来喜大叫道:"熊刷把子,我得破这些简单的,好让你猜出来不得挨揍。谁知你还狗咬吕洞宾——不识好人心。哼!一点也不知个天高地厚,好!我再破三个,你要能猜出来,我都夸你能了!""嘿嘿,"小团硬着头皮道,"好好,再破再破,嘿嘿。""刷把子,听清了啊?!"来喜道,"第一个,每个人上面都有一个太阳;第二个,两地生孤木;第三个,十个人打仗,八个人拉,两个人回家把门插。哈哈,刷把子,猜吧猜吧!还都是字谜。哈哈……"小团想了老会,连一个也没猜出来。

"哎,这是什么呢,这是什么呢?每个人上面还都有一个太阳。啧啧,这是什么呢,这是什么呢?"大伙一边说着,一边都在想着。

这时,来喜笑道:"猜啊猜啊,哈哈,刷把子,你个熊家伙,不要能了吧!"

"哈哈,"又过了一会,小团大笑道,"我猜着一个了,我猜着一个了,我猜着一个了!""猜着哪一个了?"大伙忙一起问,"猜着哪一个了?快讲快讲!刷把子,快讲。""第一个!"小团笑道,"每个人上面都有一个太阳,是'但是'的'但'字!可对?""哎,对对对,哈哈,"大伙听了,一起笑道,"但字,嗯!哎,我怎没想起来呢,我怎没想起来呢?"

"嘿嘿,"小纵子这时走过来笑道,"嗯,对对!哎,家伙!你别说,人小团还真怪厉害嘞!"说着说着,他用手摸着小团的头又道:"嗯嗯,是'但是'的'蛋'字!哈哈……"说完,小纵子大笑着,忙跑了。大伙听了,见了,顿时一起大笑起来。正沉浸在猜对了的喜悦之中的小团,一看大伙只顾哈哈大笑,一下子明白过来了。可小纵子,早大笑着跑多远了……

欢笑的孩子们,拿着风筝回家去了。几只飞翔的鸟儿,一抹鲜红的晚霞,给西边的天空,平添了几分美丽,几分情趣。

卷九 自然循环

篇一 撂刷把子

第一节 真假刷把子

天渐渐地,渐渐地在变暖着,变暖着……

"正月里正月中,正月十四炒花生,啊哥妹啦。正月里十五吃——花——生,啊——正月里正月中,正月十五挑花灯,啊哥妹啦,正月里十六踩——花——灯,啊——"这,是孩子们最肯唱的一首歌儿。

不多久,正月十五元宵节到了。这天,在柳家湾白天不大怎么热闹。不过一到黑天,柳家湾可就炸开了!当然,这都是孩子们的功劳——孩子们闹的——他们晚上最喜欢的,莫过于去"撂刷把子"了。

元宵节的傍晚,啊不!就在几天前,他们就在准备,筹划做刷把子了。

怎么做刷把子呢?这很简单。把麦穰子夹在麻杆子里面扎好,就行了。这是假刷把子!嘻嘻,刷把子还有真假?当然喽!有假的,自然就有真的。真刷把子,就是刷锅使剩下的不能用的刷子——它是由小秫秫头——高粱头做的。有的伙伴,比如小纵子、小毛蛋、小亚子等人,还偷偷地倒点煤油在刷把子上面呢。以前撂刷把子,都是撂真刷把子。如今,真刷把子不大吃香了。现在,孩子们推陈出新,把撂刷把子发扬光大了,都钟情于又粗又长的假刷把子了。为了这一天,他们特别制定了宏伟的计划,做了精心的准备,要好好地大闹一场。

十五晚上，刚擦黑，那些两三岁，四五岁，六七岁，八九岁的小孩子，挑着各式各样的，五颜六色的花灯，嘻嘻哈哈，满庄跑……

第二节 大孩眼子

晚饭后，满天星斗，眨呀眨呀……闪烁个不停，显得特别的洁白明亮，有一种说不出来的美！神秘得很。

那些十几岁的大孩眼子，则在首领铁蛋元帅的率领下，带着"武器弹药"——扛着，抱着，拿着早准备好的真假刷把子，火柴，向柳家湾南边的麦地进军！当然，也有好几个八九岁的小孩眼子。

行军路上，战士们说说笑笑个不停。"嘿嘿，"小毛蛋笑道，"哎，小团小，不如这假刷把子带劲，过瘾！""哈哈……"大伙听了，早大笑起来了。小团连连大叫道："你才小呢！熊鬼点子，皮子痒痒了？！""嘿嘿，"小毛蛋笑道，"他还说我皮子痒痒了，真——哈哈。""嘿嘿，"铁蛋笑道，"哎！尖白脸，今天咱们可得使大劲撂啊，嘿嘿，什么时候撂了什么时候回家。"小纵子大叫道："咳！那还用说？行！"说完，他使劲拍了拍扛在肩上的麻杆子，又道，"哼，熊刷把子！你今天要不给我着得旺旺的，哼哼！我非得揍死你！"大伙听了，又大笑起来。小团又忙接着叫道："我非得揍死你！熊尖白脸，你胡扯什么？熊家伙！""呵呵，"小纵子边走边笑道，"哎，熊小团，你鬼嚎什么？熊家伙！我说刷把子的，又没说你。你心惊什么？嘿嘿，真是狗拿耗子——多管闲事！"大伙听了，又都一起大笑起来。

孩子们说笑着，不一会儿，就来到麦地里了。来到后，二话没说，大伙不管三七二十一，忙擦火柴，一个个把刷把子点着了。拿起来，来回揉了几下。借着风，火势渐渐旺了。孩子们欢笑着，一边使劲往上撂，一边扯开嗓门——一起大声叫喊起来："哈哈，撂刷把子了哦！撂刷把子了噢！哈哈，撂刷把子了噢！"

刹那间，柳家湾南边的麦地里，就像一锅煮沸的水似的，顿时热闹起来了。欢笑声不绝于耳，直冲云霄……

麦地上空，火光冲天，通红一片。刷把子掉下来后，孩子们欢笑着，跑过来，又忙拿起来接着往上撂，又接着拖着长音，高声叫喊起来。

撂着撂着，不知怎么的，孩子们忽然用正燃烧着的刷把子，打起仗来。啪啪啪，啪啪啪，啪啪啪！只听得刷把子碰在一块，发出很大很大的声响。只见，鲜红的明亮的火花，四下里飞溅着。孩子们大笑着，拿着刷把子，你追我，我撵你，不停地奔跑着……火借风势，人借火威。孩子们打在一起，战在一处……呀！如一团乱麻，剪不断，理还乱。啊！真是热闹非凡！

刷把子上，那火苗带着风，呼呼直响。孩子们欢笑着，乱抢着。抢到后，一边使劲往上撂，一边又扯着长音，又大声叫喊起来。

不知不觉，刷把子快要撂完了，着完了，来喜这时忽然看见路上好像有几个黑影，正往这跑来。他忙大叫道："哎！哥们，快跑快跑，有大人来了。"大伙一看，顿时一起叫道："哎哟！乖乖，还真的！赶紧跑呀——哈哈……"这下可把大伙给吓坏了，刷把子一撂，撒腿就往家飞去……

麦地里，只剩下那些没着完的刷把子，还在一如既往地燃烧着，燃烧着……麦地上边，深蓝的天空中，点点繁星，依然在闪烁个不停。

篇二　听大鼓

第一节　识时务者为俊杰

元宵节过后，孩子们安稳地过了两天，没多久又恢复了他们的本来面目——活泼，调皮，欢笑，快乐。这，是他们的天性！

这天午饭后，孩子们来到小常家门口，邀小常一块去玩。小常听见伙伴们找他，忙从屋里跑出来。刚到跟前，还没站稳脚跟。小纵子就一本正经地叫道："哎！神弹子，你该的？怎么你脸上哪来的灰？"小纵子说着，还用手去摸摸自己的右腮帮子，指示给小常看。"哪了哪了？"小常听了，非常差异。心想，"哪来的灰呢？我又没烧锅。"他忙两手就去摸，嘴里还着："哪了哪了，哪来的灰？熊尖白脸，哪来灰？！"小纵子一见时机来到，忙笑着大叫道："哈哈！破命破命，两把捂腔！

哈哈……"说完，小纵子两手把腚使劲一拍，大笑着跑了。一边跑，一边还用两手不停地拍打着屁股。哈哈，你看把小常气得，忙跟上就撵。小常边撵边叫道："好了！熊家伙，你敢钻我，我非逮到揍你不可！哼！熊尖白脸，不要跑！"大伙听了，早一起大笑起来，随后就追。

过了老会，小常高低在快到老皮子门口前，逮到了小纵子："嘿嘿，再跑？尖白脸。"他捏住小纵子的小拇指，说笑个不停。"嘿嘿，尖脸小尖白脸，可钻人啦。""嘻嘻，不玩了不玩了，松手松手！"小纵子忙笑嘻嘻地连连顺着他说话。小常却并不松手，又道："嗯，再钻人是什么？""嗯嗯，"小纵子道："再钻人，再钻人是、是、是……"小纵子拖延着，想蒙混过去。可小常，也不是傻子。手稍微一用力，急叫道："是什么？快说！快说快说，是什么？尖白脸，你这个熊家伙，还怪会拖呢。快说快说！再钻人是什么？"小纵子见躲不过去了，忙笑道："再钻人，嗯嗯，再钻人，再钻人你是小狗！""啊？——熊家伙！还钻人。"小常嘴上说着，手上又用起力来。"哎哟！"小纵子忙虚张声势地大叫，"别捏了，再钻人是小狗。""哎嘿嘿，这还差不多！"小常一见小纵子那苦相，忙松开了手。"咳咳，嗯，饶了你吧，小尖白脸。"小纵子一觉得小常的手松了点，猛一拽，挣脱了，忙用右手不停地摸着左手的小拇指。"哎哟哎哟，这么疼的！熊神弹子，使那么大劲——心这么毒的！"大伙见了，早大笑起来了。"

此时，老皮子从屋里踱了出来。"嘿嘿，我一猜，就知道是你们这些小毛孩蛋子。哈哈，哎！别皮了。"老皮子煞有介事，郑重其事地说道，"哎！小孩蛋子！告诉你们一个好消息！""好消息？"话未落音，大伙就一起问道，"好消息，什么好消息，什么好消息？""哈哈，"老皮子大笑道，"你们这些小毛孩蛋子，一口妈不吃——嚎什么的！啊——啊哈哈，哎！今晚黑，听大鼓！""哈哈……"大伙原以为真有什么好消息呢，谁知却是这个，忙纷纷大笑道，"啊，这是什么好消息？""哈哈，熊老皮子，还怪会哄人呢！""笑什么？"老皮子大叫道，"笑什么！不是搁广播里听的，是大张俺表兄来这唱的！""哦——是这个——"大伙听了，顿时又高兴起来了。"哎！"小亚子叫道，"真的吗？老皮子，哎!可是真的?你不是胡扯的吧?""哈哈!"老皮子顿时大笑着骂道,"哼!我老头还会来哄你们这些小孩蛋子吗?"说着,手一伸,就去弹小亚子。小亚子头一缩,往旁边一迈步,忙躲开了。"哼!熊老皮子,还想弹我?嘿嘿,不是坐飞机吹喇叭——想得怪高,而是鸡蛋吹喇叭——没门!没门!没门!"小亚子头伸多长,使劲说着。"哈哈——"老皮子和大伙见了,一起仰天大笑起来。"

西天边,无限美丽的落日,露出了迷人的笑脸。

第二节 笑声连连

晚饭后,清凉的晚风,轻轻地吹拂着。满天星斗,钻石般闪烁着迷人的光芒。星光灿烂下的孩子们,说说笑笑着,往大鼓场走去。

恐怕人多,大鼓场设在原来生产队放工具的社屋大院里。

大伙到来一看:咳咳,院子里的人还不少啦!正三个一群,五个一伙,抽着烟儿,拉着呱儿。还有不少人,正陆续地往这来……在星光下,看得很清楚,大鼓架支好了,旁边放着两把椅子。

孩子们把扯来的麦穰子,往地上一铺,就坐下来。刚坐下没多会儿,唱大鼓的人,提着大鼓就来了。老皮子拎个茶瓶,拿着茶杯,来到鼓架子跟。把茶杯,烟,火柴放在旁边的椅子上;茶瓶放在椅子旁边。同时,他表兄把大鼓架调好。又把一个红漆镶边,鼓面灰白的大鼓放在上面。大鼓上面呢,放着一个鼓槌,两块半圆形的钢板。

一切安置妥当之后,老皮子表兄坐在那儿,一边抽着烟,一边和老皮子及其他人说着话儿。刚吃过晚饭,人来得还不太多。稍微一等,也算是歇息一会吧。借此机会,我们就来看一看唱大鼓的——老皮子表兄,是个何等人。只见他,大约五十来岁,个头不大高,平头,长脸,细眉毛,小眼睛,尖嘴猴腮的。特别是两个小眼睛,咕溜溜乱转。人们一看,就知道是个能说会道的人。

咚!咚,咚咚,咚咚咚,咚咻之咚咚。大鼓的一响,就说话了:"哎!天也不早啦,人也不少啦!"当当,当当当!钢板的一响,他就唱:"啊父老的们,由于我,学艺的不精。唱得好来,不要说好哇——唱得不好呢,要包涵哪——"咚！咚咚，咚咚咚，咚！哧之咚咚。"闲言的少说，俺就书归正传了啊——"咚咚，哧之咚咚。"大鼓的一响，相连的环哪啊——哎哎的哎，父老的们，爱想的听书，你往我的手指观看！哎——有的同志说了，你这黄子可会唱书？往你的手指观看，你那手指有什么好看的？别急别急，且听俺慢慢地向你道来——"咚！咚咚，咚咚咚，咚！咚咚，哧之咚咚！"常言说，四句为诗，八句为纲，十二句，西江月到来——"咚！咚咚，哧之咚咚。"诗曰，白骨露于野，千里无鸡鸣。生民百遗一，念之断人肠。话说隋朝末年，无道的昏君隋炀帝杨广。骄奢淫逸，只知享乐，不管百姓死活——官逼民反啊！"咚！咚咚，咚咚咚，咚！咚，哧之咚咚。"河南瓦岗山瓦岗寨，聚集……啊——今夜的里，我单唱，那个混世魔王咬的金，人不该死，总有得救——哪啊！唉唉的唉……"

除了鼓声、钢板声，说书人的声音之外，四周万籁俱寂。不论小孩还是大人，都兴致勃勃地倾听着，倾听着，倾听着……

这时，说书人突然一拍膝盖，手乱摆着，站起来说道："只见那人啪的一摧战马，来到跟前，二话没说，两条好汉可就大战起来了。"真是无巧不成书。话音刚落，屋里的两条牤牛，不知因什么拱起仗来了。坐倚在门旁的几个老头，哎哟哎哟乱叫着，吓得连滚加爬的呀——还差慢慢被牛踩到了。人们见了，一起大笑起来了。

"哈哈，"小纵子大笑道，"这下还真的大战起来了！"人们听了，笑得可就更厉害了。

老饲养员赵大叔和小凡爷、小黑爷、跃进姥爷几个人，忙过去把牛拴好之后，唱大鼓这才继续往下进行……

夜越来越深，也越来越冷。人们还是一如既往，兴致勃勃地听着……那些小鬼头们——孩子们，围坐在说书人跟前，一丝困意儿也没有。

夜越来越静了，只是偶尔能听到，西边柏油路上，四轮机子，汽车驶过去的声响……

当！当当，当当当，当！咚！咚咚，咚咚咚，咚！咚咚，哧之咚咚，咚！此刻，只听得坐在那儿的说书人，手一挥道："只见那人，噌地一下，呜——蹿上了墙头，从哪怀里掏出鞭炮，点着了，往那官兵窝里一撂，鞭炮声啪啪啪——"啪!还真巧了——还真响起来了——不过,只有一声。怎么弄的?原来说书人坐的时间长了,腿也不知怎么的——或许是麻了吧;或许是木了吧;或许……总之,是无意识地那么一伸。巧了,一下子把茶瓶给碰倒了……瓶胆虽然烂了,可人们却都禁不住高声大笑起来了。那欢快的笑声,在宁静的夜晚,传得很远很远……

篇三 赶老球

第一节 因苦得乐

那天晚上,听过大鼓后,孩子们第二天早晨没有一个起得早的,若有一个起早的,保证得叫别人也睡不安宁,非得把没有起来的,活子起来不可!怎么活子?那还不容易?简直太简单了——比吃鸡蛋还简单。他把冰扎凉的手,往你热乎乎的被窝里一伸,你说你起不起来。嘿嘿,你赶紧得给我爬起来——还老老实实的呢。哎哟!好像这说过了。

这天上午无事,养好了精神,且听我道下午。小毛蛋家门口,孩子们在一块玩着。打了一会八步,厌了。又来打跪子,不多久,厌了……都没玩多久,还什么都厌了。这可怎么办?

此刻,小纵子一边踢着石子,一边唱道:"西边的太阳快要落山了,弹起我……哎哟哎哟哎哟!"小纵子像被青蛇咬了一口似的连连叫道,忙蹲下来,不住地捂着脚前头。怎么啦?原来劲用大了,石子把他的大脚趾,碰得生疼。"哎哟哎哟,这么疼的!哎哟哎哟,哎哟,哎!嘿嘿,又找到玩的了。"大伙一听,忙一起围过来叫道:"怎么了?尖白脸怎么了?哎!又找到什么玩的了?""嘿嘿,"小纵子笑道,"没事没事!咱们来赶老球?""哈哈,哎对呀!"话音未落,孩子们忙一起蹦跳着欢叫道,"赶老球,来赶老球!"

"哈哈,"连收大笑道,"嗯!对对,哎,尖白脸,还是你行!"小纵子可是什么人啊,忙骂道:"熊大肚子,你钻我,我管你!哼。"说着,一腿弯起来,忙装着去脱鞋的样子。"谁钻你的?"连收大叫道,"熊家伙!我说你行不好吗?哼!熊尖白脸,真是狗咬吕洞宾——不识好人心！"小纵子知道自己错怪人了，可还是煮熟的鸭子——嘴硬！"哼，熊大肚子，这会我老头不得闲。等有空，再管教管教你这个没大没小的大肚子。"连收还想说小纵子几句，小毛蛋忙打断了。"厉害！厉害，厉害——真厉害！哈哈，尖白脸，还是你厉害！""嘿嘿，"小纵子笑道，"那还用说！你们，你们，你们还行吗？"来喜大叫道："哼，说你胖你还喘起来了！尖白脸，越说你俊你越往灯影里跑。哎尖白脸，你怎不早说？俺早就不想打八步了，你……"来喜还没说完，就被小亚子给打断了。"哎哎！我说小大人、尖白脸、鬼点子、大肚子，你们哪来这么多废话？啊？走走走，快走找棍来赶老球啊！""哈哈，"大伙一起笑道，"对对对，走！赶紧找棍来赶老球。"说着，忙你东我西，纷纷找棍去了。而来喜却对着小亚子的背影大叫道："哎！愣头青，你话比我的还多！啊，你还怪能呢，熊家伙，胆子不小了，敢说你哥本大人我了！"说完，大笑着忙跑找棍去了。

第二节 规章制度

不一会儿，孩子们每人都找来了一根约一米三四长，一把就能握过来的棍。他们找得真快！那当然，嘿嘿，因为他们大多拿的是家里喂牲口用的拌草棍。

孩子们回来后，忙着做起准备工作来。找一块巴掌大的，近似圆形的砖块，这就是老球。因为赶来赶去都是这个球，所以叫赶老球。又忙着挖窝：首先挖一个大窝，留着把老球赶进去。接着以大窝为圆心，在离圆心附近两米多的地方，再挖小窝，留放小棍用的，这是各人把守的阵地。小窝与小窝之间的距离，大约有米把远。每人一个窝，有多少人来便挖多少个窝。来时，只能一个人赶，其他人把守着，不能让他把老球赶进当中的那个大窝。怎么才能不让老球赶进去呢？那就得所有的把守人出动。去把老球赶跑，打走。不过，在去打的时候，不论打没打到，都不能让自己的"阵地"让赶球者占上去。若被占去，那你就变成了赶球者。因此，宁可不打，也不能丢失阵地。总而言之，安全第一，打球第二。若是赶球者把老球赶了进去，那么，所有赶球者都必须得交换"阵地",不准原地不动。若违反,那你就成了赶球者。第一次,谁愿意成为赶球者?这,有自告奋勇的;若没有,则打皮啾决定。球在谁手谁开球。开球时,赶球者不能去抢开球者之"阵地"。否则,无效!反正这些规章制度,孩子们早就知道得一清二楚了。

第三节 小亚子引蛇出洞

准备工作完毕之后,孩子们欢笑着围成一个圆形,玩起来了。大伙一手扯着棍,一手出示着"纸",或"剪子",或"锤",嘴里叫道:"来皮——啾——不来不来!哈哈,皮——啾——哈哈,不来不来!皮——啾——哈哈……"

"哈哈,"这时小毛蛋大笑道,"愣头青,下雨不打伞——淋到你了!哈哈,快去赶吧!"大伙纷纷笑道:"快去赶吧!愣头青,哈哈。"

小胖大笑着,抡起棍,啪的一下,一家伙把老球打得多远远。"哈哈,愣头青,叫你知道我的厉害!快去赶吧!哈哈……"大伙听了,看了,早一起大笑起来。小亚子挠挠头,二话没说,端着棍,就去打起来了。

球连小窝还没到,孩子们就欢笑着,大叫着,大喊着,纷纷出动去打球。大伙你捣一下,我戳一下,他又拔了一下……马上就把球赶得远远的啦!同时还纷纷乱嚷着:"快点快点!哈哈。""快点个!""呵呵,使劲打!"

小亚子先头还用棍,身子来护着不让打。可上哪护得住?顾头顾不了腚!人太多了,护着这边护不了那边。后来,小亚子一见也护不住了,忙拿着棍就去抢窝。这一招,可把大伙给吓坏了——吓得也不打球了,忙欢笑着,乱叫着,端着棍,拿着棍,拖着棍,纷纷往自己的窝跑去。真像戳到了马蜂窝一样,大伙都乱了套——连收和小丁,忙得还差点撞在一起。"哈哈,快快!不能让他抢到窝。"

小棍刚一放到窝里,小亮就大叫道:"哎,快去打,不能让他沾跟!哈哈,别让他沾跟!让愣头青搁外要饭吧!""哈哈,对对!"小常大喊道,"让愣头青搁外好好要饭!""嘿嘿,"小丁大笑道,"快去打!卷毛兽,快打快打!哎对了——哈哈,打得好,打得妙,打得敌人哇哇叫!"

不多笑道:"好好!哈哈。"跃进笑道:"哎大肚子!快点个打,快点个打呀!"连收不但按兵不动,反而大叫道:"快点个,快点个屁!熊放屁虫,我这不能打。一打,愣头青就占了我的窝了!""不碍事,不碍事,"小东大叫道:"熊大肚子,怕什么的?!""哼——不碍事?"连收回答道,"不碍事,你来打!胆大鬼,你来打。"小东未及开口,小胖大叫道:"熊大肚子,怕什么的?真是个胆小鬼!哼,看我的!"说着过去,啪的一下,把老球打得滚多远远。"哈哈,"小胖大笑着,忙跑回来占着自己的窝,"怎样怎样?哈哈,大肚子,哈哈……"

孩子们欢笑着,叫喊着,乱窜着,跑来跑去,乱打着……

小亚子赶了好几次,可连边都没怎么沾,就被大伙给打跑了。又过一会儿,还没赶进去……这时,小亚子一边赶着球,一边想:"嗯,乖!这得什么时候才能赶进去?不行不行,得想点子!嗯——对了!大肥猪最肯跑出来打,得引他上钩——好抢他的窝!"想到这,小亚子有意把球赶在小胖附近,引小胖来打。小胖呢,也照打不误。小亚子故意去引大肥猪,明明有两三次差不多都能抢到小胖的窝,他也故意不抢,而去抢把握不大的别人的窝。渐渐的,渐渐的,小胖只顾大笑着打球了,心里自然也就渐渐地麻痹大意起来……

此时,小毛蛋大叫道:"哎!大伙都把住了啊——可不能让愣头青赶进去!""哈哈,那还用说?"大伙齐笑道,"愣头青,你搁外好好要吧!""哎哎!"连收尖叫道,"哎哎,快点打!刷把子。"而小团也果然不负众望,啪!一下子把球打得好远。"哈哈,"毛眼子大笑道,"打得好!刷把子这下打得好!""哈哈,嗯过奖了!"小团抢到窝后,大笑起来了。

这会儿,小亚子把球赶到铁蛋的"阵地"附近。铁蛋刚要出马来打。小纵子手疾眼快,早已到跟前,边打边说:"哼!胆子不小了,敢来侵犯我的'阵地'?哼!我叫你来,我叫你来!"啪的一下,一下子赶到小胖的窝里了。小胖刚想要动,小亚子已到跟前。他再想打,也不敢动了,只得连连叫道:"快来打!""哈哈……"其他伙伴们大笑着,忙纷纷过来,乱捣乱打一气。小亚子假装着忙去抢别人的窝了。大伙一见,忙纷纷尖叫着,欢笑着往回撤。小胖起先还不敢动,后来一见小亚子只顾去抢别人的窝了——胆子大了起来。趁此机会,双手用棍使劲往外一撅——呜——老球一下子就飞了出去。小胖马上把棍插在窝里,之后,高兴得仰天大笑起来了。

又过一会儿,巧了,铁蛋一下子也把球打到了小胖的窝里了。小亚子如法炮制,假装着又忙去抢别人的窝,可心里、眼里却密切地注意着小胖的窝。尝到甜头的小胖,胆子更大了!不假思索,用棍一撅,球被撅得远远的了。此刻,小胖的眼只顾看着正飞得多远的老球了,看也没看窝,手只是下意识地把棍往后一挪,就以为已插在窝里了,其实是在窝边沿!这时的小胖,高兴得只顾仰天大笑。

小亚子早瞅见了小胖的棍不在窝里,而是在窝边沿。他心里窃喜,忙竭力装着去赶球。快到小胖跟前时,小亚子手中的棍,呜地一下子,以迅雷不及掩耳之势,闪电般,一下子插在小胖的窝里了。"哈哈!"小亚子一见偷袭成功了,顿时大笑起来了。

"哈哈,哎!"小胖大笑道,"哎,我早占着窝了,你还来该的?""哈哈,"小亚子大笑道,"大肥猪,快去赶吧!别鬼了!"

大伙见了,早就大笑起来了。小胖听了,忙低头一看:啊——傻眼了!——原来棍不在窝里,而是在窝边——这才知道,自己大意了。很是后悔,可惜已晚矣!"哈哈,大肥猪,"小毛蛋大笑道,"快去赶吧!大肥猪赶紧快去赶吧!别鬼了!再鬼两天,你就成了大蠢猪了!"大伙听了又都一起大笑起来。

"哈哈,"小亚子大笑道,"熊大肥猪,我早盯着你了!你还——哈哈哈!"小黑大叫道:"哎!大肥猪,快去吧!别客气,都是自家人,自家人!""呵呵,"小东笑道,"哎!大肥猪,这下该你搁外要饭喽!搁外好好要吧。""快去!哈哈,"来喜笑道,"快去快去!大肥猪,《三国演义》里有关云长大意失荆州,你这呢?就叫大肥猪大意失窝窝吧!""哈哈——"大伙听了,笑得可就更厉害了。

小胖没法,只好去赶。孩子们欢笑着,叫嚷着,又赶起老球来了……经过了多次苦战,费了老大的劲,小胖才抢到了毛眼子的窝……要不了多久，好吃鬼毛眼子，大嘴一张，一下子打倒了小群的窝。飞毛腿小群，腿快——不一会儿，就抢到了不多的窝。结巴子不多，费了不少劲，才扒到小黑的窝。没要多久，卷毛兽小黑怪叫一声，又卷到了小凡的窝。大老黑小凡，却没费多大的劲就黑到了小亮的窝。胆小鬼小亮，费了九牛二虎之力，居然鬼到了小常的窝。小常不愧为神弹子，没过十分钟，竟然抢到了铁蛋的窝。黑胖鬼铁蛋，奋起神威，仗着人高马大，身体粗壮，竟然把老球赶进了中央那个窝里了。啊——这一局赶老球，到此才算彻底地，圆满地，胜利地完成！

你再一看孩子们的脸。呀！哈哈，满头满脸都是汗。尽管个个都如此，还都笑得合不拢嘴。

"呵呵，"坐在地上的小纵子笑道，"不玩了，热死了！到底还是黑胖鬼厉害。""那当然！哈哈。"话刚落音，铁蛋就叫道，"那当然！你们还行吗？嘿嘿，不行，都不行！你们都不行。""嘿嘿，黑胖鬼，你行个屁！"小毛蛋笑道，"你再厉害，也不如我和尖白脸厉害！俺和尖白脸，那是任凭风浪起，稳坐钓鱼船！""熊鬼点子！"来喜大叫道，"你是老王卖瓜——自卖自夸！哈哈。""嘿嘿，"铁蛋笑道，"对对对！小鬼点子，你是老王卖瓜！""不假不假！"大伙听了，也都跟着一起纷纷乱叫，"熊鬼点子，是正倒的老王卖瓜——自卖自夸！哈哈……"

天不早了，微风轻轻地吹来，孩子们顿时觉得非常的舒服。它已完全不像初冬时，那样的寒冷刺骨了。孩子们的欢笑声，在微风的吹动下，四下里飘洒着，飘洒着，回荡着，回荡着……

这会儿，西天边，美丽多姿的彩霞正好看。几颗早来的星星，映衬着蓝天。啊——明天又是一个艳阳天！

卷一〇　浮想联翩

孕育着，充满着无限生机的冬天，已来向我辞行几回了。掩卷沉思，啊！亲爱的读者，不知你觉得这一章如何。

不经历风雨，你怎么见彩虹？不经过漫长的冬天的孕育和生长，你怎能看到那美丽的可爱的春天呢?

这一章和上面丰硕的秋天,快乐的夏天,欢笑的春天比起来,孰优孰劣,是否一样?它们给你的印象如何?是浮光掠影,还是浮想联翩?啊!亲爱的读者,你不妨把它们联系起来,看一看,想一想,比一比,也许会得出恰当的结论。

至此,春夏秋冬,四季之花,已经全部登台亮相了。这本小书,也该完结了。但是,事物是相连的。在冬天里,我们不时还常常这样说:"哎——咳咳!这天怎么像个春三月的天。"

又,为圆满计,不才的我,又给他添加了一章,也算作尾声吧。颤颤抖抖的不才的我,诚心诚意地祈祷,但愿它,不是画蛇添足。

反正,那永远快乐的孩子们,迎来的都是那,美好的明天!

第五章　美好的明天

早饭后,红彤彤的太阳升起来了。快乐的鸟儿,在天空中自由自在地飞翔着,欢唱着。路边的小草,又冒出了一点点青绿色的嫩芽儿来,柳树的枝头上,一片嫩黄。

孩子们背着书包,走在弯曲的却宽广的大路上,说说笑笑个不停。

"嘿嘿,"小毛蛋笑道,"哎!哥们,我想起来了,那个那个——咱们来说谁唱的歌好听?""行!哈哈,"大伙齐声大笑道,"来说谁唱的歌好听!"

"哎!"小东大叫道,"要说唱歌,嘿嘿,还是我厉害!看我的!"说完,也不让其他人还言,张嘴还就用粤语唱起来,"万里长城永不倒,千里黄河水滔滔。江……"他还没唱完,就被小丁打断了。"哈哈,过去!胆大鬼,唱什么黄子?你听听咱的!"说完,小丁捏着细腔就唱起来:"洁白的雪花飞满天,白雪覆盖我的校园,漫……"刚唱到这,小凡就大喊道:"老扁蛋,你唱的什么家伙!哪来的洁白的雪花飞满天?这会,天正晴着呢!看我的!"小凡说完就唱:"你挑着担子,我牵着马儿。迎来日出,送……"小凡心里还真心想往下唱,却不能了,因为小亮一个劲地尖叫:"大老黑,我看把你送走吧!哈哈,你胡唱什么,大老黑,怎么?——你还挑着蛋子?""哈哈……"笑个不停的大伙听了,笑得更厉害了。"哈哈,"小亮接着笑道,"大老黑,你还毛嫩!嘿嘿,让我来给你露一手!"话音未落,歌声就起来了:"你的头,像皮球,追着流逝的岁月。"才唱到这,小亮就唱不下去了。"过去!"毛眼子直号,"滚过去!熊胆小鬼,你才是胡唱!嘿嘿,胆小鬼,你,怎么?你的头还像皮球!谁教你的?咳咳!看看本大人的!"话音落下去,歌声响起来,"鞋儿破,帽儿破,身上的袈裟破。你笑我,我笑你。啊哪里不平,哪里有我!哪……"毛眼子边唱,边还扭起来了。"哈哈……"大伙一看,早大笑起来了。而跃进则一边走着,一边大叫起来。"哪什么?好吃鬼,滚一边去!看敌人的!哈哈。"说完,跃进两手摆着,两腿乱抖着,唱起来了,"十七呀,十八呀,小家人呀啊啊,梳洗个打扮去赶集,还——哈哈……"连他自己都禁不住笑起来了。大伙呢,那还用说?都笑得东倒西歪的喽!

"哈哈,"小亚子这时大笑道,"熊放屁虫,你给我滚一边去!唱什么黄子,尖耳子,你也跟我学学,看本帅是怎么唱的!"说完,小亚子右手往前一伸,大嘴一张,扯开嗓子唱起来:"妹妹你大胆地往前走哇!往前走!往前走!莫回啊头……""别唱了别唱了!"小常乱摆着手大叫道,"愣头青,别唱了!哈哈,你听你唱的,到有多难听!就跟个驴嚎似的。""你唱的才跟个驴嚎样!哈哈,"小亚子大笑道,"熊神弹子,你个熊家伙!"孩子们听了,早一起大笑起来了。"哈哈,真的!愣头青,"小常接着又道,"你唱得太难听了!让我来,啊让我来!"刚落音,小常的歌就响起来了。"你就像那冬天里的一把火,哦哦!火光——照亮了我!哦哦!你……"只唱这几句,就被小团给打断了。"哈哈,"小团指着小常大笑道,"神弹子,你哦哦什么啊?怎么就跟被水淹了似的?""哈哈……"大伙听了,笑得都直不起腰来。"放屁!你才跟被水淹了似的,熊刷把子!""哈哈,"小团笑道,"神弹子,你好生放吧!哈哈,看俺老孙的!"刚说完,小团的歌就出来了:"三朵花儿开呀!啊一朵小梅花,呀啊啊!看过俺老梁,没花钱哪!哎咿嗨咿嗨咿吗咳,哎!"小团的歌声,早被大伙的笑声盖住了。

话体烦叙,剪断截说。这时只听得小黑大叫道:"别唱了,别唱了——都别唱了!唱的什么黄子——一个比一个难听,一个比一个难听。""对对对!"连收跟上去大叫道,"哼!一个个唱的什么黄子?都跟驴嚎的样!还都说我的好听!""哈哈,"来喜大笑道,"说得对!大肚子,卷毛兽说得对!一个个都是扛秫秸打大雁——没有个腔形了!""不是的,不是扛秫秸打大雁,是火棍头子戳狗——没有个腔形啦!哈哈……"

"哎呀哎呀!"小纵子这时大叫道,"哎呀!笨蛋笨蛋,大大的笨蛋,一个人唱,不好听!嘿嘿,还是人多力量大!咱们不如来个大合唱嘞，怎么样？""哎，对对！哈哈，"大伙一起赞成道，"来个大合唱，来个大合唱！""哈哈，"小毛蛋一听，顿时大笑着连连称赞道，"这个点子好，这个点子好，这个点子好！哎！小纵子，你别叫尖白脸了。俺俩换一下，我叫尖白脸，你叫鬼点子吧！啊？"

"那那，"不多这时大叫道："那、那、那、那，唱、唱、什、什、什、么歌呢？""哎！"大伙一听忙叫道，"哎对了！唱什么歌呢？"

孩子们七嘴八舌的，说着，想着。小纵子这时大叫道，"嗯——那个那个，那个那个——哎对了！就唱《社会主义好》可行？大伙都会。""哎对！哈哈，"大伙听了，一起大笑道，"对对对，就唱《社会主义好》！""好！快快快！"铁蛋大笑着，拖着老憨腔催促着。

一见大伙准备好了，这时的铁蛋，把书包猛地往身后一撂，举起手，拖着长音，高声叫喊道："预——备——"铁蛋的手，猛地用力往下一劈，同时大叫一声："开始！"你看孩子们扯着嗓子，放开喉咙，可就高声唱起来了——"社会主义好！社会主义好，社会主义国家人民地位高！共产党好！共产党好，共产党是人民的好领导！共产主义好！共产主义好……"

孩子们一边高声唱着，一边飞快地向他们的乐园——柳家湾中学跑去。

这时，火红的太阳，升得越来越高了。

1986年—1996年写于陋室之煤油灯下
1996年—2021年改毕于陋室之电灯下

小作家的四季书乡

扫码进入

开启一场小作家养成之旅

听 柳家湾四季故事 身临其境,感受小村庄幸福生活。

阅 小作家提升指南 思如泉涌,探索好文佳作的奥秘。

测 创意写作的潜力 才华天赋,小小文学梦从此开启。

看 赏析 儿童文学 享受阅读,汲取文学著作的智慧。